風文創 1180

妝點好日子 1

顧紫 著

目錄

序文

顧紫

大概是上大學時，我對彩妝產生了濃厚的興趣。當時我所在的城市並沒有特別好的渠道，所以我都是跟著網上的影片學習。當時覺得自己學得不錯，如今想來有點好笑，但那時我就已經想寫一部關於化妝的小說了。

後來我接觸線下的彩妝學習課程，教我的老師在本地業內小有名氣，於是我便做了系統的學習，繼而瞭解到更多彩妝的知識。可有的時候越是瞭解，反而越缺少創意。

不過在學習的過程中，我遇到了許多事，許多人，見證過幸福的婚禮；看過在試妝環節就鬧翻的戀人；有想讓自己變美而來學習的女性；也有充滿活力，在後臺嘰嘰喳喳，讓化妝室像菜市場一樣的學生們……

也是在這過程中，我發現每個人對美的定義、理解、創造和能欣賞的程度都不同。甚至我與老師的審美也不一樣，所以我在這課程學到了東西，卻不是我想要的。

因為打好化妝的基礎，我之後再通過其他渠道學習和瞭解，就變得很順暢，也看到了許多符合我審美的妝容。與此同時，在使用妝品時，我會想古代人當時沒有這些，是怎麼化出精緻的妝面的？如果主角穿越到古代想從事這一行，應該如何製作和現代一樣好用且健康天然的妝品？

就這樣，我看了許多相關資料，自己不時也會推翻資料內容腦補。在去年，我終於動筆寫了《妝點好日子》，希望能順勢把我對彩妝的審美和喜好記錄下來。

我認為每一個人都可以透過化妝讓自己變得更有氣色，獲得更多自信。而有一個愛好或者一技之長，才更有機會在迷茫時找到一條可以走的路。

美而自知進退有度，美而自賞不生妄念，美而自強不卑不亢，這也是我透過女主想傳遞的想法。

第一章

立春後天氣一天暖過一天，可突如其來的倒春寒，讓賀府的夫人、小姐們不得不把隆冬時的毛斗篷拿出來，過年新做的衣裳被斗篷一遮，看不出喜豔的樣子，但並不影響闔府的熱鬧。

今日是賀府嫡出的二姑娘賀語穗大喜的日子。近傍晚，迎親的隊伍吹吹打打而來，新郎官騎著大馬走在前頭，一身大紅婚服，頭戴瑪瑙小冠，身量不高，身形清瘦，意氣風發，臉上盡是笑容，十分喜慶。看熱鬧的百姓圍在道路兩旁，孩子們則湊在前面，想著等會兒撒喜糖、喜錢時，能多搶一些。

「是賀府二姑娘出嫁？」

「是啊是啊，聽說夫婿是位秀才郎。」

「又是低嫁啊？當初掌上明珠般養大的賀大姑娘原以為得高嫁，結果低嫁了。」

「估計是因為家裡沒有公子郎君，後繼無人可靠，往後不至於被婆家拿捏吧？」

「別瞎說，官老爺家什麼想法咱們平頭百姓哪兒知道啊？一會兒搶喜錢動作快一點，運氣好能拿喜錢買塊糖糕回去讓我孫兒甜甜嘴。」

百姓們小聲議論著，看著迎親隊伍停在賀府大門前，吹吹打打的喜樂也暫停下來。

「老爺，夫人，迎親隊伍到了！」頭戴紅花的婆子喜氣洋洋地快步來到正堂回報。

賀夫人將斗篷解下遞給一邊的丫鬟，端坐上位等待新人上前拜別父母，一臉慈愛又不捨的微笑，催促婆子。「快去後面告訴一聲，別耽誤了吉時。」

「是！」婆子應著就往後頭去了。

賀大人賀複摸著鬍鬚，眼裡帶著幾分笑意，可見對這門親事是滿意的。

賀語穗的閨房裡，喜婆和丫鬟圍了一圈，每個人臉上都帶著笑，可若細看，也不難發現一絲愁苦。家中另外三位姑娘站在一側，天暖後，家中的炭火已經斷了，這倒春寒一來，就全靠厚衣服保暖了。而賀大姑娘賀語霈先前來過了，這會兒正在前面陪婆母。

賀語瀟行五，站在末位，不多言語，杏眼不時看一眼妝娘手上的動作。和姊姊們小家碧玉的長相不同，賀語瀟屬於明豔活潑的樣貌，不過簡單素淨的髮飾生生將她的樣貌斂了三分。

婆子站在門口，向著門內道：「二姑娘，姑爺已經到正門了。」

賀語穗掩唇而笑，身邊的丫鬟打趣道：「二姑娘還沒見到姑爺，就已經害羞了呢。」

大家聞言，跟著樂起來。

「二姊姊這婚服真精緻，不愧是全京城最有名的繡娘所繡。」四姑娘賀語芊柔聲誇讚。

「若是二姊姊的冠上再鑲上幾枚寶石，就更光彩奪目了。」三姑娘賀語彩聲調挺高，看著賀語穗的鳳冠雖是眼露羨慕，語氣倒不似眼中透出的那般欣羨。

賀語瀟沒跟著說點什麼，只微笑著站在一邊。

賀語穗扶了扶沈重的鳳冠，纖纖玉指撫過上面不算多的寶石。「再重就累人了。」

喜婆在旁笑道：「這樣正正好，累壞了新娘子，還不是新郎官心疼嗎？」

眾人又跟著笑起來，賀語穗笑得更羞了。

按照習俗，新郎那邊派女眷來催了三次妝，喜婆才把遮面的團扇遞予新娘，新娘起身，前去拜別父母。

大祁國沒有哭婚的習俗，家中若有兄弟，在新娘子拜別父母後，由他們將新娘揹進花轎。而像賀府這樣只有女孩的，則由女孩們將新娘擁著護送上轎。迎親的隊伍吹吹打打而去，六十四抬嫁妝無一虛抬，整整齊齊地跟著退伍遠去。從四品司農寺少卿的嫡次女，這嫁妝抬數在京中不算頂多的，卻也挑不出一點毛病。

賀大人和賀夫人在前頭招待賓客，賀語瀟她們幾個庶出姑娘則回到後院，和自己的姨娘一起用飯。

「都還順利？」姜姨娘放下手裡的書問道。

身為妾室，哪怕是姜氏這樣的貴妾，這種場合也是不能露面的。

賀語瀟點頭，將斗篷解下放到一邊。「夫人準備的喜錢和喜糖很足，小孩子們跟著隨行的丫鬟搶著，挺熱鬧。」

「那就好。」姜姨娘露出笑意，又問：「可見著新郎了？」

賀語瀟語氣淡淡的答。「見著了。」

「怎麼看妳這樣子不太高興？」賀語瀟是在她身邊長大的，一個微小的表情，姜姨娘都能知她喜怒。

賀語瀟瞅了一眼屋內，見沒旁人才說：「我覺得新姊夫配不上二姊姊。」話她只點到為止，細說反而顯得刻薄。作為一個來自現代的穿越者，賀語瀟非常不認同賀家的婚嫁方式。若是青梅竹馬，或者有過相處瞭解，認定也就算了。可像二姊姊這種，雙方連面都只遠遠見過一回，男方家境又委實不佳，就這樣決定了嫁娶，實在不妥。什麼父母之命，媒妁之言，在她看來啥也不是。呸！

姜姨娘沒阻止她評論，只說：「自古女子婚嫁，多有與期許不符之處。」

賀語瀟勉強笑了笑，她的姨娘雖被困於這府中後院，但思想並未完全被囿於這院牆之內，但那又如何呢？仍是身不由己。

「我可不想那樣。」賀語瀟直言。

姜姨娘毫不意外，也不愁苦。「我知道，但姨娘身為妾，能做的有限。」

賀語瀟當然明白，笑道：「姨娘已經為我做得夠多了，我的人生，我自己來爭取。」

話題到此為止，賀語瀟朝外面道：「露兒，餐食取回來沒？」

「姑娘，符嬤嬤已經去取了，應該快回來了。」露兒聲音清脆，原本有些沈悶的氣氛也被她打散了。「來了來了，符嬤嬤回來了。」

今天前頭有喜宴，她們這些後院的姑娘、姨娘們也能跟著吃上。夫人持家向來大度，從未短過後院的吃穿用度。

「等這陣倒春寒過去，我就帶著露兒她們把後院的土鬆一鬆，今年的花差不多該種上了。」這是賀語瀟每年開春必要做的事。

像院中的迎春、合歡就不用管了，天暖了自己會長起來。薔薇、牡丹、海棠這種第二年能復花的，也不必太費心。只有牽牛、凌霄、貓兒臉這種長久容易像雜草叢生的，她習慣在冬季連根拔掉，開春再種新的。

姜姨娘向來不管她這些，近三年院子裡的花是越種越多，顏色也越發多樣了。待到鮮花盛開，就連夫人都會親自過來坐坐，再摘幾枝回去插瓶。

姜姨娘慢條斯理地喝著湯。「妳去選花苗的時候，順便買幾朵絹花吧。妳的頭飾太素了，過幾天要跟夫人去吏部侍郎家的婚宴，不合適。」

「沒什麼不合適的，搶了風頭才不好。畢竟我已經長得夠好看了，不是嗎？」賀語瀟笑咪咪地看著姨娘。

姜姨娘虛點了點賀語瀟的額頭，笑罵。「全府就數妳臉皮最厚。」

雖是打趣，但賀語瀟這話不虛，她在穿越前做了近十年的化妝師，妝扮過無數明星，也跑過許多劇組，她對流行和審美有著自己的準則，穿過來後看見自己的樣貌，她太知道這張臉的優勢了。

倒春寒持續了近十天，天氣終於又暖起來了。
賀語瀟向賀夫人提出要出門採購花苗，賀夫人沒有猶豫地同意了。
「坐府裡那輛小馬車去吧，天剛暖，別吹了風得了風寒。」賀夫人提醒著。
「是，母親。」賀語瀟行了禮，便出去了。
「咱們府的姑娘裡，數五姑娘樣貌最為出眾，要不是不常出門，恐怕打聽五姑娘婚事的人家得叫您頭疼了。」羅嬤嬤笑道。
她是跟著賀夫人陪嫁進來的，這些年跟在賀夫人身邊忠心耿耿，很受重用。
賀夫人喝著茶。「以前只覺得語瀟漂亮，人卻呆笨。沒想到三年前大病了一場，倒變得伶俐不少。左右她年紀最小，婚事倒是不用著急。」
羅嬤嬤贊同。「夫人對姑娘們向來一碗水端平，二姑娘才嫁，您能鬆快一陣子了。」
「是啊。穗兒的回門禮妳幫我盯著些吧。」賀夫人放下茶盞，用帕子按了按嘴角。
「您放心便是。」
賀語瀟正往側門走，就遇上了賀語彩。
「五妹妹這是要出門？」賀語彩打量一下賀語瀟的打扮，大概是覺得太普通，便索然無味地收回目光。
「三姊姊。」賀語瀟道：「我要去買花苗。」

賀語彩眼睛一亮，道：「那正好。尋脂齋新上了一批胭脂，二姊姊婚禮那日，大姊姊妝面就是用這個，還有一股宜人的槐花香。我看著喜歡，妳給我買一盒回來吧。」

賀語瀟手往前一伸。「先給錢，跑腿費另算。」

賀語彩眼睛立刻瞪了起來。「我還能少了妳的銀錢？」

「誰知道呢？」賀語瀟的語氣是一點讓步的意思都沒有。

賀語彩被她堵得不知道怎麼接話，沒好氣地摘下自己的荷包丟進賀語瀟手裡。「趕緊去，務必今日給我買回來，我明日要用。」

賀語瀟並不在意她的頤指氣使，背對著她揮了揮手，繼續往側門走。

賀語彩皺著眉，咕噥著。「這是跟誰學的做派，簡直粗鄙不堪！」

賣花苗的地方不在城中，但出了城也不需要走多遠。賀語瀟已經在園主夫妻那兒混熟了，提要求也是相當直接，花的品種不拘，但花色一定要鮮豔，最重要的是花瓣不能有毒。老闆娘帶著她往裡面走，這會兒園中都是花苗，並沒有長成的花可供參考。這個情況下選花，全憑對老闆娘的信任。

「這是去年夏天養出來的忍冬，之前只有白黃兩色，這次養出了紅粉橘三色。」老闆娘向賀語瀟介紹著。「這仙客來也是新養出的粉夾白的顏色。那邊的薔薇也有幾個新色可以看看，雖不是姑娘要的鮮豔色，卻也雅致。」

賀語瀟將這些花記下，又問：「今年可有好看蘭花？」

「有的有的，姑娘跟我來，咱們從後面過去，別讓前頭的人衝撞了姑娘。」老闆娘帶著賀語瀟繞路，往後面的暖房走。

「今天來搬苗的人挺多，妳家生意這樣好，可見平時栽種用心。」賀語瀟邊說邊留意著腳下的路，避免絆倒。

老闆娘是個愛說話的，笑得見牙不見眼。「您種著好，願意照顧我們生意，是我們的榮幸。今天正好趕上公主府上採買花苗布置花園，人就多了些。我家當家的在前面招呼，用不上我，我陪姑娘就挺好。」

賀語瀟沒有問是哪位公主，這不是她該問的。

選好的花苗堆在馬車裡，只給賀語瀟留了可坐的地方，露兒只能和車伕一起坐門邊。

「去尋脂齋。」賀語瀟沒忘給三姊帶胭脂的事。「從春影巷繞過去。」

「好，我幫姑娘看著路。」露兒興致勃勃地道。

不怪露兒高興，春影巷那邊盡是京中有名的小吃及點心鋪子，每次出來若時間充裕，賀語瀟都會往那邊去一趟，每次買點心也都缺不了露兒一份。

自從來到大祁國，賀語瀟就有諸多不習慣，飲食就是其中一項。她一個庶女又不能請個私人廚子給她研發，所以饞的時候就會到春影巷逛逛，買些吃食安撫腸胃。吃完一塊油炸芝麻糖糕，賀語瀟感覺又找回了生活的意義，馬車也正好停在尋脂齋門口。尋脂齋是京中有名的胭脂鋪子，不只高門貴女們喜歡，平民百姓也以有他家的胭脂為傲。

「姑娘想看些什麼？」店裡的夥計迎上來。

「聽聞你們店裡有一種帶著槐花香的胭脂？」賀語瀟問。

夥計笑容一頓，說：「實在不好意思，店裡最後一盒綴雪胭脂剛被那位公子買下了。」

賀語瀟這才注意到店裡還有一位客人。

男子一身文人打扮，身量頗高，樣貌周正，看衣著家境應該是很好的。男子聞言，轉頭看過來，目光剛正。只一眼，男子便收回了視線，顯然是極有教養的。

這樣的男人來買胭脂，多半是受家中母親或者姊妹所託，賀語瀟自然不能請他出讓，便問夥計。「什麼時候會再有貨？」

不等夥計詢問掌櫃，跟在男子身邊的掌櫃便主動解答。「新一批的綴雪胭脂還沒做好，大約需要等半個月。」

賀語瀟微微點頭，便告辭了，心中略有些遺憾，這跑腿費恐怕是賺不到了。

賀語瀟離開沒多久，男子也拿著盒子出來了，直接上了門口的馬車。

「買到了？」車內傳來另外一位男子的聲音，語氣裡有幾分笑意。

「買到了。送這個她真的會喜歡？」這是買了綴雪胭脂的男子的聲音。

「京中就沒有哪家的女子不喜歡尋脂齋的東西，你別一天到晚死讀書，也得稍微知情識趣一點，當心嫂子過門後對你不滿。」

「行吧，明天我請母親幫忙送過去。」

隨著車輪轉動，聲音慢慢遠去。

「沒買到？」風嬌院裡，賀語彩聲音又尖又高。

賀語瀟把荷包還給她，說：「賣光了。」

賀語彩煩躁地扯著手帕。「怎麼這麼不巧？」

「妳都說是好東西了，京中想要的人肯定多。」

「一定是妳去晚了，才沒買到！」賀語彩抱怨。「妳讓我明天出門怎麼辦？沒有好胭脂，我哪有臉面去赴約啊？」

賀語瀟在心裡翻了個白眼，嘴上說的卻是：「三姊姊天生麗質，哪能因為沒買到一盒胭脂就不美了。」她實在不願意惹這位三姊，倒不是怕賀語彩，只是賀語彩鬧起來跟她姨娘一個樣，嗓門高得讓人耳朵疼，得讓父親來哄才行。

這話果然安撫住了賀語彩，她手撫了撫臉頰，雖然表情還有些不高興，但嗓門沒有那麼高了。「算了，妳回去吧。半個月後我親自去買！」

第二章

轉眼過了七日，到了吏部侍郎家嫡女婚嫁之日。

大祁的婚禮都辦在傍晚，賓客們下午才會陸續到府。用完午飯，賀語瀟和賀語彩先後來到賀夫人院中候著，等賀夫人收拾妥當，就能出門了。她們雖是庶女，但過了及笄後，每有宴席聚會帖子，賀夫人都會把她們這些女兒帶上，也因如此，賀語彩認識了不少高門貴女。

「聽說今天是幾年難見的婚嫁吉日，京中好幾家都在今日成婚呢。」賀語彩跟賀語瀟閒聊，長輩不在，她們私下聊一聊別家姑娘的婚事不算無禮。

「當真？」賀語瀟還真不知道，她不太關注這些事。

「是啊。因為母親和吏部侍郎家的夫人是閨中姊妹，所以咱們只去吏部侍郎家就行了。若非如此，今天恐怕要跑好多家呢。」賀語彩向來知道這些瑣事。

賀語瀟點頭，在賀夫人的院子裡，無論賀夫人在不在，她向來是不多言語的。

正說著話，賀語芊也到了。今天賀語芊打扮得比平時嬌豔些，連髮飾都換上了粉紅的絹花和珠釵，與她臉上的胭脂交相呼應，就像開在春日裡的粉海棠。

「三姊姊，五妹妹。」賀語芊聲音輕輕地打著招呼，淡淡的槐花香自她身上散發出來，香而不俗。

賀語彩臉上的表情瞬間就不好看了，斜眼上下掃了賀語芊一遍，非常確定地說：「妳是用尋脂齋的胭脂？」

「是啊。」賀語芊明顯沒意識到賀語彩語氣裡的不快。

賀語彩冷笑一聲。「東西是好東西，只不過妳塗得跟刻意圖了彩的鄉下媒婆似的，也太滑稽了。」

賀語芊臉上一僵，立刻低下了頭，樣子尷尬又無助。

賀語彩繼續道：「我要是妳，現在就立刻回去洗了，免得丟人丟到吏部侍郎府上，若讓人誤將妳認成媒婆就好笑了。」

賀語芊緊攢著手帕，抿著嘴唇，似乎下一秒就要轉身回院子去了。

「吵什麼呢？」此時，收拾妥當的賀夫人走了出來，目光在三人身上轉了一圈。

面對賀夫人，賀語彩立刻擺上笑臉，道：「母親，我們三個說笑呢。」

賀夫人也不知有沒有信她的話，但見她們三個妝髮整齊，便沒有多問，道：「時候不早了，出門吧。」

「是。」三人應著，賀語芊也沒了回去洗臉的藉口。

四輛馬車慢行在路上，賀語瀟的車子排在最後，有些晃晃悠悠的，但不至於顛簸。

「姑娘，奴婢覺得四姑娘的胭脂挺好看的呀。」露兒對著賀語瀟向來是有話直說。

賀語瀟樂道：「三姊姊說那些話，哪是因為四姊姊塗得不好啊？就是因為她沒買到，看著眼熱。」

「四姑娘肯定很傷心。」露兒無奈道。

賀語瀟沒放在心上。「一會兒有其他家的姑娘讚上幾句，四姊姊就能開懷了。」

賀夫人和吏部侍郎家的夫人從小就認識，衝著這姊妹情誼，賀夫人是頭一個到的。

華夫人親自來迎，一見面就拉著賀夫人的手笑道：「過了午飯我就在盼妳來了，站也不是，坐也不是的，就覺得操心不安。」

「妳初嫁女兒，心裡肯定又不捨、又怕出錯。當初我家大女兒出嫁，我也是如此，到了二女兒就好多了。」賀夫人說著過來人的經驗，想讓華夫人放輕鬆些。

華夫人看到跟在賀夫人身後的三個姑娘，似是被分散了注意力，笑說：「妳家這三個姑娘是越發出挑了。」

三個人立刻向華夫人問安。

「來我們府裡也不用拘著，一會兒別家姑娘到了，妳們就一處玩去吧。」華夫人不是個難相處的，圓臉給人很有福氣的感覺，是討人喜歡的面相。

「是。」三個人應著，跟著華夫人和自家母親去了招待女眷的院子。

兩家夫人關係雖然好，但賀家姑娘和華家姑娘的關係卻一般，所以這會兒她們也不好往人家閨房裡湊，就坐在屋裡喝茶吃點心。

華家點心做得好，賀語瀟很喜歡。見賀語芊光坐在那兒垂頭喪氣，碟子裡的點心都沒動，眼眶還有點紅，便遞了塊點心給她，小聲勸道：「四姊姊，吃點甜的能讓人開心一點。」

一直低著頭的賀語芊這才抬頭看她。見賀語瀟用口型對她道「挺好看的」，賀語芊終於露出一點笑意，接了賀語瀟給她的點心。

賀語彩則根本沒注意她倆，這會兒正不動聲色地打量著院中已經封好箱的嫁妝。

兩位夫人正熱絡地說著話，一個穿著體面的嬤嬤匆匆跑了進來，急忙行了禮後，道：「夫人，姑娘的妝娘來不了了，這可如何是好？」

「怎麼回事？」華夫人猛地站了起來，臉上的和善頓時不見了。

那位嬤嬤回道：「妝娘趕來的路上，拉車的馬兒被路邊玩彈弓的小子打中驚著了，連人帶車一起拉下了河堤。好在車把式有點手上功夫，這才沒翻進河裡去，但妝娘卻摔出了車子，把胳膊摔折了。」

「怎麼會這樣？這可怎麼辦？」華夫人立刻就急了起來，用力拍了一下桌子。「短時間內上哪兒去找合適的妝娘來啊？」

嬤嬤也不知道怎麼辦，只能站在那裡等吩咐。

賀夫人起身扶住華夫人，她也沒料到會出這樣的岔子。「當務之急是趕緊讓府裡的婆子重新去找妝娘。現在時間還早，來得及，多派些人出去，也能找得快些。」

「是是是。」華夫人忙應著，有好姊妹在身邊出主意，她也找回了章法。「劉嬤嬤，趕緊叫上幾個婆子分頭去找，半個時辰內無論有沒有找到，都必須回來回話。」

「是！」劉嬤嬤應著，趕忙出去了。

賀語瀟她們三姊妹相互看了一眼，這會兒也不好多話了。

賀夫人又安撫道：「妳先別亂，妳亂了，姑娘那裡就更六神無主了。京中妝娘不少，肯定能帶回個合適的。再不濟，找個素日化妝手藝上佳的娘子，總不會讓姑娘丟了面子。」

賀夫人話是這麼說，但在座的心裡都有數。京中女子但凡稍微有點脂粉錢的，平日都樂於將自己打扮一番。但婚妝和素日裡大家略施粉黛的自然妝面是截然不同的，日常會施妝的，要畫這種特定的妝面，還真未必堪大用。

華夫人這會兒也顧不上那麼多了，拉著賀夫人道：「妳陪我去看看心蕊，我怕自己一著急，反倒讓她跟著我一起慌神了。」

「行，我陪著妳去。」賀夫人沒有推辭，趕緊跟著去了。

三姊妹沒跟著去，怕去了添亂，就繼續喝茶吃點心。

「今日成親的人多，想臨時找個妝娘，恐怕沒那麼容易吧？」賀語彩低聲說著。

賀語芊肯定是不會接她的話的，這會兒她眼角的紅意才剛退，心裡恐怕還委屈著。

賀語瀟不好讓這話落地上，不然賀語彩肯定得鬧性子，在別人府上讓人笑話，那可不好，便道：「華府在京中是有頭有臉的人家，肯定有辦法的。」

她的話點到為止。好在賀語彩沒有繼續問，話題就這麼過了。

半個時辰後，出去找妝娘的婆子們紛紛回來了，卻沒帶回來半個人影。

華夫人細問之下才知道，今日成親的人家的確多，京中有些名聲的妝娘早都被訂下了，有幾個更是直接去了外地。剩下能找到的，手藝都有限，平日裡給尋常百姓或者周邊村鎮的姑娘們化個婚妝還夠用，而像吏部侍郎這樣的人家，姑娘素日就打扮得好看，若不使出點真功夫，怕根本無法出眾。若是弄不好惹得府上不悅、姑娘不滿，還會砸了自己的招牌，實在不值當，所以沒有妝娘肯接。

華夫人急得面色通紅，如果不是這個大喜日子不能掉淚，這會兒肯定得紅了眼睛。大喜的日子出了這樣的事本就容易讓人多想，如果不能將待嫁的姑娘打扮妥當嫁出去，這後面的風言風語肯定壓不住。

下人們噤若寒蟬，也不敢去後院姑娘那裡，萬一被問起，她們根本不敢答話。

安靜持續了好一陣，賀語瀟才緩緩起身，交手握在腹前，溫聲道：「華夫人，可否讓我一試？」

華夫人一愣，像是抓到了救命稻草，又不確定這稻草到底結不結實，便看向賀夫人。

賀夫人也很吃驚，平時在家中賀語瀟並不多打扮，怎麼會化新娘妝？可轉念一想，其生母姜氏娘家以前是做脂粉生意的，在施粉描黛這事上，的確比尋常女子更懂些，私下教了賀語瀟也不無可能。

倒是賀語彩不大贊同地說：「五妹妹，這可不是小事，妳別壞了華姑娘的妝。」

賀語彩是怕賀語瀟沒弄好，成了全京中的笑話。屆時若被拿來當笑料，她哪還有臉面在一眾姑娘、小姐中往來？

賀語瀟沒理賀語彩，只看向上位還在猶豫的兩位夫人，對賀夫人道：「母親，女兒一定竭力而為。如今這個時候，是很難找到妝娘了，化妝也需要時間，再耽誤下去，怕是誤了上轎的吉時。」

賀夫人向華夫人提了姜氏的身分，才說：「讓語瀟試試倒也不是不行，她平日裡做事算穩當，不是個託大的人。再者，崔家不是不講道理的人家，若差上一分應是能理解的。主要還是不能耽誤姑娘的吉時，那樣更不妥。」

華夫人立刻點頭。「妳說得沒錯。」

反正事情到了現在這個地步，也找不到別的妝娘了，或者說找不到肯擔風險的妝娘了，既然賀家五姑娘願意開口擔了這個風險，無論成與不成，都是幫了她的大忙。

於是華夫人走過來拉住賀語瀟的手，道：「好孩子，那我家心蕊就拜託妳了。」

「自當盡力，不過我得讓身邊的丫鬟回去取我的妝箱。」賀語瀟說。

「我讓羅嬤嬤坐馬車回去取，更快些。」賀夫人開口道。兩府離得不遠，快的話不出兩刻就能來回。

賀語彩還想阻止，但賀夫人一個眼神都沒給她，讓她實在找不到時機開口。而賀語芊跟個悶葫蘆似的，根本指望不上，只能眼睜睜看著賀語瀟隨華夫人走了。

華心蕊作為家中嫡女，也是家中唯一的女兒，自然是備受寵愛的，只看院子的精緻程度，就可見一般。

「心蕊，妝娘來了。」華夫人進門便道。

華心蕊起身看過來，就看到跟在母親身後的賀語瀟，略驚訝道：「好年輕的妝娘。」

賀語瀟也是第一次見華家姑娘，以往兩家不是沒有一起參加過宴會，但兩家姑娘卻不玩在一起，加上她們是庶女，宴席都是坐在末尾，跟與家中夫人一起坐的嫡女不同，就算遠遠看過一眼，也記不太清，留不下印象。

「華姑娘好。」賀語瀟先向華心蕊問好，華夫人才解釋了她的身分。

華心蕊並沒露出任何不滿，反而握住賀語瀟的手，笑道：「我與妳二姊姊同年，就喚妳五妹妹了，我名心蕊，可擔妳一聲姊姊的。」

「華姊姊。」賀語瀟從善如流，兩個人相視而笑，賀語瀟又道：「華姊姊先坐，時間有點緊，我先幫妳把頭髮做好，等我的妝箱一來，便可上妝了。」

「好。」一見她爽利，華心蕊也不客氣，立刻坐回去準備梳妝。

屋裡的丫鬟、婆子們也跟著忙碌起來，華夫人鬆了口氣，在一邊默默看了一會兒賀語瀟做冠髮的手法，比她預想的麻利，她就放心地出去了。

在給華心蕊做頭髮期間，賀語瀟也在考慮著給她化個什麼樣的妝。華心蕊長了張娃娃臉，臉上帶著點嬰兒肥，配上靈動的眼睛，很是可愛。這種長相在妝容上能試的空間很小，弄不好就會像小姑娘偷化了大人的妝容，很不協調。

時下新娘的妝容多以紅、粉、黃這樣明豔的色彩為主，手法好的妝娘會貼或畫上花鈿，加以寶石點綴，讓妝面顯得更為精緻。若能畫出不常見的花鈿樣式，那就更能得賞識了。

盤髮期間，賀語瀟還注意到華心蕊妝檯上的胭脂盒，開啟了話題。「華姊姊這盒胭脂是尋脂齋的吧？」

華心蕊笑著應是，道：「說是綴雪胭脂，有股香味。」

這時，一旁打下手的小丫鬟笑道：「是姑爺買給姑娘，特地託了親家夫人送過來的。」

「華姊姊好福氣，前幾日我去買，掌櫃的說已經賣完了呢。」賀語瀟笑道：「那今日的胭脂就用這盒，正好全了新郎對姊姊的心意。」

華心蕊笑得靦覥，但眼睛亮亮的，帶著幾分喜悅的活潑。

頭髮盤好，賀語瀟的妝箱正好送了過來。

到了化妝這一步，屋裡就只有賀語瀟和華心蕊聊天的聲音了。

一般來說，這個時候新娘會保持安靜，等待妝面完成。但賀語瀟出於職業習慣，只要對方不反感，她是願意聊上幾句的。而她這個習慣恰到好處地減輕了華心蕊的緊張，讓屋裡的氣氛顯得輕鬆又愜意。

大概用了一個時辰，妝面完成。

華心蕊對鏡而視，驚喜地虛撫著額心畫出的花鈿，問：「妹妹，這是什麼花？」

賀語瀟邊收拾著箱子邊道：「這花名為『嘉蘭』，是百合花的一種，不常見。為姊姊畫這花，一是祝姊姊和新郎百年好合，二是嘉蘭盛開時，花瓣朝上，花蕊向下，如同火焰一般，花蕊也合了姊姊的閨名，今天是姊姊的大喜日子，自然應展示出美貌，而非藏於花瓣之中，另外也是希望姊姊像火焰一樣永遠炙熱活潑，為自己照亮前方的路。」

華心蕊激動地抓著賀語瀟的手。「真好，這花的寓意真好。」

「妳可以摸的，不會掉色。」賀語瀟笑說。

她考慮再三，給華心蕊化了醉酒妝。所謂醉酒妝，就是運用胭脂打造出醉酒時臉頰帶紅的樣子，這種胭紅是會帶到鼻子連成一線的，難點是要化得像是皮膚裡透出來的，而不是像刻意化上去的，那樣就太生硬了。

因為這個妝容的視覺重點在胭紅，對眼妝的精緻度就減弱了，如此可以更好地突顯華心蕊的清純少女感和可愛，不會造成眼妝太重的突兀感。

最後她還在眉心的嘉蘭雌蕊上點了一顆米粒大小的珍珠，乳白的珍珠給妝面的紅帶上了一絲清新，讓妝面看起來不那麼單調，也弱化了主調的紅色帶來的堆積感。

第三章

華夫人聽下人來報說妝面成了，便拉著賀夫人來看。她要求不高，只要不出錯就行了。但在看到自家女兒的那一刻，她整個人都喜上眉梢了，拉著女兒反覆打量，讚嘆道：「真是太好了，妝好，花也好。哎呀！母親都不知道怎麼誇才好了。」

賀夫人也挺驚訝，全然沒想到自家五姑娘還真有一手。

華夫人看著嬌豔得惹人憐的女兒，感慨道：「這大概就是塞翁失馬，焉知非福了，上天還是向著我們心蕊的。」

說完，華夫人就要轉身謝賀語瀟，卻被賀語瀟接了話頭。「夫人，現在時間還早，正好讓全福嬤嬤把全福飯餵給新娘子，讓新娘子吃得飽飽的好上花轎。」

她手快，不像大部分妝娘，卡著快出門了才把妝做完，弄得後面時間緊得不行，新娘子的全福飯沒吃兩口就得上轎，只能餓著肚子在婚房裡等著。

「對對對，全福嬤嬤呢？」華夫人趕忙問道。這會兒其他賓客已經陸續到了，她看女兒吃幾口全福飯，還得去前頭招待女眷。

「在的在的。」全福嬤嬤端著熱呼呼的全福飯進來了。

嬤嬤餵得小心翼翼，華心蕊吃得也小心翼翼，生怕把妝面吃花了。

賀語瀟看她吃得憋屈，笑道：「妳就放心吃，出門前再給妳補妝。」

華心蕊這才放開了，從早上到現在，她就吃了一塊糕餅，這會兒早就餓得不行了，邊吃還邊問賀語瀟。「妳一會兒跟我過去嗎？」

如果女子所嫁的人家距離不遠，那麼妝娘是會跟著一起過去的。等新郎掀了蓋頭，妝娘就會由新郎家準備車子送回去。因此她的意思當然是跟到新郎家中。

賀語瀟點頭道：「當然，放心吧。」

華心蕊笑得格外燦爛。見兩個姑娘相處得好，華夫人完全放鬆下來，又囑咐了院裡的人幾句，才拉著賀夫人去前面待客了。

賀語瀟準備跟著迎親的隊伍一起前往工部尚書府，便將妝品收拾至妝箱內，只留下幾樣補妝的用具。

補完妝，新娘子被兄長揹上轎子後，跟著一起出來的賀語瀟才發現，新郎居然就是那日她在尋香齋遇到的買走最後一盒綴雪胭脂的男子。

而迎親隊伍裡最受人矚目的卻不是新郎官，而是陪同新郎官一起來接親的男子。男子劍眉星眼，姿容勝玉，嘴角含笑，丰神俊秀，身上貴氣難掩，即便看著溫潤如玉，也叫人不敢與之對視。

賀語瀟後來從丫鬟的私語中得知，那位男子就是惠端長公主的獨子，有京中第一美男子之稱的傅聽闌。這位傅公子與新郎崔恒自開蒙起便是同窗，可以說是從小一起長大的朋友，關係一直很不錯，陪著來迎親理所當然。

一路來到崔府，喜婆、媒婆和貼身丫鬟扶著華心蕊從正門進府拜堂，賀語瀟則跟著其他嬤嬤、丫鬟從側門進入，到新婚院子裡等著。

崔府到處貼著喜字，紅燈籠、紅綢緞掛著，喜氣洋洋的，丫鬟們全部頭簪紅花，身穿新衣，小廝們也都在新衣外繫上了紅腰帶，可見崔府對這門婚事的重視。

不一會兒，拜完堂的新娘子被簇擁著進了新房。現在時辰尚早，新郎官少不得要被灌幾輪酒，新娘這會兒只能在房間裡等著。

崔府派了丫鬟過來送點心給新娘子，怕新娘子餓著。華心蕊的貼身丫鬟出來，請了賀語瀟進去。賀語瀟怎麼說都是賀府的姑娘，就算臨時做了妝娘，那也不能怠慢。

屋裡沒有旁人，華心蕊把團扇擱到一邊，見她進來，忙道：「快來，趕緊吃些東西。」

賀語瀟不是很餓，也不好隨便拿給新娘子的吃食。「華姊姊不用管我，我不餓。」

「怎麼可能不餓？晚飯也沒吃上，我還有碗全福飯吃，妳可是實實在在餓到現在呢。」說著，華心蕊直接塞了塊點心給她。「妳幫了我這麼大的忙，若餓著肚子回去，我以後哪有臉叫妳出來玩？」

一般來說，像這樣的高門高戶或多或少都會給新娘子準備些吃食，而新娘子為了表示矜持，通常不會吃多少。既然點心都被塞到手裡了，賀語瀟便沒再推辭，就著茶吃起了點心，也正好陪華心蕊聊天解悶。

「聽丫鬟說，今天是傅公子陪著來迎親的？」華心蕊一臉好奇地問：「妳看到了沒？」

賀語瀟點頭，覺得這位姑娘多少是有點八卦之心的，很是可愛。

「怎麼樣？傅公子長得好看嗎？」

「妳沒見過？」這讓賀語瀟很意外。

「那是長公主家的公子，我一個吏部侍郎家的女兒，哪能見得著？」華心蕊的言下之意就是——妳也太看得起我了。

賀語瀟是真沒想到。「好吧，我只能說他不愧是京中第一美男子。」

華心蕊捂嘴一笑。「早知道我扇子就不擋那麼嚴實了，說不定也能看上一眼。」

這話當然只是玩笑，卻也從另一方面說明了京中女子們對這位傅公子的好奇心。

大約一個時辰後，賀語瀟算著新郎官差不多該回房間了，便麻利地為華心蕊補了妝。時間久了，胭紅容易融進粉裡，也需要補一補，而且晚上光線不如下午，室內即便點了燭火，也不如白天明亮，這會兒胭紅就要再重一些，才能看出「醉意」來。

等把華心蕊收拾妥當，丫鬟正好進屋來報，說姑爺已經往這邊來了。

賀語瀟趕緊把團扇遞給華心蕊，扶她坐好後，又幫她整理下喜服，這才退出房間。剩下的就不關她的事了。

賀語瀟出了崔府側門，並沒有看到送妝娘回去的馬車。露兒回去一問才知道，原先那個妝娘說自己有馬車，不需要崔府送，所以換到賀語瀟這兒，就沒車可用了。如今崔府裡的馬車也都派出去送賓客了，沒有多餘的。

「姑娘，您在這兒等著，奴婢去看看附近能不能租到馬車或者轎子。」露兒道。

賀語瀟哪能大晚上的讓一個小丫頭去給她找馬車，便拉住她道：「算了，我們往回走吧，路上若遇到就叫一輛，左右時間還不算太晚，走吧。」

「這哪行？從這兒回府挺遠的。」露兒心疼自家姑娘，好心幫個忙，結果大晚上的連輛馬車都沒撈著。

「快走吧，說不定路上有未收攤的小吃，咱們還能買點吃的墊墊。」說著，賀語瀟就拉著露兒往前走了。她剛才還吃了幾塊點心，小丫頭可是什麼也沒吃。

在大路上走了沒多遠，一輛馬車自身後駛來，兩個人往旁邊讓了讓，想等著馬車過去她們再走。未料馬車往前走了沒幾步，就停了下來。

賀語瀟心道，這馬車有毒吧，堵這兒幹麼呢？

正想從馬車的另一邊繞過去，車上就下來一位小廝，直朝著她們走過來。「敢問可是司農寺少卿府上的姑娘？」

「正是。」賀語瀟不明所以，但還是應了。

小廝禮貌地笑道：「我家公子見姑娘行夜路實在不便，若姑娘不介意，可乘我們公子的馬車回去，我們府上離這兒不遠，公子步行回府即可。」

「敢問貴府公子是？」賀語瀟問。對方以禮相待，她理應表示感謝，但也不是誰的馬車她都敢坐的。

這時，就見一位身著紫衣的男子從車上下來，紫衣上還繫著紅帶子，一看就是為了參加婚宴特地做的衣裳，此人正是惠端長公主家的公子——傅聽闌。

長公主獨子的馬車，誰敢坐？一看是這人，賀語瀟寧願兩條腿走回去，也不想成為京中的談資，至少不能是這樣的談資。

還沒等她說話，就聽傅聽闌道：「天色太晚，姑娘還是早些回去為好。今日崔府上下忙作一團，多有不周之處，還請姑娘見諒。」

「傅公子客氣了，家裡已辦過兩場婚宴，自是知道當日的忙碌之處，無妨。」對於傅聽闌這樣的身分，賀語瀟自是敬而遠之，不敢有半分親近之嫌。

傅聽闌點頭。「那便早些回去吧。」似是看出她疏遠之意，傅聽闌又道：「馬車沒有我府上的家紋，姑娘放心坐便是。」

賀語瀟看天色，再看看露兒抱著的大妝箱，便不再拒絕。「如此，就多謝傅公子了。」說罷，賀語瀟就帶著露兒上了車，自始至終眼睛都沒有抬起來正視過傅聽闌。以她的身分，不可能和傅聽闌有交集。如此這般，正好。

宴席結束後賀夫人又陪華夫人說了好一會兒話才回府。一進府得知賀語瀟還沒回來，趕緊讓羅嬤嬤帶人出去接一接。羅嬤嬤剛走到側門，就見賀語瀟從車上下來了。

「哎喲，五姑娘可算回來了，可急壞夫人了。」羅嬤嬤迎上去。

賀語瀟笑了笑，說：「崔家散席晚了些，讓母親擔心了，我這就去她那兒。」

羅嬤嬤笑道：「姑娘看著點路，燈籠給姑娘打好了。」

「是。」小丫鬟們應著。

露兒代賀語瀟向車伕道了謝，便抱著妝箱追自家姑娘去了。羅嬤嬤轉頭看了一眼馬車，也回頭跟了上去。

見她回來了，賀夫人便放了心。「今日妳有心了，早些回院子休息吧。」

「是，母親也早點休息，女兒告退了。」

賀語瀟離開後，羅嬤嬤幫賀夫人摘首飾頭面，扯家常似的道：「老奴看送五姑娘回來的馬車不像是崔府的。」

賀夫人沒放在心上，說：「可能是崔家馬車不夠用，託了別家幫忙吧。」

羅嬤嬤點頭。「夫人說得是。」

鬆了頭髮，賀夫人覺得鬆快不少，又問：「今日老爺在哪兒歇？」

羅嬤嬤平靜道：「老爺先您一步回來，這會兒歇在風嬌院了。」

賀夫人點點頭，接過丫鬟送來解酒的甜湯自顧自地喝起來。

路上沒買到吃食，這會兒賀語瀟餓得很，進院就直奔姨娘那裡要吃的。好在姜姨娘早有準備，給她留了粥和府裡特製的醬菜。

從羅嬤嬤回來拿妝箱，她就知道今天女兒應該是為著什麼緣由出頭了。待細問之後，姜姨娘嘆氣道：「這事辦得高調了些，不過也是個時機。」

賀語瀟點頭。「原本沒想出頭，但考慮到成親當日，若沒個好妝面，吃虧被嘲笑的還是女子，所以才出手相助一回。華家姑娘是個好相處的，說不定以後還能為我介紹生意。」

「妳自己心裡有數就好。」姜姨娘不多干涉。

「說到妝面，今日華姑娘手裡正好有一盒綴雪胭脂，我用了一下，香是挺香的，可質地不如姨娘製得好。」她之所以在院子裡種那麼多色彩明豔的花，都是用來製彩妝的。好在姨娘的出身讓其懂一些脂粉上的製作，不至於讓她兩眼一摸黑，從零開始。

姜姨娘笑著接受了女兒的讚揚，並不謙虛。

賀語瀟又道：「對了，四姊姊手裡居然有一盒綴雪胭脂，也不知道她從哪兒得來的。三姊姊看得眼紅，說她塗得不好看，還把四姊姊惹哭了。」

後院女兒家之間，這種小吵小鬧的事常有，不須計較，姜姨娘也向來不摻和這種小口角。「應該是夫人給的，我聽說二姑娘成親那日，大姑娘回來給夫人帶了脂粉，應該就是那綴雪胭脂。可能是夫人覺得用著不合適，給了四姑娘了。」

「也是，肯定不會是四姊姊自己買的。」

賀語芊的姨娘走得早，賀語芊便記在夫人名下養著，雖說吃穿不愁，賀夫人也沒虧待過她，但沒有生母幫襯，手裡能動用的銀錢少得可憐，自然是不會買那些高價的東西。

第二天，華府送來了一套頭面給賀語瀟，說是一點心意。賀夫人沒有推辭，就讓賀語瀟收下了。賀語瀟心裡挺美，這套頭面價格可不便宜，算是她的私房了。

但沒想到，沒過中午，崔府那邊也讓人送來了一套頭面，說是昨天忙亂，多有不周之處，算是給五姑娘的賠禮。這讓賀語瀟有點不敢接了。昨天崔府的人只以為她是普通妝娘，如果沒遇上傅聽闌，可能誰也不會知道崔府沒為她備馬車一事。

如果是華心蕊今早從閒聊中得知此事，以她的名義送便是了。可如今是以崔府的名義送的，那恐怕就是傅聽闌去提醒了崔恒。換句話說，就是傅聽闌給她討的賠禮，和這位沾上邊的，她哪敢要啊！

「母親，崔府不曾怠慢女兒，實在談不上賠禮。」賀語瀟腦子轉得飛快，醞釀著這話到底怎麼說。「這套頭面估計只是借著女兒的名義送給咱們賀家的，可能是有謝女兒為華姑娘上妝的意思，但也因為女兒是賀家姑娘，看在父親、母親的面上，才得此禮。既然如此，不如母親收下吧，女兒有華府送的頭面，已經很好了。」

反正崔府送的這套，她自己是不敢收的，退也是不可能退，找個藉口讓賀夫人收了，於情於理都說得過去。

賀夫人琢磨著這所謂的「賠禮」，估計是為了昨天崔府沒能用府中馬車送語瀟回來一事才送的。工部尚書的官職雖比他們家老爺高，但司農寺隸屬工部，抬頭不見低頭見的，崔家做事又向來周全，這禮他們家也算能收得。

「行，那我先收著了。待妳出嫁時，且當是崔府給妳的一份添妝了。」賀夫人道。

「都聽母親的。」賀語瀟鬆了口氣，反正別讓她直接沾上，怎麼都好說。

回院的路上，賀語瀟遇上出門回來的賀語彩。

「三姊姊這是買什麼去了？」賀語瀟笑問。

賀語彩看到露兒手捧著的盒子，沒覺得會是好東西，便沒有過問，答道：「買了些香果，近日父親忙著農播的事，我想著明天去廟裡拜一拜，幫父親求個農播順遂。」

農播是每年司農寺為數不多的大事之一，也是最忙的時候，今年賀複沒被派出去巡視，已經算輕鬆了。賀語彩和鄧姨娘慣會用這種事討賀複喜歡，有她們在前，別人倒不好模仿了，所以每年春播和秋收時節，賀複都喜歡去風嬌院。

第四章

「還是三姊姊有心。」

年年如此的事，賀語瀟閉著眼睛吹就完事了。但賀語彩卻難得主動挽上賀語瀟的手，賀語瀟腦子裡立刻蹦出幾個大字——無事不登三寶殿。

果然，就聽賀語彩問：「聽說昨天接親的隊伍中有傅公子？」

賀語瀟無奈地點頭，這事到今天恐怕全京城都知道了。去華府參加婚宴的女眷不會跑到前頭看迎親隊伍，只能在後面老老實實地「聽說」。

「妳見到傅公子了嗎？」賀語彩接著問。

「遠遠地看了一眼。」說沒看到未免太假了，畢竟是那般樣貌的人，想不注意都難。

「還是那般神仙似的人物嗎？」賀語彩眼中難掩嚮往。

賀語瀟問：「三姊姊之前見過？」

賀語彩笑了笑。「遠遠看過一回，他還往我這邊看了，也不知道看沒看到我。」

賀語瀟無語，隱晦地提醒賀語彩。「能遠遠看一眼已經不錯了，那樣的高門貴胄，實在不是咱們能接近的。」

賀語彩似要反駁，但話並未說出來。賀語瀟不欲再討論，便快走了幾步，先回百花院了——她希望這個三姊不要異想天開，容易出大事。

關上房門，露兒輕放下盒子，才開口道：「姑娘，奴婢昨天想了一晚上也沒琢磨明白，咱們明明和傅公子沒見過面，他是怎麼認得您的？」

賀語瀟給自己倒了杯茶，沒讓露兒動手。「那是長公主家的公子，手段自是咱們這種尋常人家比不了的。估計從妝娘受傷開始，他就得到消息了。」

露兒驚訝道：「姑娘的意思是，傅公子在華家安了眼線？」

賀語瀟笑說：「華家應該還不至於讓他這麼費心，多半是花錢買點消息，自己好友的婚事，他若有心，肯定不希望出岔子，一錘子買賣的事。」

露兒恍然大悟，嘆道：「就算沒有壞心，被人這麼悄悄得了消息，想想也挺嚇人的。」

「所以說但凡跟皇家沾邊，且能盛寵不衰的，都是精到骨子裡的人。咱們惹不起，更沾不得，繞著走才是聰明的選擇。」賀語瀟說。

露兒甚以為是，點頭道：「露兒明白了，以後一定繞著走！」

看她年紀不大，卻一臉認真的樣子，賀語瀟被逗笑了，順手給她抓了一把瓜子。如果只有她和露兒兩個人，賀語瀟是不太願意使喚她的，一直將她當個小妹妹看。「再過幾天二姊就要回門了，妳幫我想想送她點什麼比較好。」

大祁回門一般在成親一個月後，除了家中主母準備一些讓新婦帶回婆家的吃食外，家中姊妹也多會表示一二。

露兒將瓜子用手絹包起來，想等著回屋慢慢吃。「大姑娘回門那會兒，姑娘送了兩把團扇，不如這次也送一樣的吧。」

賀語瀟搖搖頭。「大姊姊婆家什麼都不缺，我送點錦上添花的玩意兒就算了。但二姊姊婆家難說，二姊夫日後恐怕還指著二姊姊的嫁妝唸書，得細想想。」

露兒想說「不如送些銀子」，可想到自家姑娘手頭也沒什麼銀錢，目前私房裡最值錢的還是新得的這套頭面，便作罷了。

賀語瀟打開頭面盒子，仔細看了看裡面精緻的鎏金頭面。這樣的頭面賀語穗的嫁妝裡也有一套，這讓賀語瀟不禁自嘲——她的私房錢明明不如賀語穗，卻想著幫襯，也不知道誰給她的勇氣。

當時賀夫人說賀複的官職做到從四品已經不易，萬不能鬧出結黨的事，功虧一簣。而往往官員家中女子出嫁，多有門戶締結的傾向，她不願意賀家冒這樣的風險，所以將家中長女、次女都低嫁了。賀夫人還說賀語穗嫁的這位秀才很是上進，假以時日，必能高中，到時候在朝堂之上也能成為賀複的助力。而當初結親時，對方還只是個秀才，聖上自然不會覺得這是官員間的拉幫結派，更能讚揚秀才郎的上進，和賀家的正直。

這番話讓賀複甚以為是，所以在女兒的婚嫁上，賀複並未摻和。

賀語瀟雖不贊同這論點，可考慮到自己並不瞭解朝堂的事，實在沒有發言權，只私下和姜姨娘說了幾句。姜姨娘倒是沒表示意外，只說老爺向來看重自己的官位，夫人也有自己的考量，讓她顧好自己就行了。

賀語穗回門這天一早，賀語瀟就收到了華心蕊遞來的帖子，請她明日帶著妝箱到府上一趟。賀語瀟請示了賀夫人後，便應了邀約。

這邊華心蕊派來的人剛走，那邊賀語穗就攜夫君回門了。

賀語瀟與賀語穗關係還不錯，或者說賀語穗跟這些姊妹關係都挺好。她性格隨和，即便是嫡女，在她們這些庶妹面前也不拿架子，就連賀語彩這個愛攀比的，也不太會跟她比較。

「二姊姊。」賀語瀟笑著跟她打招呼，也打量起這個二姊，不知道是不是她的錯覺，她總覺得二姊比出嫁前瘦了些。

「五妹妹，我正說到妳，妳就來了。」賀語穗向她伸出手。

賀語瀟握上她的手，笑問：「說我什麼？」

「我可聽說了，那日妳給華家姑娘化的成親妝面極好，之前都不知道妳還有這麼一手。」賀語穗嗔道：「早知道，應該讓我搶個先啊。」

賀語瀟謙遜道：「我只是閒來無事當個愛好做一做，如果不是那日華府實在找不到妝娘，我也不敢出這個頭。」

「不管怎麼說，能幫到華家姑娘就好。」賀語穗一直是個心善的，她也不忍看到新娘出嫁沒有個好妝面。

「我也這麼想，好在沒搞砸，否則我恐怕得躲起來避一避，等風頭過了再回來。」賀語瀟玩笑道。

賀語彩和賀語芊並不知道那日賀語瀟到底給華心蕊化了個什麼樣的妝面，只以為是沒出錯的，所以直到現在也沒把那天的事放在心上。而賀夫人看著她們姊妹說話和諧，並不插話。

賀語彩倒是插話道：「二姊姊回來只顧和母親說話，又關心了五妹妹，也不看看我。」

賀語穗笑著推了她一下。「我看妳好得很，還用多問？」

賀語彩擠到賀語穗身邊。「我是挺好，倒是二姊姊看著清減了。」

有時候賀語瀟還挺喜歡賀語彩這性子的，有話她是真敢問。

賀語穗笑意眼看著收了幾分，不過並不算愁苦。「嫁了人和在家當姑娘終歸不一樣，要操心的事多。現在家裡又交給我管了，柴米油鹽的事一樣都不得省心。」

賀夫人點頭。「管家就是這樣，免不得要操心。親家母還好相與嗎？」

賀語穗點頭。「婆母和相公待我都很好，只不過婆母向來節省，在吃食上總是簡單些，有時甚至不比府裡其他院子。」

賀語瀟聽到這兒就很想皺眉了，賀府的三餐已經算簡單了，像她們這種跟姨娘住的，早中兩餐能簡單些，晚飯基本是主食加一葷兩素，夫人和嫡女是兩葷兩素，而沒有孩子的姨娘則是一葷一素。二姊姊說不比府裡其他院子，豈不等於至多兩素？整天對著青青草原，活著有什麼勁兒？

賀夫人倒不意外，只說：「妳剛嫁過去，很多事雖然讓妳管著，但也不能全讓妳做主。不過日子長了就好了，無須太計較，主要還是妳和姑爺要和睦。」

「是，母親，女兒明白。」賀語穗應道。

風嬌院裡，鄧姨娘坐在榻上，見賀語彩回來，趕忙問道：「二姑娘好像瘦了不少？」

賀語彩點頭，把賀語穗的話跟自己姨娘學了一遍。

「嘖嘖，真不知道夫人怎麼想的，京中那麼多人家，怎麼就非挑這麼一個。」鄧姨娘長得美豔，即便上了歲數，依舊風韻不減，一瞪眼、一抬手全是風情，只不過沒遺傳給賀語彩。

「姨娘，反正我就算去庵裡當尼姑，也絕對不要嫁一貧困戶！」賀語彩抓著鄧姨娘的胳膊說。她就算不如嫡長姊養得嬌貴，那也是姨娘和父親千寵萬寵的，斷然不能隨便嫁了。

「放心，就是我也不能讓妳嫁給一個寂寂無名之輩。」鄧姨娘安撫著賀語彩。

賀語彩撒嬌。「按排輩，等夫人歇息一陣子，恐怕就要開始為我看婚事了。姨娘，您可一定要哄好父親，千萬別讓夫人為我挑人家，以夫人那眼光，挑的沒一個好的！」

鄧姨娘信誓旦旦地點頭。「放心，妳的婚事，娘必定上心，必然要讓妳成為府裡嫁得最好的姑娘。」

「姨娘真好。」賀語彩撲到鄧姨娘懷裡撒嬌，全然一副小女兒姿態。

再捨不得娘家，趁著天還沒黑，賀語穗也要跟自家相公一起回去了。這也預示著在她相公考中功名成為官員前，她都會遠離京中官門女子的社交圈，不是她不想去，而是別人不會帶她玩了。

賀語瀟琢磨了好幾天，最後送了化妝用的套妝給賀語穗。無論身處什麼境地，把自己打扮得漂亮些，心情都會跟著好起來。而她送的這些都是她和姨娘自己製的，就算手重些，也不會塗出過重的顏色，適合早起上妝匆忙的時候用。

另外，讓賀語瀟沒想到的是大姊姊居然沒有回來，聽說是婆母身體不適，她留在家中服侍了。賀語瀟不願意把人往壞裡想，但大姊姊婆家又不缺丫鬟，這種日子讓大姊姊回來一趟也費不了多少時間，何必呢？

大姊姊、二姊姊都是嫡女，嫁的人家卻都不是很妥當，她一個庶女自是不可能好，其中家世不是她最在意的，重點是她不希望跟個瞎子般盲婚呀！所幸前頭還有兩個姊姊，兩、三年內倒還輪不到她……可這該死的婚姻制度卻不會變。

雜念有點多，賀語瀟睡得不是太好，但因為要去崔府應華心蕊的約，所以賀語瀟還是早早地就起來了，稍微給自己上了點妝，讓氣色看起來好一些。

進了崔府，拜見崔夫人後，華心蕊就將賀語瀟帶回了自己的院子。

「華姊姊看著氣色不錯，想來日子過得很順心。」賀語瀟讚道，看著華心蕊活潑中多了一絲沈穩，沈穩中又不缺活力的勁兒，賀語瀟心情好了不少。

華心蕊拉著她的手，笑得真切。「比預想的好不少，婆母沒給我立規矩，小姑子也是個好相處的，崔家人口簡單，我也不至疲於應對。」

「那崔家郎君呢？對姊姊可好？」賀語瀟打趣地問。

華心蕊臉上一紅，笑罵。「妳一個未嫁人的姑娘，問那麼多幹麼？」

「華姊姊才成親幾天啊，就要與我劃開界線了？」

華心蕊臉非常沒有氣勢地一擺。「那我現在也是成家的人了。」

「好吧，崔少夫人說什麼都是對的。」

華心蕊輕輕捶了她一下。「且等以後，有我笑話妳的時候。」

「那起碼還要等個兩、三年呢。」賀語瀟道。

看著華心蕊婚後愉快的模樣，她心境也平和明朗多了。

大祁女兒家及笄後便可以相看人家了，一般如有合適的，會先訂親，等女兒家到了十八、九，方才成親。有些人家心疼閨女，拖到二十之後也是有的。賀語瀟上頭還有兩個未出嫁的姊姊，要輪到她還早呢。

丫鬟送來茶水點心，華心蕊才再次開口。「今天請妳過來是下午我要陪婆母去赴宴，我這是第一次陪婆母出門，怕給長輩丟面子，所以請妳來幫我化個妝，我也能有些底氣。」

賀語瀟沒有被使喚的不快，相反，這正是她樂見的事。「去赴宴不好太搶主人家風頭，但打扮得漂亮些也是對主人家的尊重。我現在就來為姊姊上妝吧，別耽誤了出門的時間。」

「好！」華心蕊開開心心地拉著賀語瀟去了自己妝檯那邊。

不想太搶風頭，又想漂亮，突出一種原生臉的美，賀語瀟選擇給華心蕊化一個偽素顏妝。所謂偽素顏妝，說通俗一點，就是用的顏色少且自然，通過陰影、高光和腮紅調整五官的陰暗面，從而達到骨相美的效果。

華心蕊是全然信任賀語瀟，沒有提任何要求，屏退屋裡的下人，兩人閒聊起來。

「我聽相公說，那日妳回府崔家沒給妳準備馬車，是傅公子路上偶遇妳，送妳回去的。是我疏忽了，忘記安排這事。好在得傅公子相助，否則我可真是要臊死了。」這事即便崔府送了禮給賀語瀟，她也得表示歉意，說到底是她沒安排妥當。

「妳成親那日本就忙得自顧不暇，這種小事沒顧上很正常。我也平安回府了，就不必再提了。」賀語瀟是真沒放在心上。

「妳是個心好的，若換個心眼小的，恐怕得恨上我了。」華心蕊聽了才放下心。

賀語瀟逗趣道：「若換個有心的，說不定還要謝妳，讓她有了和傅公子說話的機會呢。」

說到這個，華心蕊可就不煩心了。「雖說不應該議論公主府的事，但咱們私下說幾句也無妨。傅公子與相公同年，早就到了應該成親的年紀，若非先前娶了個牌位進門，這會兒想與他結親的人家，肯定能踏破公主府的大門。」

這說來也是京中前兩年百姓私下的談資了。惠端長公主是當今聖上的嫡親二姊，兩位前面還有一位嫡親長姊，就是當朝榮淑長公主。榮淑長公主的長女打娘胎出來就先天不足，雖然無微不至地護著寵著，還被封了縣主沖喜，但在十八那年，還是撒手人寰了。

未婚女子過身後是無法入祖墳的，也沒有後輩祭拜，在世人眼裡是再悲慘不過了。於是傅聽闌便提出娶表姊牌位入府，不至於讓這位表姊孤墳在外，以後也能有後人祭拜。

聖上嫡出姊弟三人關係向來極親，於是這事就這麼定下了，但也帶來後續的問題。

在大祁，女子出嫁的身分高低依次是原妻、續弦、平妻、貴妾、良妾、賤妾、外室。像傅聽闌這樣的出身，這樣的年紀，是肯定要配正室嫡女的。可因為前頭有個原妻了，但凡有些身分的，都不願意自家姑娘去給人當續弦。而那些可以做續弦的高門庶女，當今聖上又覺得配不上他外甥，加上傅聽闌自己不著急，事情就耽擱下來了。

聊著八卦，時間過得特別快，沒多久，賀語瀟就幫華心蕊收拾好了。這個妝容不適合貼花鈿，但凡過重的顏色在臉上都會顯得突兀。於是賀語瀟幫華心蕊在眼下點了顆小小的淚痣，既不突兀，又能很好地平衡嬰兒肥帶來的面部留白。

「要不是我天天對著鏡子知道自己長什麼樣，我都要以為這才是我原本的臉了。」華心蕊看著鏡子中的自己，特別歡喜。

「華姊姊要是喜歡這個妝，回頭讓妳的貼身丫鬟跟我學學，以後天天給妳化。」有意想交好，也是真覺得華心蕊人好，賀語瀟並不藏著。

第五章

「哎喲，可算了吧。不是我謙虛，我那貼身丫鬟手笨得很，唯一的好處就是忠心，別的方面我可指望不上她。」華心蕊打開妝盒請賀語瀟為她挑髮飾。「平日我自己應付就行了，若趕上這樣的場合，我再找妳來唄。」

「也行。」賀語瀟左右沒什麼事，華心蕊正好讓她練手了。

華心蕊笑說：「我也不讓妳白來，給妳妝費。」她說得真切，沒有半分試探的意思。

賀語瀟跟著笑起來。「那我可就不客氣了，到時候都存起來，請姊姊喝茶吃點心。」

「那就這麼說定了！」華心蕊一拍手，顯得格外高興。「妳說妳這手藝，藏在閨中實在浪費了。如果能出來做妝娘，那一副妝面怎麼不得收個百十來兩銀子？」

「能這麼值錢？」賀語瀟其實不太瞭解市價，只知道像妝娘、廚娘、簪娘、女裁縫這類屬於高級手藝，女子從事不僅不會被看不起，反而很多人家的夫人、姑娘都喜歡找女子來做。若做得拔尖，在大祁是能有一定地位的，這是她攏鼓這些化妝用品，她姨娘沒有阻止的原因。而這也是她想走的一條路，趁這幾年做出點成績，儘量幫自己提升一點話語權。

「尋常人家我不曉得，但放在大戶，那必是不能差錢的，就算沒這麼多，應該也相當可觀了。妳若有這方面打算，我可以幫妳對外透露幾句。」華心蕊熱心地說。

這正合了賀語瀟的意，如果只靠她自己，恐怕沒有這麼好的宣傳途徑。「如此，就先謝謝華姊姊了。」

「妳我之間，客氣什麼？」

賀語瀟幫華心蕊重新盤了髮，為了方便插髮飾，賀語瀟用了大量的編髮，讓髮飾能插得牢固，不至於動作太大時讓髮髻鬆散。

賀語瀟正忙活著，丫鬟來報，說崔姑娘來了。

華心蕊忙道：「快讓乘兒進來，來得正好，五妹妹，我還想找機會介紹妳們認識呢。」

不一會兒，一個滿身書卷氣的姑娘走了進來，姑娘個頭還沒有華心蕊高，看著文文靜靜的，有種腹有詩書氣自華的溫婉。

「來來來，給妳們介紹一下。這是我小姑子，崔乘兒。乘兒，這是司農寺少卿府上的五姑娘賀語瀟。妳倆同年，互喚名字便是了。」華心蕊給兩人做了介紹。

華心蕊站在她的角度介紹，自然是往親近了叫，但站在賀語瀟的角度就是兩回事了。

「崔姑娘好。」賀語瀟先問好。

崔乘兒雖慢她一步，卻也沒有絲毫怠慢，回了禮道：「既然是嫂子的朋友，叫我乘兒就好，我便喚妳語瀟了。」

「好。」賀語瀟應了，崔乘兒說話語速不快，語氣溫溫柔柔的，和賀語芊的那種自憐的柔弱不同，崔乘兒是屬於廣讀詩書的女子那種自謙的矜持。

崔乘兒將目光轉向自家新嫂，笑道：「嫂子今日打扮得真好看，看似無妝勝有妝。」

「妳趕著這會兒來就是個有福氣的，趁著五妹妹沒走，正好給妳也化個妝，反正我會付她妝錢，乘兒不用跟她客氣。」今天小姑子也要跟她們一起赴宴，她已經收拾得差不多了，這會兒時間還早，以賀語瀟的速度，足夠給崔乘兒打造一個妝面了。

「這怎麼好意思？」崔乘兒眼裡是掩不住的對新嫂妝面的喜愛，但又怕麻煩人。

賀語瀟就沒那麼客套了，拍了拍華心蕊的肩膀。「那華姊姊讓一讓，讓小丫鬟幫妳上簪子，我給乘兒收拾一下。」

多一個人練手，賀語瀟求之不得，這對她來說可不僅是練習，更重要的是能摸索一下京中的姑娘們對妝面的接受程度，這對她後續發展事業、賺錢都是非常重要的。

華心蕊和崔乘兒跟著崔夫人去的是信昌侯府的宴會。因為崔夫人跟信昌侯府沾著遠房親戚的邊兒，這才得已與侯府有往來。信昌侯府今天的宴會打著老侯夫人請大家聽戲的名頭，實際是想給家中適齡的孫子挑一位合適的姑娘。

華心蕊是第一次踏進侯府大門，不免緊張謹慎些，一直跟著婆母。而崔乘兒來了不知多少回了，各種規矩心中門兒清。

去拜見了老侯夫人，老夫人見著崔乘兒的妝容，笑道：「乘兒今天打扮得好，比那春日裡的迎春看著還讓人欣喜。」

人上了年紀，最不耐煩秋冬的蕭瑟，就喜歡春夏的盛景。

賀語瀟給崔乘兒化的妝面她臨時起名就叫「迎春妝」，妝面以黃加橘粉色為主，若用完全的黃色會顯得氣色不好，加點橘粉調在裡面，添一分活潑。眉心的花鈿畫的迎春花，就連頭上都有一枝現折的迎春花做髮飾。

「老夫人過獎了。」崔乘兒面露微笑，眼神波瀾不驚。

隨後，老夫人又看向華心蕊，問崔夫人。「這就是恒哥兒的新媳婦吧？」

「正是呢。」崔夫人讓華心蕊給老夫人行禮。

老夫人讚嘆道：「這孩子長得真好，以後和恒哥兒的孩子肯定是個俊的。」

「那就借您吉言啦。」開枝散葉是所有家族都希望的，崔夫人也不能免俗。

見完老夫人，長輩被留下來說話，小輩則被帶到隔壁院子自己玩去。比兩人早到的幾家的姑娘看到她們來，先後上去寒暄，就連平時與她們接觸不多的姑娘也過來說話了，最後話題全落在了兩個人的妝容上。

姑娘們今天過來，都是精心打扮過的，但和這兩個人一比，就顯得失色許多。可若說崔乘兒和華心蕊打扮得有多驚豔倒也不至於，只是一個收拾得應景，一個似是天然雕飾，一點也不刻意，卻讓人想不注意都難。

「乘兒，妳家丫鬟手藝見長啊。」與她相熟的姑娘不吝嗇地讚道。

女子用鮮花作飾很正常，但像崔乘兒這樣妝面與髮飾呼應的，若沒幾年心得，是化不了這麼好的，尤其迎春花鈿，精緻得很。

「我那丫鬟妳們還不曉得嗎？她若有這手藝，我早給她漲月錢了。」對著自己熟悉的小姊妹，崔乘兒語氣很放鬆。

「那這是？」那姑娘追問。

「是我嫂子請來好友幫了忙。」說著，崔乘兒正式給這些女子介紹了自己的新嫂子。

有了話題，大家很快和華心蕊聊熟起來，也從她口中知道了賀語瀟這位賀五姑娘。

手藝的好壞大家都有眼睛自己可以看，尤其是妝容這方面，女子最是知道什麼是美的，不需要別人過度吹捧。

幾個人聊得正熱鬧，門口的小丫鬟便朗聲道：「樂安縣主到！」

大家似乎都沒想到川茂伯府會來人，不過這位樂安縣主是個喜歡出來交際的，大家對她都不陌生，加上縣主的身分，也讓人多少得讓她幾分。

「剛才聽妳們在說賀家五姑娘？」樂安縣主走進院子，步搖綴在一側，隨著步幅輕輕擺動，高瘦的身形，臉上也沒多少肉，就是天生不容易長肉的類型。

大家聊得正高興，聽她這麼問，自然是把剛才對賀語瀟的讚揚又說了一遍。

樂安縣主冷笑一聲。「妳們覺得她是好心幫妳們化妝，實際上人家可能是想藉著妳們攀高枝呢。」

這話把大家都說愣了，華心蕊皺起眉，問：「縣主這話是什麼意思？」

樂安縣主嘴角帶著輕蔑的笑，說：「妳們還不知道吧？那日崔公子和崔少夫人成親，我可是親眼看到回去時，賀家五姑娘在離崔府不遠的地方上了傅公子的馬車。」

「啊？」其他姑娘都倒抽了口氣，先不說跟傅聽闌有沒有可能，就說但凡見過傅聽闌的，誰還不抱著點女兒家的心思呢？聽樂安縣主這麼說，剛才覺得的好處自然是煙消雲散了。

華心蕊眉頭未鬆。「那日事發突然，我原定的妝娘出了意外，沒能來給我上妝，幸得語瀟出手，我才沒丟人。原定的妝娘說好了不需要崔府備車，崔府並不知道妝娘換了人，沒準備周全，最後才借用了傅公子的馬車去送語瀟，何來語瀟故意想要接近傅公子一說？」

她也是家中千寵萬寵長大的，就算是面對縣主，對方用謠言中傷自己的朋友，她不會當鵪鶉。而且那晚的事崔恒跟她說得很仔細，她自然知道不可能是賀語瀟主動要上傅公子的車。

再說，就算賀語瀟主動想上，傅聽闌會是那種隨便讓人上車的主兒？

崔府這頭直接把責任攬下，這樣賀語瀟和傅聽闌都省去了麻煩，所以對外就說是崔府主動借的車子。

樂安縣主完全沒有冤枉了賀語瀟的尷尬，反而信誓旦旦地說：「我就說妳們沒腦子，今天信昌侯府請妳們來為了什麼妳們心裡很清楚。而她卻給崔姑娘化了這麼個出挑的妝容，是安得什麼心？不知道的還以為崔姑娘是想爭一爭呢。」

她話說得直白，讓在場的姑娘都尷尬起來。這種事大家不會放在明面上說，可被樂安縣主這麼一點出來，反而像是她們只要來赴約，就是有心思了。

崔乘兒秀眉一皺，眼睛一瞪，走上前兩步，道：「縣主說話前還是三思為好。我與嫂子都沒向語瀟透露要到何處赴宴，她什麼都不知道，只知我喜歡迎春花，方有了這個妝面。如果按縣主的意思，是不是又要開始懷疑我包庇語瀟了？」

不等樂安縣主說話，崔乘兒就繼續道：「您大可以懷疑，反正我們問心無愧。倒是縣主，我記得川茂伯府與惠端長公主府是兩個方向，那日婚宴結束，您又是如何親眼看到語瀟上了傅公子的馬車的？難道說……您是跟蹤傅公子了？」

崔乘兒的話點中了樂安縣主的要害，其他姑娘臉上也變了變，既然是兩個方向，那親眼所見是怎麼回事？只能是樂安縣主的馬車追著傅公子去了，那麼無論是單純跟著還是想找機會搭話，都不是光明正大的事。

「我、我只是恰好要去別的地方。」樂安縣主也不敢理直氣壯地說「自己就是跟著怎麼了」，這萬一傳到惠端長公主耳朵裡，她就徹底沒戲了。

崔乘兒沒有抓著她的小辮子咬死，只對大家道：「我們女子在這世上本就不容易，若再被這樣編排，毀了清譽，這和殺人有什麼區別？我雖不才，卻也跟著兄長多讀了幾本書，深知若真有姑娘因為謠言壞了名聲，那日後必會有人仿照為之，繼而清除對手。所以這種不實之事，止於當下便罷了，千萬不要外傳，不然誰知道下一個受害的不會是我們其中之一？」

姑娘們立刻警覺起來，想想頗為後怕，都不自覺地遠離了樂安縣主。

華心蕊看著小姑子，第一次明白母親的用心良苦。原來讀書多的人說話都這麼好聽呀！難怪母親讓她嫁個讀書人，雖然她對相公的瞭解還不算多，但小姑子這麼明事理，她相公肯定也不差的。

賀語瀟應邀去崔府，賀語彩心裡不免有些不平，覺得賀語瀟就這麼搭上了華家姑娘，實在是撿了個大便宜。可還沒等她找機會把嫉妒的火氣甩到賀語瀟身上，賀語瀟就回府休息了，居然連午飯崔府都沒留，這立刻就讓她心裡平衡了——說是邀賀語瀟去玩，實際還不是被當下人使喚了一頓？

賀語瀟不知道華心蕊在信昌侯府發生的事，睡醒後她把去年烘乾的花瓣拿出來研磨成粉，想要做眼影。她現在手上眼影的顏色還不夠豐富，無法滿足她對彩妝的需要。

「又弄？」看到賀語瀟樂此不疲地折騰這些，姜姨娘實在不知道她哪來那麼大的興趣。大祁的眼影和敷面的粉做法差不多，顏色單調，賀語瀟用了幾次，嫌棄顏色太淡，就突發奇想，試著把粉狀的眼影製成膏狀，的確是更顯色了，可塗不好就會在眼皮上留下很重的一塊色，不好暈開。所以那一盒盒的小東西看著好看極了，可姜姨娘是不用的，也用不好。

「嗯，閒著沒事就做一點。」賀語瀟請姜姨娘坐，又道：「我今天去崔府給華姑娘和崔姑娘化妝，華姑娘給了我妝費，姨娘幫我收著吧。」

姜姨娘幫她把磨好的花瓣粉過篩。「妳收著吧，妳也大了，手頭得有點銀錢才方便。」不是她不想幫女兒管錢，而是她從露兒那兒得知，自己這女兒自從得到華府送來的鎏金頭面，就藏在床頭的格子裡，不時要拿出來看看，還要樂上一番，可見是個愛銀錢的主兒。她這個做娘的，自然不能奪女兒所愛。

自己客氣過了，姨娘不願意，賀語瀟就不會再讓了，便換了話題。「聽說城南的桃花已經盛開了，過幾日我想帶著露兒去摘些，無論用來做胭脂還是做熏香都很好。」

姜姨娘點頭。「記得提前跟夫人說。」

「知道的。」賀語瀟應道。

信昌侯府發生的事在當晚才傳到了賀語瀟耳朵裡，確切地說是華心蕊派了貼身丫鬟來跟她說的，主要是提醒她要小心些，雖然今天只是幾句口角，但還是注意些為好。

「我知道了，代我謝過妳家姑娘。」賀語瀟給了華心蕊貼身丫鬟一盒塗手的膏脂，讓露兒好生送了出去。

看來她還是低估了傅聽闌的受歡迎程度，不過她並不怎麼擔心，以她的身分，往後也不可能和傅聽闌有交集，只要那個什麼樂安縣主把嘴管住，問題不大。

第六章

今日春光正好，天晴氣暖，適合出行。賀語瀟帶露兒乘坐府上的馬車前往城南桃花林。

那是一片無主的林子，何時種下的成片桃樹已經無可考。每到春天，那裡就是最熱鬧的時候，上到京中各府，下到平民百姓，都會挑個日子去那邊踏青賞花。賀語瀟是去摘花的，自然往後頭走些。後方的林子人少，但花色豐富，到這邊來的也多是想摘花回去插瓶的。

賀語瀟和露兒一人提了個小籃子，每樣花色都摘上一些。兩個人動作很快，沒出一個時辰，兩個小籃子就裝滿了，賀語瀟並不貪多，現在的防腐工藝有限，這些花做成的各種膏脂保存不了太久，少量做一些就夠了，不然也是浪費。

又折了兩枝白色的桃花，賀語瀟對露兒道：「行了，咱們往回走吧。」

「姑娘今天去春影巷嗎？」露兒舔了舔嘴唇問。

賀語瀟原本沒這個打算，不過今天摘得快，去一趟再回府也行，便道：「去吧，正好買些點心回去給姨娘嚐嚐。」

回到馬車上，小馬車噠噠跑著向春影巷去了。馬車停在春影巷前，賀語瀟就讓車伕先回府了，自己則帶著露兒慢慢逛，吃完步行回府即可，還能消消食。

一人一個油炸芝麻糖糕，這是賀語瀟每次來這邊的必點吃食，露兒緊跟在她身後，討論著是去吃小餛飩還是鍋包肘子。

「吃小餛飩吧，加一個蔥肉餡餅。」賀語瀟拍板，主要是這個便宜些，她就算給華心蕊化妝賺了些銀子，也不能揮霍無度。

露兒自是沒有意見，反正她跟著自家姑娘，吃什麼都香。

正往餛飩鋪走著，賀語瀟突然感覺什麼東西砸在了自己身上，還沒等她反應過來，又有一個砸在了她脖子上，炸開後黏糊糊的。

「我……」賀語瀟的粗口還沒說出口，露兒就趕緊護住賀語瀟。

「姑娘小心！」

賀語瀟伸手一摸，沾了滿手，一看竟是雞蛋。

路上的人也注意到了這邊的動靜，紛紛駐足看過來。

這時又一枚雞蛋朝賀語瀟砸過來，賀語瀟用手一擋，雞蛋砸在她的衣袖上。

「妳們是什麼人?!」露兒大聲呵斥。「憑什麼砸我們姑娘！」

那兩位婦人看衣著只是尋常百姓，其中胖乎乎的那位吊著眉眼，惡狠狠地道：「這只是告誡姑娘，不要妄想攀附自己不該肖想的人。」說罷，兩位婦人就快步離開了。

婦人的話太過耐人尋味，讓看熱鬧的人不禁議論起來，似乎咬定了是賀語瀟的錯。

露兒一臉要哭的表情，本來開開心心的一天，怎麼就遇上這事了呢？她這身板也明顯打不過那兩位婦人，只能無助地擋在賀語瀟身前。

這下子賀語瀟也沒心思吃餛飩了，她被砸得很狼狽，露兒也還茫然著，她就算有一萬句粗口也不能追上去開罵，不然名聲要完。只得趕緊拿手帕把脖子上的蛋液簡單擦了，然後立刻拉著露兒回府。

賀語瀟滿身蛋液地回府，自然瞞不過賀夫人。於是趁著賀語瀟沐浴，賀夫人把露兒叫過去問了情況。露兒今天本來心情很好地跟自家姑娘摘花、吃小吃，萬萬沒想到會遇上這種事。而她長這麼大，也沒遇到過這種情況，連驚嚇帶無助的，這會兒在夫人面前也是哭哭啼啼，不過話還是說得很清楚，很有條理。

「豈有此理！當我們賀家是沒人了嗎？」賀夫人動怒。

京中雖然官員眾多，但他們賀府好歹也是中品官員之家，現在有人當眾羞辱自家庶女，這是沒把他們家放在眼裡。

上午過來跟賀夫人問安的賀語芊一直沒走，這會兒聽說了賀語瀟的事，也想瞭解個究竟，便留了下來。聽完露兒的描述，賀語芊看上去比賀夫人冷靜，她問露兒。「那兩位婦人的衣著可有什麼特點？」她是想從衣著上下手，看看能不能找到一點線索。

露兒搖搖頭。「就是最普通的婦人打扮，料子我看也是尋常百姓會穿的，衣服上沒有太多繡樣，實在看不出來。」

賀夫人並不意外。「對方明顯是有備而來，自然都安排妥當了。」

賀語芊抿了抿嘴唇，又問：「那近來五妹妹可有得罪過什麼人？」

「五姑娘向來謹言慎行，平時甚少交際，就算想得罪人也沒有途徑啊。」說到這裡，露兒「啊」了一聲。「對了，前幾日崔家少夫人讓貼身丫鬟過來跟姑娘說了件事……」

說著，露兒就把樂安縣主編排賀語瀟一事說了。

「看來五妹妹是太出挑，被嫉妒了。」賀語芊邊說邊小心觀察著賀夫人的反應。

賀夫人沈默了好一會兒，才道：「行了，妳回去吧。這幾天讓語瀟不要出門了。」

「是。」露兒行禮告退，眼睛還是紅紅的。

「母親準備如何？」賀語芊輕聲問。

賀夫人按了按額角。「我要再琢磨一下。」

賀語芊柔聲道：「勞母親操心了。這事五妹妹的確無辜，但也是太出挑之過，母親還是應該多約束五妹妹才是。」

賀夫人瞥了她一眼，語氣不冷不熱地說：「妳先回去吧。」

賀語芊見賀夫人不想多聊了，便起身告退了。

光天化日之下發生這種想，想瞞也是瞞不住的，賀夫人吩咐羅嬤嬤。「管好府裡的人，不要讓他們在語瀟面前亂說。」

「老奴早就提點過了。」羅嬤嬤給賀夫人換上熱茶。「夫人是準備約束五姑娘了？」

賀夫人慢慢喝著茶。「語瀟並未做出格的事，樹大招風，但她可不是那樹，無論是誰針對她，對她來說都是無妄之災。而且當日她出頭，也是為著華心蕊。華心蕊是綿娘的女兒，若那日婚妝真不像話，我也是不樂意看到的。」

「夫人明鑒。」羅嬤嬤在旁微笑道。

「這事還是得派些人去查一查，無論跟樂安縣主是否有關，咱們賀府既然占理，就不能任人羞辱。」賀夫人是有心氣的人，自然不能平白受辱。

賀語瀟沐浴完坐在屋內晾頭髮，露兒站在旁邊事無鉅細地將在主院裡夫人問了什麼，她怎麼答的都說了。賀語瀟點頭，現在是她在明，對方在暗，敢當街拿雞蛋砸她，肯定是不怕賀家的。這樣的人，她現在必然得罪不起，只能低調下來，以求後報。

「妳今天也嚇著了，今天早點休息吧。」賀語瀟微笑說。

她的淡定很好地安撫了露兒的情緒，不過難過還是沒辦法一下子過去，露兒吸了吸鼻子，說：「姑娘，今天露兒沒能護好您。」

賀語瀟一下子樂了。「妳還沒我高呢，就算擋在我前面，我也會被打到。」

「姑娘不生氣嗎？」她看自家姑娘並沒有哭鬧或者發脾氣的意思。

賀語瀟撐著下巴，淡淡道：「在我可能不是那人對手的時候，隱忍是最優選。一時的弱小不可怕，別弱一輩子就好。」

賀語瀟心裡並沒有表面那麼淡定，凡是人多少都是要顏面的，今天她被當街丟雞蛋，還被那樣說，顏面自然是丟大了，這個仇她記下了。

露兒琢磨了一番她的話，也不知道聽沒聽進去，反正是乖乖回房間休息了。

她離開沒多久，姜姨娘就過來了。姜姨娘沒有哭喪著臉，也沒有叫罵，只關心她有沒有受傷，讓她如果難過害怕，就哭一哭，哭出來就好了。

賀語瀟反倒是笑了，對姜姨娘道：「姨娘，我病了，要在府裡養病，最近不出門了。」

姜姨娘略一想，點頭道：「好，一會兒讓符嬤嬤請京中最愛說話的大夫來給妳看診。」

「姨娘聰明。」如今她做不了什麼，但有人能，她只需好好當個「病人」等結果就是。

於是沒到傍晚，京中熱議的消息就從「賀府五姑娘被人當街丟雞蛋，似是想攀高枝被人教訓」，變成了「賀五姑娘被嚇病了，茶飯難進，昏迷不醒，有性命之憂」。

賀語瀟多日閉門不出，只叫露兒藉著買東西的名義出門打聽一下流言。

這其間賀夫人、賀語彩和賀語芊都來看過她，賀語芊還陪了她好一會兒，跟她說了許多話，大概的意思就是讓她少與那些家世好、有身分的女子來往，那些女子多為嫡女，很少有真心看得起她們這些庶女的。再者，那些嫡女能接觸到的世家公子也多，但凡優秀一點的，必然有人惦記，高門貴女沒人敢惹，而像她們這種高不成、低不就的庶女，別人就沒有可忌憚的了，有氣肯定是往她們身上撒。

賀語芊向來怯懦的樣子，這番話從她嘴裡說出來一點也不讓人意外。雖然價值觀不同，但賀語瀟沒想與她爭辯，在這京中，大部分官員的庶女都活得安安分分，寂寂無名，不失為一種生存法則。只不過那不是賀語瀟的法則。

吃過早飯，賀語芊找了幾個花樣子，叫來丫鬟收拾針線，她準備去賀語瀟那邊坐坐，打發一下無聊時間。

「四姑娘今天還過去嗎？」丫鬟手上的動作很慢。

「怎麼？」賀語芊問。

「我去拿早飯時聽人說崔少夫人今天一早讓人遞了帖子，說是今日想來看看五姑娘，夫人已經應了。」丫鬟說。

賀語芊表情一凝。「看來五妹妹沒把我的話聽進去啊。」

丫鬟停了手中收拾的活兒，給賀語芊倒了茶。「崔少夫人要來看望，應不應的都是夫人說了算，就算五姑娘不想見，以夫人和華夫人的關係，也不能將人拒之門外吧。」

賀語芊琢磨了片刻，說：「也是，崔少夫人有心了，還知道來看看五妹妹。算了，那我今日就不過去了。」

華心蕊要來看她，其實賀語瀟挺愁的。她只是對外說病了，可實際身體好得很。賀夫人因為她病了，還免了她早晚問安，這幾天她都能安心睡個好覺，沒長胖就算不錯了。

正琢磨著要不要給自己化了面容憔悴的妝應付一下，露兒就匆匆來報，說崔少夫人已經到了。可也不知道華心蕊是太擔心她，潛意識裡已經斷定她最近過得不好，看到面容樸素的賀語瀟，第一句話就是「五妹妹瘦了」。這話讓賀語瀟都不知道怎麼往下接，說起來可能是華家把這位嫡出姑娘保護得太好，以至於她覺得賀語瀟說病了就肯定是病了。

「華姊姊快坐吧，我這沒什麼事，還勞妳跑一趟。」賀語瀟請她上座。

「妳這話說得就見外了，我本應該早點來的，不過相公說妳正在風頭上，我過來就更容易引人議論，萬一再編些不實的話四處亂傳，對妳也沒有好處。所以我拖了幾日才過來，妳別怪我才是。」華心蕊拉著她的手，臉上還有掩飾不住的懊惱。

「崔公子說得對。」賀語瀟笑道，她搞這一齣是希望該動的人動起來，但並不想把自己推到風口浪尖上。如果華心蕊早早來看她，是帶了結果來的，那還好說。如果不是，那就表示華家和崔家都不準備為這事拿一個說法，到時候外面的人還不知道怎麼笑話她呢。

「我是不知道他說得對不對，只知道讓妳受委屈了。」華心蕊心裡十分過意不去。「這件事妳可有想法？我想了幾天，目前明面上和妳不對付的只有樂安縣主了，她用這種方法折辱妳，倒是不怕賀府。」

賀語瀟這幾天也都在思考這事。「我倒覺得跟樂安縣主的關係不大。」

「哦？怎麼說？」華心蕊認真地看著她，等她繼續說。

「信昌侯府宴請時，樂安縣主雖說了那番話，但也因為她說了，妳們都聽到了，所以如果我這邊出事，她第一個逃不開關係。這和惹不惹得起沒關係，樂安縣主沒必要這麼明著壞自己的名聲，尤其她還對傅公子有意，弄出這事往簡單了說是小女子之間拈酸吃醋，往複雜了說就是樂安縣主為了些傳言容不下人。且不說傅公子怎麼想，惠端長公主肯定不樂意要這麼個兒媳婦。」賀語瀟把這幾天想的一股腦地說給華心蕊聽。

賀語瀟接著說：「而且樂安縣主如果真看不我順眼，想壞我名聲，妳婚後第二天她就可以這麼做了，沒必要等這麼長時間，還是在和乘兒有了口舌之爭後。她可是茂川伯嫡孫女，就算被嬌慣著長大，情緒外露，也不至於這麼沒腦子。」

華心蕊點頭。「還是五妹妹看得明白。」

「說不上明白，只是最近閒著，仔細琢磨過了而已。」賀語瀟謙虛道。

「這事崔家有責任，相公說一定會查清楚，不讓妳白受這個委屈。」華心蕊安撫她。

賀語瀟笑了笑，沒有要給崔家壓力的意思。

拍了拍賀語瀟的胳膊，華心蕊笑道：「起來收拾一下，跟我出去走走。」

賀語瀟意外，華心蕊來看她就算了，怎麼還要拉她出門？

見她沒有要動的意思，華心蕊繼續道：「整天悶在屋子裡，病哪能好得快？妳這是心病，跟我出去走走，心情舒暢就好了。有我罩著妳，外面的人不敢對妳說三道四的。快起來，我帶妳去萬食府吃好吃的。」

在家裝病，吃了幾天粗茶淡飯，這會兒華心蕊提到萬食府，她怎麼能不心動？她平時甚少能去這樣的地方吃飯，主要是太貴，她的小銀庫消費不起。

華心蕊再次催促她。「別磨蹭了，起來打扮打扮，把氣色化好一點，別讓那些愛說閒話的看低了妳。」

賀語瀟考慮了片刻，才讓露兒代她去和賀夫人說。

賀夫人大概是覺得不好駁了華心蕊的面子，便同意賀語瀟去了。

這事傳到風嬌院裡，賀語彩驚呼。「什麼？和崔少夫人出門去了？」

「小點聲，讓人聽到再說妳見不得五姑娘好。」鄧姨娘提醒賀語彩。

賀語彩皺起秀眉。「之前她去崔府給崔少夫人化妝，都沒能留飯，我還以為崔少夫人只是覺得她妝化得好，沒想到今日居然親自上門來探病了。」

鄧姨娘倒沒想那麼多。「五姑娘畢竟幫了她一個大忙，而且五姑娘被丟雞蛋的事，崔府也有責任，崔少夫人過來再正常不過了。左右不過是希望五姑娘識趣一點，大事化小，別牽連崔府。吃頓飯而已，這種收買人心的事，誰還不會幹呢？」

聽鄧姨娘這麼說，賀語彩心裡舒服了不少。「也是，越是門戶高的越怕麻煩。」

「是啊。五姑娘名聲不好，對妳也無益，畢竟妳是要嫁高門的，姊妹名聲很重要。現在崔少夫人肯為五姑娘做臉面，無論目的如何，面子做到了，對妳的名聲就有好處。」

「姨娘說得對。」賀語彩頓時笑起來。「我也正好趁著這個時機多與幾家姑娘聚一聚，拉近一下關係。」

鄧姨娘點頭。「是啊，夫人那邊咱們指望不上，妳得靠自己去接觸那些高門才行啊。」

第七章

馬車慢慢走著，賀語瀟掀開簾子一角往外看，幾天沒出門，到有人氣的地方轉一轉，心情都沒有那麼悶了。

見她嘴角揚起笑意，華心蕊也跟著微笑起來。

馬車停在萬食府門口，丫鬟將兩人扶下馬車，華心蕊走在前面，掌櫃的見到她，立刻笑道：「崔少夫人，您訂的包廂在二樓，小的帶您過去。」

華心蕊微笑道：「不必煩勞，我們自己上去就行。現在時間還早，需要上菜時，我會讓丫鬟告訴小二。」

「好咧，兩位樓上請。」掌櫃的招呼兩人上樓。

二樓走廊盡頭的包廂，丫鬟推開門，賀語瀟才發現裡面還有其他人，定睛一看，居然是傅聽闌。詫異之下，賀語瀟看向華心蕊。

華心蕊拉著她的手進門，笑道：「妳別怪我沒提前跟妳說，我怕說了妳就不肯來了。我昨天說今日要去看妳，傅公子也不知道從哪兒得了信，今天一早派人來請我帶妳到萬食府一見。」

傅聽闌要見她，賀語瀟其實一點也不意外，甚至算是她預料中的一環，只是沒想到這一還會是靠華心蕊促成的。
賀語瀟微微點下頭，沒多看傅聽闌，道：「哪能怪華姊姊，姊姊有心了。」
華心蕊鬆了口氣。「你們先聊，我就在隔壁。放心，都安排好了，不會被人看到的。」
為了避嫌，露兒也留了下來。
「怕我？」傅聽闌問，語氣溫和，只聽聲音都覺得是位翩翩君子。
「公子何出此言？」賀語瀟依舊沒抬頭，但語氣不卑不亢。
「兩次見我，妳都低著頭。」傅聽闌說：「我有這麼嚇人？」
賀語瀟嘴角一扯，道：「公子若這麼說，那確實。看別的公子一眼可能要錢，但看您一眼可能要命。」
傅聽闌哈哈大笑。「賀五姑娘這話說得可就誇張了。」
賀語瀟並不覺得有什麼好笑的。「女子沒了名聲，和沒了命有什麼區別？」若不是她內心強大，要是換成一個多思、面皮薄的，說不定會釀成無法挽回的悲劇。
傅聽闌笑意收了，臉上也帶了幾分尷尬。「抱歉，關於這件事，我一定會查明。」
「傅公子有心了。」其實說起來這事真怪不到傅聽闌，他本是好心，結果弄成這樣，他也算是另一個受害者。「傅公子要查，為自己查就行了，千萬別提我半個字，不然無事也要傳出有事了。」
「這恐怕有點難度，既然我要查，起因肯定有妳。」傅聽闌看著她。他見過的女子不少，但像賀語瀟這樣好看的，著實不算多。

賀語瀟抬起頭直視他。「傅公子才思敏捷，肯定能找到合適的說辭把我摘出來。我以後還要在這京中混，實在不願意摻和進各位貴人的事裡。」

她之前一直低著頭不是怕誰，她受過那麼多年現代教育，也不至於真怕誰，而且什麼樣的美男她沒見過，就算傅聽闌比他們都好看，她也只是個看熱鬧的，她是打心底不想跟這樣的人有交集，太容易成炮灰。

傅聽闌輕笑，美人他見過不少，但有腦子，說話又不令人反感的屈指可數。

「如果我說我不想把妳摘出去呢？」傅聽闌語氣含著些許玩笑。

賀語瀟沒給他擺臉色，只說：「如果這事我牽扯過多，對方有心壞我名聲，一壞一個準。不過您放心，我是不會為了這點事要死要活的，大不了離開京城，說不定還能開啟另一種人生。若真有此機遇，日後必備重禮，多謝公子。」

傅聽闌越發覺得賀語瀟有趣，看似謹小慎微，實則很會以退為進，讓他都不好意思把事辦砸了。

「聽崔少夫人說妳有意做妝娘，這倒是不錯的營生。既如此，賀五姑娘還是好好待在京城中吧，畢竟論脂粉顏色，還是京中全些。」傅聽闌說。

賀語瀟一拜。「那就有勞傅公子費心了。」

正事聊完，賀語瀟就去了隔壁與華心蕊一起吃飯。到了隔壁她才發現崔恒竟然也在。想想也是，總不能她和華心蕊在這邊吃飯，把傅聽闌自己扔在那邊，肯定有要人作陪，那崔恒這個同窗就是最好的選擇。再者，如果沒有崔恒在，華心蕊也不敢私下和傅聽闌見面，總要避嫌的。

傅聽闌喝著溫過的梅子酒，肆意之姿毫不掩飾。

「看起來聊得不錯。」崔恒跟他多年好友，自然能從表情中判斷出他的心情。

傅聽闌不吝嗇地評價道：「是個聰明的丫頭。」

「她提什麼補償了？」崔恒坐在他對面，進門時他已經讓小廝去叫小二上菜了。傅聽闌餓不餓的他是不管，但不能讓自己的小娘子餓著。

「什麼都沒要，說白了就是不想摻和這事了。」

「能理解，這事本跟她就沒什麼關係。」

傅聽闌晃著酒杯。「她什麼都不要，我反而有點不知道如何下手了。」

崔恒笑他。「你這就是平時被捧慣了，換個無視你的，你反倒不適應。」

「說得也是。」傅聽闌將杯中的酒一飲而盡，目光落向窗外。

飯後，華心蕊又帶賀語瀟逛了一會兒書屋和胭脂鋪子，這才好生把人送回去。很快，賀府五姑娘有崔少夫人撐腰這事就傳開了，無論是覺得這事終將大事化小，小事化了，還是忌憚工部尚書府和吏部侍郎府，總之傳言少了許多。

回府後，賀語瀟跟姜姨娘說起了見到傅聽闌的事。這事母女兩個早就討論過，想揪出暗處那個人，憑她們是很難的，得有一個能出頭的。而這個人最好是傅聽闌，一方面傅聽闌有查明的能力，另一方面於情於理，傅聽闌出面都沒有任何問題。只是傅聽闌出現得比她預想得早，因此賀語瀟也不用再裝病等這個能幫她討說法的人了。

「妳這本就是無妄之災，盡快解決了，妳也能繼續做想做的事。」姜姨娘說。

賀語瀟點頭，透過這件事也能看出華心蕊是真心待她的，人與人之間真摯的相交，本就應該以真心換真心。她從來不是那種只想一味貪好處，不願意付出的人，所以日後對著華心蕊，她也會付出更多真心對待。

一晃又過了三日，這天賀語瀟正在院子裡侍弄長勢喜人的花草，前面的婆子就來報，說是崔府的姑娘來了。

沒遞帖子就過來倒算不上沒規矩，這種多半是臨時有事。

因為沒遞帖子，她又是個庶女，沒經過大夫人同意她不能直接把人請進來，就出門去見了。

「乘兒，怎麼突然過來了？」賀語瀟走上前。

「語瀟，妳現在有時間嗎？」崔乘兒問，臉上有幾分嚴肅，倒看不出著急。

賀語瀟點頭，繼而問：「怎麼了？」

「上車，我慢慢跟妳說。」崔乘兒拉著賀語瀟上了馬車。

這邊是賀府側門，平時沒什麼人經過，奴僕平日都是走後面的小角門，她們在這兒說話算方便。

車內點了一爐香，氣味溫暖沈靜。

崔乘兒說：「是這樣的，我有一個好友，年前和離了，一直頹廢在家。我今日去看她，實在受不住她那個樣子，就想請妳幫忙給她打扮一番，我準備今天下午帶她去逛逛麥市，讓她能舒展一下心情。」

「這倒不是什麼麻煩事，只是不知道妳這位朋友是否願意讓我為她化妝。」人家要是不願意，她也不能硬掰著人家的臉化妝吧。

「放心，我已經安排妥當了。」崔乘兒說。

「那行，我先去和嫡母說一聲，順便拿一下妝箱，妳在這兒稍等片刻。」如果一個妝容能讓一位女子情心好一些，她是樂意跑一趟的。

路上，崔乘兒又詳細給賀語瀟說了這位朋友的情況，大概是憋久了，加上心裡不暢快，崔乘兒的語氣又急又氣，把自己真性情那一面全表露出來了。

「要說我這個朋友，以前也是個性情中人，灑脫直爽，與我很合得來。她長我幾歲，在我心裡她一直是個有主意的姊姊。後來她看上了一個書生，一心要嫁給對方。她家裡是不同意的，倒不是介意那書生沒有功名，身分平庸，而是對方並不是京中人士，我這好友要嫁他勢必要離開京城。不在家裡人眼皮子底下，家中難以放心。

「不過她就是鐵了心地要嫁。她是家中庶女，但嫡母前幾年過世了，她父親沒有續娶，家中貴妾掌管後院。貴妾與原配夫人是親姊妹，原配夫人留下一子，貴妾也照顧得非常好，一家子很是和睦。她從小就很受寵，吃穿用度從不缺。最後家裡拗不過她，讓她嫁了。

「結果那書生在京中時看著還不錯，等回到老家就原形畢露了，時常指責我這好友這不好、那不好。可我朋友很喜歡那書生，也真心希望夫妻感情能蜜裡調油，所以他說什麼都覺得是對的，為此壓抑著性格，改著脾氣，與我們這些以前玩得好的姊妹書信往來都少了，家書都是報喜不報憂，活得都不像她了。去年她大哥辦事正好路過她婆家，臨時起意去看了她，才知道她過得非常糟……」

崔乘兒嘆氣又道：「這事讓她父母知道了，立刻就怒了，直接讓兩人和離。這些年生活的搓磨，讓我朋友對書生的感情也不像當初那麼頭腦發熱了，她姨娘又派人去開導了一番，書生家裡沒底氣和女方家裡對著來，而且這幾年他們家把女方的嫁妝都揮霍得差不多了，本就不占理，於是便同意和離了。從她回來，我見了她好幾次，但每次她都懨懨的，看得我心裡實在不是滋味。」

「男怕入錯行，女怕嫁錯郎，妳這朋友的確是遇人不淑了。畢竟是付出了真感情，沒得到真心的對待，心情鬱悶是正常的。妳也不必太著急，京城這麼好，吃的玩的應有盡有，妳帶她多看看，找回原來的生活方式，時間久了，她開懷了，自然就好了。」賀語瀟不能說些語出驚人的話來解釋這種事，說白了，就是那個書生又壞又能PUA，而女方受時代所限，本就受了禮法拘束，加上知道和瞭解男人的手段太少了，就容易被騙。像這種有背景的能和離還算好，如果不能和離呢？一輩子就毀了。

崔乘兒頻頻點頭。「妳說得對，反正我近來也沒什麼事，多帶她出去走走，她的心思可能就沒那麼重了。」

馬車最後停在一處府邸正門，早有婆子等在那兒了，見馬車來了，趕緊迎上來。

賀語瀟下了馬車抬頭一看，上面寫著「懷遠將軍府」。能以官職做門額的，多半是聖上親提的字。這位懷遠將軍賀語瀟瞭解得不多，卻也知道是有軍功的，很受皇上重視。而這一家為人很低調，沒想到崔乘兒的好友居然是這家的姑娘。

「崔姑娘可算來了，老奴一早就盼著了。」說著，那位婆子看向賀語瀟。「這位就是賀家五姑娘吧？見過五姑娘。」

人家禮數周全，賀語瀟也微笑點了頭。

「兩位姑娘裡面請。」

崔乘兒挽住賀語瀟的手帶她進門，直接去了好友的院子。

馮家姑娘的院子不像其他女孩家的院子，多少有些花花草草，有的會有石桌、石墩，有些甚至做了秋千。這個院子沒什麼擺設，倒是中間用石板平鋪出了一塊正方形的地面，一側擺放了武器架子，不過此時上面並沒有武器。圍牆下兩個箭靶已經掉了顏色，顯然是長時間沒人用了。

賀語瀟琢磨著不愧是武將的女兒，連院子都裝飾得別具風格。

「馮姊姊，我來了。」沒讓婆子通報，崔乘兒在門口喊了一聲，就拉著賀語瀟進門了。屋內，一位身形高眺的女子坐在桌前，手裡把玩著一枚玉核桃，見她們進來，才慢慢起身，一臉英氣是女子中少見的，帶著幾分少年感，是賀語瀟很喜歡的樣貌。

「妳怎麼成天往我這兒跑？」馮姑娘嘴上嫌棄著，眼裡卻帶了些笑意，不過依舊掩飾不住眉眼間的愁容。「這位是？」

崔乘兒立刻給兩人做了介紹，馮姑娘單名一個「惜」字，光聽名字就知道是被家裡寵著的。

「京中的麥市開了，我可是特地請了語瀟來給咱們化妝，我們去逛麥市，正好為新一年收成祈福。」崔乘兒語氣篤定道。

這會兒崔乘兒的書卷氣和馮惜的英氣放在一塊兒，反而是崔乘兒氣勢上更勝一籌。

麥市是春播後由官府組織的集市，出了西城門步行兩刻就能看到了。集市一直延伸到山腳下，大到瓷器擺件，小到吃食零嘴應有盡有。逛到山腳下，大部分人會選擇到山上的順山寺中為春播祈福，盡一盡作為大祁百姓的心意。

不等馮惜拒絕，崔乘兒就繼續道：「馮姊姊妳也好幾年沒參加過麥市了，咱們今天去走一走，求個十風五雨，五穀豐登。」

她這樣一說，馮惜也找不出拒絕的理由，對於從小接受忠君愛國思想的她來說，這些本就是她應該做的。

「好吧。」馮惜應道。

於是賀語瀟請她到妝檯坐好，開始為她梳妝。

崔乘兒靜靜坐在一邊看著，並不多話，倒是賀語瀟，習慣性地會聊上幾句。「馮姑娘眉眼生得大氣，倒讓我沒有太多發揮的空間了。」

這雙眉眼如果更為明亮鋒利，那一定是一種別具風格的美，讓人一眼就能記住的那種。如今恐怕是被歲月磨平了稜角，才讓這美無法淋漓盡致地表現出來。

馮惜看著鏡中的自己，苦笑道：「五妹妹會說話，其實我這樣的長相應是不受歡迎的。」

「胡說！」賀語瀟立刻反駁。「馮姑娘五官標致，又有個性，無論男人還是女人，都應該會過目不忘。」

崔乘兒附和道：「是啊，當初馮姊姊在京中，哪家武將的兒子不多看姊姊一眼？」

第八章

馮惜眼神放空片刻，像是在回憶未嫁時的種種。

賀語瀟先幫她把頭髮束好，沒有做盤髮，而是梳成了高馬尾，輔以一束編髮做點綴。在京中一些女子馬會上，女子們喜歡梳這樣的髮型，不需要太多裝飾，俐落得很。

「馮姑娘一看，就覺得是個英姿颯爽的，做尋常女子打扮，反而失了特色。」賀語瀟動作很輕，語氣也很輕，閒聊一般，不帶任何目的。「不知道是誰說姑娘不好看，在我看來，能說出這番話的，要麼是見識淺薄，認為女子只能有一種樣子的，要麼是自身太弱，覺得在各方面都比不上姑娘，只能靠這種無中生有的貶低，方能尋得一絲價值感。」

馮惜表情一愣，似是陷入思考。

崔乘兒點頭道：「沒錯。馮姊姊還記得咱們初次相遇的時候嗎？就是在京中女子馬會上，當時姊姊騎馬射箭的樣子，別提多好看了，可把我們羨慕壞了。」

馮惜笑容淡淡的。「那不應該是女子喜歡的玩意兒，擅長女紅，能相夫教子的女子，才更討人喜歡。」

「馮姑娘此言差矣。喜歡做的事是不分男女的，在喜歡的事上見長，那是天賦。大將軍能百步穿楊，必然不會覺得能百發百中的女子是不應該騎射的。只有那些拉不開弓的和十無一中的，才會說女子不應該做這些，為的不過是給自己的無能找面子罷了。」賀語瀟幫她弄好頭髮，才打開了妝箱，為上妝做準備。

馮惜沒說話，看表情似是在琢磨什麼，賀語瀟和崔乘兒都沒打擾她。

為了突出自然的英氣，賀語瀟強調了馮惜眉毛的毛流感，眉峰後移且微微抬高，增加了眉毛與眼皮的距離，平衡了英氣與溫柔。

眼妝上，賀語瀟加強了內眼線，並強調眼尾上揚的幅度，讓她的眼神看起來有神許多。眼妝部分是整個妝容的重點，因此胭脂和口脂她就沒選太過濃烈的顏色，以自然為主，只有突出一個重點，重點才能稱為重點，不然只會讓妝面看起來厚重顯老、沒有特色。

馮惜看著鏡子裡的自己，彷彿回到了未嫁的時候，那時的自己意氣風發，騎馬射箭不輸兄長，父親和兄長都喜歡帶她出門跑馬，那時的快樂恍若隔世。

既然是去麥市祈福，臉上的妝不宜多加，但可以多些其他巧思。

賀語瀟托起馮惜的手，在她手背上畫了幾縷麥穗，既有女子的心意，又十分應景。

「這個好看，我也要！」崔乘兒在賀語瀟給馮惜畫完後，立刻伸出自己的手。

賀語瀟打量著她今天的妝容，可能是著急出門，崔乘兒的妝面很樸素，和她身上的書卷氣倒也搭，只不過要去逛麥市，女子都會稍微打扮一番，以表祈福的誠意。

「我給妳畫個稻穗花鈿吧。」賀語瀟提議。麥穗金黃有鋒芒，放在額間並不合適，弄不好容易顯得皮膚暗。稻穗有綠葉為配，綠色通常顯白，正好能中和一下，而且在崔乘兒的淡妝之下，不會感覺突兀。

崔乘兒欣然同意。她和馮惜一個稻穀、一個麥子搭配，這祈福的誠意那是滿滿當當！

給崔乘兒畫完稻穗，賀語瀟收拾好妝箱，就要告辭了。

「語瀟，妳跟我們一起去吧。」崔乘兒提議。

賀語瀟擺擺手。「我就不去了，我院子裡種的花今天得收拾一下，不然怕開出的花不夠豔，影響我做脂粉。」

崔乘兒驚訝。「妳還會做脂粉？」

賀語瀟拍了拍箱子，說：「這些可都是我做的。」

崔乘兒更驚訝了。「這麼厲害？」

賀語瀟笑道：「如果入夏做得多了，送妳幾個用用。」

「好。」崔乘兒也不客氣，又道：「坊間那些閒話妳不用放在心上，這幾日我哥哥也在幫著查，應該很快就有結果了。」

「放心吧，我沒事。兩位姑娘早去早回，麥市人多，注意安全。」

馮惜並不知道她們在說什麼，沒有插話。崔乘兒讓自己的丫鬟陪賀語瀟乘崔府的馬車回去，自己則等馮惜換了件衣服後，拉著她去見馮家姨娘高氏。

高氏見到打扮好的女兒，鼻尖一酸，克制著自己不要紅了眼睛，以免讓女兒難過。她的女兒從回來就不再用心打扮了，平時就梳個簡單的髮髻，簪個普通的簪子便罷了。話不多，門也不出，天知道她有多心酸，多心疼。

「真好。」高氏摸著女兒的臉，笑道：「我的惜兒這樣才好看。」

馮惜笑了，她也很久沒有這樣裝扮了，雖然心裡還有些沈悶，但看到鏡子中的自己，懷念之感是擋也擋不住。

「高姨娘，我們這就出門了，午飯去麥市吃。」崔乘兒笑道。

高姨娘看到崔乘兒眉間的花鈿，覺得小巧又精緻，有這樣的手藝，難怪賀語瀟能得崔家姑娘的推薦。

「去吧去吧，馬車已經備好了。」高姨娘笑道。

「回來給姨娘帶好吃的。」馮惜道。

「嗯！」見女兒有興致，高姨娘這心裡也跟著亮堂了。

兩個人往外走著，正好遇上回府的懷遠大將軍，兩個人齊齊行了禮。

懷遠將軍看自己的女兒居然打扮好了要出門，而且很有出嫁前的樣子，心情那叫一個激動。得知兩個人要去麥市，還要去廟裡拜拜，他立刻掏出錢袋子塞給自家姑娘。

「想吃什麼就買，看到喜歡的也都買回來，好好玩。」懷遠將軍叮囑。

馮惜笑著應了，也收了錢袋。

「讓妳哥陪妳們一起去吧？」懷遠將軍提議。

馮惜笑道：「別了，我哥囉嗦得很，才不讓他陪。」

「行行行，那妳們自己去玩吧。」懷遠將軍擺擺手，讓她們趕緊去，自己則快步去了高氏的院子，他很想知道女兒怎麼突然願意出門，還打扮起來了，這對他來說，可是值得喝上一罈的好事。

麥市特別熱鬧，周圍有官兵把守，很是安全，不用擔心有地痞流氓前來鬧事。這也讓很多官宦家放心自家姑娘過來逛逛，不需要讓太多僕從跟著。

「馮姊姊，快看，那邊有糖人！」崔乘兒拉著馮惜過去，那邊小孩子比較多，但崔乘兒年紀也沒多大，湊過去勉強也算合適。

「妳慢一點，別讓人擠著了。」馮惜護著她。

馮惜知道崔乘兒平生只有兩處愛逛的地方，一處是書屋，幾乎十天就要去一次，另一處就是各種市集。在書屋裡，她是能識文斷字的小才女，在市集上，她就像個小孩子一樣，看什麼都好奇，見什麼都喜歡。

排到崔乘兒了，崔乘兒道：「老丈，要個小老虎。」

「好咧！」賣糖人的老人手腳麻利地開始製作。

馮惜數好銅板，在老人將糖人遞給崔乘兒時，就把銅板給了老人。

老人看到她手上的麥穗，「哎喲」一聲，笑說：「這位姑娘手上的麥穗可真應景。」

崔乘兒腦子一轉，問：「老人家，能再做個麥穗的糖人嗎？」

「可以啊！」這對老人來說不算難。

於是沒一會兒，馮惜手裡也多了一個糖人。

「手裡拿著吃的，逛起麥市來才覺得應景。」崔乘兒說著自己的一套理論。

馮惜跟著她往前走，麥市對她來說有種久違之感，如今逛一逛，好像那些塵封的記憶跟著慢慢活過來了。

當初她每年來麥市，身後都跟著一群玩得好的姑娘，如今有的已經嫁為人婦；有的因為多年未聯繫，有所疏遠；還有的知道她不願意見人，在被她拒了幾次後，也不上門了。只有崔乘兒總來找她，被拒之門外也不生氣，還不時讓人送些小玩意兒過來給她解悶。

「去年我來的時候，有一家在麥市賣烤包子的，味道特別好，不知道今年有沒有，我們仔細找找。」崔乘兒吃著糖人，一臉笑意。

「好。」馮惜應著。這一路過來，有不少人在看她，她以前就因為打扮英氣，沒少被人看，但事隔幾年再遇到這種情況，她反而有點不適應了。

「咦？馮姊姊？乘兒？」兩個人正走著，就被叫住了。

轉頭一看，是幾個之前曾玩在一起的姑娘。姑娘們面露驚喜，一個個眼睛亮亮的。

「妳們也在呀？」崔乘兒拉著馮惜過去。

「是呀，我們約今天來燒香，還想著改天叫上妳和馮姊姊，咱們再一起逛呢！」其中大理寺卿家的姑娘賈玉情率先走過來。

「馮姊姊居然跟乘兒單獨出來，都不叫我們。」

「就是呀，馮姊姊不公平！」

看到昔日一起玩的姑娘與她說話的語氣不見疏遠，馮惜心裡又暖又喜，開口解釋。「是她非拉著我出來。」

「相請不如偶遇，正好，咱們一起呀。馮姊姊也好久沒跟我們一起了！」有姑娘提議。

馮惜笑道：「那就一起走吧。」

「馮姊姊不找我們，我們可傷心了，得給我們買糖餅才行。」賈玉情主動挽住馮惜的手，圓圓的臉上帶著兩個小梨渦。

馮惜為人向來豪爽，對她們這些姑娘，無論嫡庶，都一視同仁，經常帶她們一起玩，遇上事了也會為她們出頭，她們一直很喜歡和馮惜一起玩。

「行，給妳們買。」馮惜不差錢，遇到以前玩在一起的姑娘，看她們都比她出嫁那會兒長得更標致了，她心裡也是感慨萬千。

姑娘們開開心心地圍著馮惜，嘰嘰喳喳地說著話。

「馮姊姊，妳今天的妝面真好看。」

「我還想說呢，乘兒今天的花鈿真別致，太適合去祈福了。」

「看馮姊姊的手，這麥穗畫得也很細緻呢。」

「馮姊姊就應該這麼打扮，好看得緊，不僅男子喜歡多看姊姊，女子也樂意看呢。」

幾個人一路邊吃邊聊，幾個姑娘也很快知道了賀府有個五姑娘，那化妝的手法是京中獨一份的。同時也有姑娘想起來之前被雞蛋砸的好像就是這位賀五姑娘。崔乘兒幫著解釋了幾句，姑娘們心中了然，紛紛對賀語瀟表示了同情。

馮惜也是這時才知道賀語瀟還遇過這事，這但凡讓一個心思敏感的人遇上，恐怕得鬧出人命。可見賀語瀟是個能擔住事的，一個閨中女子尚能不在意流言，該幹麼就幹麼，她一個將門女兒，如此悲秋傷春未免太丟臉了些。

想到這兒，馮惜心裡生出一股氣性來——她得活出個樣來，不能讓人看扁了！不就是遇到一個不值當的男人嗎？就像賀語瀟說的話，不是她不好，是那男人不肯承認自己什麼都不是，只能靠打壓她獲得尊嚴！

回到賀府，賀語瀟一邊繼續收拾她的花花草草，一邊和姜姨娘說了馮姑娘的事。

姜姨娘點頭。「能讓她開懷一些就好，心情舒暢了，活著才有精神。對了，妳父親今日就回府了，春播的事也結束了，夫人說讓妳們幾個姑娘晚飯到主院去和老爺一起用。」

這次春播賀複雖沒被派往地方上監察，但也是連著幾日在司農寺當值，連換洗的衣服都是家中派人送過去的。

「知道了。」賀語瀟猜這頓晚飯父親少不了要問她被雞蛋砸的事，去正院之前最好先墊個五分飽，以免沒心情吃飯，餓到自己很不划算。

沒到傍晚，賀府的幾個姑娘就到夫人院子裡等著了。

天剛擦黑，賀複的馬車停在了家門口，不一會兒，賀複就來到了賀夫人的院子。

「老爺回來了？」賀夫人笑得格外溫柔，有一種老夫老妻相濡以沫的溫馨。

「父親安。」三個女兒向賀複行禮問安。

賀複點點頭。「近來家中可好？」

賀夫人笑道：「都好呢。羅嬤嬤，讓廚房傳菜吧，想必老爺也餓了。」

「是，夫人。」羅嬤嬤立刻去了。

賀複看了賀語瀟一眼，並沒說什麼，只和賀夫人說起了家常。從賀複的眉眼不難看出年輕時他應該也是一位樣貌端正的男子，只不過上了些年紀人就開始發福，雖沒有胖得很嚴重，但肚子已然是鼓起來了。

上了飯桌，賀語瀟和賀語芊都安安靜靜吃著飯，賀語彩數次想與賀複說話，但賀夫人在說話，她不敢插嘴，那急切又無奈的樣子，是有點逗趣的。

喝完碗裡的老鴨湯，賀複再次看向賀語瀟，問：「聽說我忙於公務這段日子，妳被人在街市上羞辱了？」

還沒等賀語瀟開口，賀夫人就問道：「老爺怎麼知道這事的？」

她不認為這事會輕易傳到賀複耳朵裡，她沒讓家裡人告訴賀複，在朝堂的官員一個個都不傻，隨便一問也知道這事涉及崔家與惠端公主府，自然不會拿這事嚼舌根。

「這妳別管，且說說是怎麼回事吧。」賀複眼睛不自覺地看了一眼賀語彩。

僅這一眼，賀夫人就明白了，多半是風嬌院的人告訴賀複的，而且恐怕還是故意沒說明白，添油加醋了一番。

賀夫人臉上冷了幾分，府裡是她主事，這事看似在說賀語瀟，但也是在說她這個主母沒管好。於是賀夫人把事情跟賀複說了一遍，其中重點說了與崔家和惠端長公主府的關係。

「這事我已經在查了，沒告訴老爺也是覺得謠言總有一天會真相大白。老爺能在司農寺安心當值，想必也是因為同僚們心裡清楚，這事不是咱們家的錯，所以根本沒放心上。也不知道老爺是聽誰說的，這不是想讓咱家不和睦嗎？」賀夫人動之以情，曉之以理地說。

賀複當官這些年，可能有鑽牛角尖的時候，但只要有人一提點，很容易就能想明白。他又看了賀語彩一眼，賀語彩這會兒低著頭，也不想著搭話了。

賀夫人繼續道：「這事崔府、惠端長公主府和華府肯定是跟咱們站在一邊的，查到那個欺負語瀟的人是早晚的事。老爺只管當好自己的值，有消息了我會告訴老爺的。」

賀複點點頭。「那就辛苦夫人了。」

這時，羅嬤嬤進來報，說懷遠大將軍府派人送東西來給五姑娘，讓在座的人都驚了。

「誰家？」賀複不禁問道。

「是懷遠大將軍府。」羅嬤嬤也挺意外的。

「這是怎麼回事？」賀複實在想不明白，而且東西還是送給賀語瀟的。

第九章

賀語瀟沒想到懷遠大將軍府這麼客氣，見家裡人都在看她，就說了今天的事。當然，沒提到人家和離的事，只說受乘兒所託，去給馮姑娘化妝了，她也是到了地方才知道是懷遠大將軍府上。

賀夫人本以為賀語瀟是去崔府玩了，畢竟華心蕊也在崔府，崔乘兒來叫賀語瀟過去挺正常，沒想到是去了將軍府。

大祁對文武都很看重，但文人與武將之間相交的卻不多，倒不是不想，只是隸屬與分工不同，平日沒什麼交集，自然很難攀上交情。

賀複萬萬沒想到，自己幾年經營都拉上不關係的武將，居然被自己的女兒牽上關係了！還是懷遠大將軍府，那可是位高權重有實權的大將軍！

賀複立刻露出笑臉，催促著賀語瀟。「既然大將軍府的東西是送給妳的，那妳就趕緊去看看吧。」

懷遠將軍府送來的都是一些女兒家的東西，有玉手鐲、瑪瑙手串、珍珠耳墜和幾個繡樣別致的團扇。

賀複很高興，雖然這些東西都是給賀語瀟的，在別人看來也不過是女兒家玩得好，送些小禮物，但作為在官場混跡多年的老油條，賀複深知絕對不能小看後宅的交情。

送東西來的婆子笑咪咪地道：「我們家姨娘和姑娘說，五姑娘若有空，就多去我們府上坐坐，不要見外了。」

「我記下了，代我謝過姨娘和馮姑娘。」賀語瀟客客氣氣地說。

婆子笑著應了，見東西確實交付，沒多留便離開了。

賀複摸了摸鬍鬚，道：「語瀟能幹，這手藝是像妳姨娘了。今晚我去百花院休息，也好長時間沒見妳姨娘了。」

「是。」賀語瀟應道。沒覺得高興，也沒覺得不高興。

賀夫人看起來絲毫不介意，笑道：「老爺是應該去看看姜氏，老爺忙於公務，對後院的妹妹們都疏遠了。」

賀複明顯很滿意賀夫人的知理明理，溫言對她道：「妳這幾日又是給我送衣服，又是送吃食的，也辛苦了，今天就早些休息吧。」

說完，賀複拉起賀夫人的手，一行人回去繼續吃飯，馮府送來的東西則直接送進了百花院。而此時賀語彩看賀語瀟的眼神已經鼻子不是鼻子，眼不是眼了，就差把「嫉妒」兩個字直接寫臉上了。

賀語瀟突然意識到，鄧姨娘一直頗受寵愛，父親常去風嬌院，恐怕與她這位三姊姊頻繁接觸那些高門貴女不無關係。看來在為官這件事上，她們的父親深諳其道。

姜姨娘在後院的妾室裡是最不愛爭寵的，她是貴妾，就算家道中落，不得已與人為妾，那也是賀夫人親自上門納來的。加上育有一女傍身，賀夫人又從未虧待過她，所以即便不爭寵，也沒有缺衣少食，月例銀子和應該有的體面一樣不少。

今晚賀複到百花院來，姜姨娘也沒有特地準備什麼，只是陪賀複說說話，聊聊院子裡今年新種下的花。

其實百花院是兩年前才改叫這個名字的，就是因為賀語瀟在這兒種了許多花。

若說賀複在府上常去的院子，除了風嬌院，就是百花院和賀夫人的棠梨院了。在鄧姨娘那兒，賀複感受到的是嬌美姨娘的濃情密意；在賀夫人那兒，是作為正妻的氣度與相敬如賓，遇上朝堂上的事，賀複只願意跟賀夫人說；而在姜姨娘這裡，賀複覺得自己更像是個平凡百姓，有個溫婉知心的娘子陪在身邊，身處京中一隅，地方不大，卻很是溫馨。

賀語瀟沒去打擾賀複享受溫情，只是把馮府送來的東西收好。

露兒笑道：「恭喜姑娘，又多了一筆積蓄。」

賀語瀟也是滿面笑意。「沒想到馮府這麼大方，我也沒幫太大的忙，收這麼多東西還挺不好意思的。」

露兒可不這麼想。「姑娘憑自己的本事賺錢，沒啥不好意思的。」

反正她覺得她家姑娘化妝化得極好，得這些禮物那都是應該的。

賀語瀟盤腿坐在床上，逐一仔細看過這些飾品，說：「雖然都不是銀錢，但也算小賺，改天咱們出去逛逛，吃點好吃的慶祝一下。」

「好啊！」露兒欣然應道。

之後的幾天，賀語彩依舊沒給賀語瀟好臉色，連賀語芊見到她，話也少了。對此，賀語瀟沒說什麼，繼續安然過她的日子。

這天沒什麼事，賀語瀟找了個出門的理由，和賀夫人請示後，就帶著露兒出門了，目標當然是春影巷。

油炸芝麻糖糕算是收尾點心，賀語瀟準備先把上次沒吃上的小餛飩給補上。京中不乏熱鬧事，賀語瀟的事已經過了熱度，一路上也沒人認出她。

「這個麻醬餅不錯，等回去的時候再買兩個給姨娘嚐嚐。」賀語瀟說。

「好咧。」露兒記這事記得最牢，肯定忘不了。

兩個人正往餛飩鋪走，就被一婆子攔住了去路。

露兒經過之前的事，本能地擋在了賀語瀟身前。

賀語瀟見這婆子的打扮，不像是一般人家的僕人，便問：「不知這位嬤嬤有何事？」

婆子直接道：「我家姑娘想見一見您。」

「敢問妳家姑娘是？」賀語瀟不可能隨便什麼人都去見。

「是樂安縣主。」婆子壓低了聲音說。

賀語瀟沒想到這麼多天過去了，樂安縣主才找她。她並不認為樂安縣主是找人丟她雞蛋的凶手，不過見一面當面說清楚也好。

「煩請帶路吧。」賀語瀟說。

也沒走遠，樂安縣主就在斜對面的茶館二樓等她。

「見過樂安縣主。」賀語瀟行禮。

「嗯。」樂安縣主點點頭，讓身邊的婆子都退出去，自己要單獨和賀語瀟聊聊。

這是她第一次正式見賀語瀟，或許之前曾在哪些府中的宴會上遇過，但賀語瀟一個庶女，跟她是不會有任何交集的，所以她對賀語瀟毫無印象。

賀語瀟上傳聽闌馬車那次，她離得遠，光線又暗，她沒看清賀語瀟的樣貌。今天一見才發現，原來是這般明豔，豔而不俗，目光清澈。即便不著妝面，也比特地打扮過的女子更能吸引她的目光。

「沒想到賀家五姑娘長得如此標致。」樂安縣主看著賀語瀟，語氣倒聽不出太多情緒。

「縣主過獎。不知縣主叫我過來，是為何事？」她這算明知故問了。

「砸妳雞蛋的人不是我安排的。」樂安縣主沒繞彎子。「本來我早應該找妳把事情說清楚，但因為一些事，懷疑我的人不少，也不知道有多少風言風語傳到妳耳朵裡了。家裡又將我禁足，這兩天才得以出門。」

賀語瀟點頭，沒說她知道樂安縣主之前編排她的話，只道：「我從未懷疑過縣主，的確有過一些風言風語，但既然是風言風語，我自然是不信的。」

「那就好。人人都覺得我想嫁傅聽闌，我也不否認有這個心思，但想是一回事，現實是另外一回事。他的原配是縣主，按皇家例，續弦地位要低於原配，所以我就是想也沒機會。」樂安縣主苦笑。

關於這事，賀語瀟實在沒什麼好說的。

「行了，如今看到妳出門，我就放心了。既然話已經說完了，妳就走吧。」樂安縣主跟賀語瀟也沒什麼好說的。

賀語瀟行了禮，就退了出去。這位縣主平日可能是被家裡寵壞了，任性驕傲在所難免，但在某些事上還是能看明白的。不論是不是她家裡有意讓她看明白，就結論來說她能接受實情，這倒不是壞事。

出了茶樓，露兒才問：「姑娘，您沒事吧？」

她剛才一直站在門外，也不知道裡面說了什麼。

賀語瀟笑道：「沒事，只是把話說清楚罷了。回去別跟姨娘說，免得她憂心。」

見賀語瀟面色如常，露兒就放心了，應道：「奴婢知道了。」

原本出門一天，賀語瀟會在家中宅幾日，如果沒有特別的事卻天天往外跑，賀夫人肯定不會允許。

而預料之外的是第二天華心蕊再次上門了，藉口說想請賀語瀟幫她挑幾塊好胭脂，在徵得了賀夫人的同意後，就將人帶了出來。

一上車，華心蕊就道：「扔妳雞蛋的兩個人已經找到了，帶妳去認一認。」

這效率說不上快，但能找到就是好的，於是賀語瀟問：「查到指使的人了嗎？」

「這就要問傅公子了，是他找到的人，昨天晚上通知了相公，讓我今天想辦法帶妳出來。」找到人，她也能鬆一口氣。

「辛苦華姊姊了。」賀語瀟道。

傅聽闌想見她，的確只能拜託華心蕊了。

「跟我客氣什麼。」華心蕊拉著賀語瀟的手。「早點把這事解決了，咱們都能安心些。」

依舊是萬食府，還是之前那個包廂，這次在房間裡的不只傅聽闌，還有崔恒和被捆在一邊的兩個婦人。

賀語瀟一眼就認出了這兩個人正是那天用雞蛋砸她的人。兩個婦人看到她，連忙低下頭，大氣都不敢出一聲。

賀語瀟也不耽誤時間，直接問道：「是誰指使她們的？」

就聽傅聽闌道：「是大理寺卿的女兒賈玉情。」

賀語瀟根本不知道這麼一號人，那就肯定不會是針對她來的。賀語瀟看了傅聽闌一眼，心道：所以自己說到底就是一個無辜受累，真是太可憐了！

「怎麼會是她？」華心蕊十分意外。

「姊姊認識她？」賀語瀟問。

華心蕊擺了下手。「我與她不熟，倒是乘兒跟她關係挺不錯的。前些日子乘兒還跟我說與馮姑娘去麥市的時候，遇上了賈玉情，一行人一起逛了麥市。」

崔恒皺起眉。「乘兒這都交的什麼朋友？」

女兒家與誰家姑娘相交，即便他作為兄長，也不會多打聽。今天知道自家妹子與這樣的姑娘關係好，一方面覺得乘兒識人不明，另一方面也擔心那姑娘背地裡會不會害了乘兒。

「乘兒明事理，好讀書，但養在閨中總有些單純，相公不要指責乘兒。」華心蕊勸道。

賀語瀟同意華心蕊的話，說：「那位賈姑娘若真有心與乘兒相交，自然不會把陰暗面表現出來。」

崔恒嘆氣，想著回頭還是得多買些書讓妹妹讀一讀才行，女子不像男子能在外打拚交際，只能靠書本知曉人心。

賀語瀟看向兩位婦人，臉板起來。「是賈姑娘親自找了妳們，還是她身邊的人？」

那兩個婦人平時欺負個手無縛雞之力的姑娘還行，真遇上厲害的，也是抖如篩糠。

「不、不敢欺瞞姑娘，我們是賈府莊子上臨時聘用的，前些日子幫工快結束了，賈姑娘身邊的丫鬟找上我們，說讓我們幫忙辦點事，事成了一人給一兩銀子。」胖一些的婦人早沒有了當時的氣焰，一五一十地說：「我們也是想多賺點銀子，加上我們都住在京郊的村子，不常在京中活動，想著辦完事就躲回家裡，別人找不到我們，便同意了。」

瘦一些的怕沒了贖罪的機會，立刻接話道：「那丫鬟只說是小門小戶的姑娘，就算被發現，對方也不敢深究，畢竟她們家是大理寺卿府上，從三品的官員，讓我們放心去做。我們除了貪那一兩銀子，也是生怕得罪大理寺卿府上，入秋後還想在他家莊子上打零工，這才答應了。只是萬萬沒想到得罪了貴人，還請貴人饒命啊！」

「貴人饒命，我們真的是被人指使的。」胖婦人連忙磕了幾個頭。「像我們這種人家，平時雞蛋都是省著吃的，如果不是受人指使，怎麼捨得浪費雞蛋？」

賀語瀟沈默下來，通過證言，事情的確是指向賈玉情的，可因為跟這兩個婦人接觸的是賈玉情的丫鬟，想抵賴也很容易。況且那是大理寺卿的府上，怎麼可能允許自家女兒的名聲有損呢？

「不知道這位賈姑娘的動機到底是什麼，是看不慣我與傅公子有接觸，還是想藉此機會壞樂安縣主的名聲？」賀語瀟說。這兩個問題看似不衝突，但針對的人完全不一樣，如果是針對樂安縣主，那她就只是個工具人，如果是針對她，那惹上這麼個人就很煩心。

華心蕊尋思了片刻，比較含蓄地說：「估計是針對妳的，只是想借樂安縣主的名頭，把自己摘乾淨。如果不是傅公子的人得力，查得夠快，恐怕越拖就越難查，到時候樂安縣主的嫌疑只會更大，她背後是川茂伯府，在外人看來想藏個人還不容易嗎？而且我之前聽過些姑娘間的閒聊，說賈姑娘之所以到現在還沒議親，是因為心裡有人了。」

話音落下，華心蕊往傅聽闌那邊看了一眼，她沒把話說明，是給賈玉情留臉面了。

傅聽闌的表情沒有任何變化，既沒有被一個姑娘默默喜歡的驚喜動容，也沒有厭惡困擾，似乎這事跟他沒任何關係。

「賀五姑娘準備怎麼處置這兩個人？」傅聽闌問。

賀語瀟看著跪在地上的兩個婦人，兩人額頭貼在地上，身體僵硬，一副等待發落的驚恐模樣。

「讓店家煮兩百顆雞蛋來。」賀語瀟說。

「要這麼多雞蛋幹麼？」華心蕊不解。

「給她們長長記性，妳們兩個一人一百顆，我也不限時，什麼時候吃完什麼時候走，蛋錢自己付。妳們心思不正，為錢當街壞我名聲，這個教訓算輕了，有妳們為例，看誰還敢當街放肆。另外，拿了的銀子也得給我吐出來，這銀子不是妳們該得的，反倒應該是我得才對，不然真是被白白砸了。」這兩個婦人雖然可惡，但也是拿錢辦事，揪著這兩個人不放意義不大，重罰也太過了，給點教訓就是了。

傅聽闌失笑。「妳這罰得也未免太輕了。」

賀語瀟笑了笑，說：「說句現實些的話，在這京中，我一個小小庶女，得罪不起太多人。」

即便是現在看似有人為她撐腰，可等這件事過了，誰還能給她撐一輩子嗎？

崔恒倒是很欣賞賀語瀟的做法，即便遇上這種事，也是沒哭沒鬧，只是病了幾日，可見是個內心堅強的姑娘。「後面的事就交給我吧，大理寺卿那邊我們崔家會去討個說法。賀五姑娘不必露面，聽闌你也別摻和了。」

對此賀語瀟當然沒意見。

傅聽闌點頭。「行，先看大理寺卿府上什麼態度吧。」

沒等太久，小二就把第一批雞蛋送來了，因為要的雞蛋太多，萬食府要分幾次來煮。賀語瀟看著兩個婦人面有菜色地吃著煮雞蛋，雖然有水給她們喝，但蛋黃乾，難免被噎住。

看了一會兒，賀語瀟就起身告辭，既然剩下的活都被崔恒攬下，就沒她什麼事了。

「我送妳。」傅聽闌主動提出。

賀語瀟忙後退一步。「您這不是要送我，是要害我吧？」

她這話逗得華心蕊和崔恒都笑了起來。

傅聽闌無奈地搖了搖手裡的扇子，說：「我是有話想跟五姑娘說，沒有害妳的意思，我們坐崔府的馬車，讓阿恒和嫂夫人坐我的車子回去，保證不讓人看到我。」

賀語瀟考慮了好一會兒，才勉強點點頭。

第十章

車子慢慢往賀府走，車內一個大食盒隔開了賀語瀟與傅聽闌的距離，這食盒是華心蕊提前讓店家準備好給賀語瀟帶回府上加餐的。

「傅公子要跟我說什麼？」賀語瀟問。車裡就他們兩個人，不說話就更尷尬了。

傅聽闌一手握著摺扇，表情認真了幾分，說：「關於五姑娘給馮家大姑娘化妝的事，我聽說了，多謝妳，讓馮家大姑娘開懷不少。」

賀語瀟驚訝地問：「您認識馮姑娘？」

傅聽闌微笑點頭。「懷遠大將軍是指導我騎射的師父，馮大姑娘以前不拘小節，騎射馬術都很精通，我們時常會在騎射場遇到。嚴格來說，我喚她一聲師姐也是使得的。」

「原來如此。」看來傅聽闌是個重情義的人，就算是面對昔日一起射箭的師父之女，也會多幾分關心，這點賀語瀟還是挺欣賞的。「其實我也沒幫上什麼忙，主要還是馮姑娘自己想開了。」

「無論怎麼樣都好，懷遠大將軍可以放心了。」傅聽闌說：「我先前在想，我與那賈姑娘並無交集，她但凡腦子正常些，也不至於對我一個沒有交集的人執念過重。但剛想到嫂夫人說崔乘兒跟她玩得好，估計她跟馮大姑娘應該也玩得不錯，或許我曾經在馮府上見過她幾面也屬實正常。」

「不管怎麼說，知道是誰了，我心裡多少能踏實些。」賀語瀟覺得就算大理寺卿府上包庇賈玉情，賈玉情以後應該也能收斂一些。府上是能包庇她，但別人不會為此就不防她，賈玉情勢必不敢再這樣囂張，並不是壞事。

而傅聽闌沒再多說什麼，他有自己的打算，就不與賀語瀟說了。

如賀語瀟所料，兩天後華心蕊讓人給她傳來消息，說大理寺卿府上根本不認這事，把責任都推到了賈玉情的貼身丫鬟身上，說是丫鬟擅作主張，賈玉情完全不知情。

大理寺卿府上已經把丫鬟發賣了，說不日會到賀府致歉。

這事賀語瀟原原本本都跟賀夫人說了。

賀夫人冷笑說：「大理寺卿教出的好女兒，這樣的人身在大理寺，如何能公正斷案？如果不是他家早知此事，且有意包庇，我不可能查不出東西來。」

「母親消消氣。」賀語瀟在旁勸道。

賀夫人臉色依舊很沈。「他家品級是比咱們府高，但也不能這麼欺負人。這事我自有說法，妳就別管了。」

「是。」賀語瀟心道，我就是想管，也沒那能力不是？

回到房間，賀語瀟把門一關，嘟嘟囔囔地罵道：「真是小刀拉屁股，開了眼了。老娘好好過自己的日子，居然遇上個姓賈的戀愛腦！人類進化的時候她是躲起來了嗎？腦子不好用可以拿去涮火鍋！真是晦氣！呸！」

不罵幾句，她實在不解氣。之前尚不知道大理寺卿家會如何處置，她還能淡定地等待結果，現在知道什麼叫不是一家人，不進一家門了。在外面她肯定不能這樣罵街，只能關起門來發洩一下情緒，保持心理健康。唉！在大祁國做個女子真難，做個有教養不發火的女子更難！

第二天開始，京中又有了新談資，說的是大理寺卿府上的姑娘管不住身邊的小丫鬟，小丫鬟自作主張找人砸了賀五姑娘雞蛋。

這下原本已經冷卻的話題又被挑起來了，有人覺得丫鬟自作主張為主子出頭，那必然是主子先對某位公子有意，才有爭風吃醋這一齣；有人覺得這是大理寺卿府上治府不嚴，這樣的人當官，又怎麼能做到治下嚴明呢？還有人覺得一個丫鬟月例才幾個錢，能私下拿出二兩銀子指使兩個婦人辦事，到底是丫鬟月錢多，還是有人給了丫鬟錢？

事情發酵了兩日，這天早朝，川茂伯直接參了大理寺卿一本，直指其為父不教子女，鬧出這種事，如此為官，焉能做到剛正不阿？

川茂伯沒提自家孫女樂安縣主名聲受損一事，因為這事說出來也顯得自家孫女說話不周。所以在惠端長公主府把此事詳細告知後，川茂伯嚥不下這口氣。他管不了什麼賀五姑娘，但賈家姑娘這一招可是差一點把他嫡孫女毀了！簡直髒心爛肺！

工部尚書也站出來向皇上說明了當時的情況，表示是他們崔家安排不周，賀五姑娘當真無辜。

這兩個人一開口，賀複不說些什麼自然不行，於是他也站出來，動之以情，曉之以理地開始編自家女兒遇到這事後病得多嚴重，家裡日夜讓人守著，生怕女兒輕生，而他當時忙於春播，心裡掛念卻無法回家勸慰女兒，是他這個當父親的失職。

一套話聲情並茂編下來，聽得家有女兒的大臣們唏噓不已。

這種女兒家的事原本不應該拿到朝堂上來說，但因為是要參大理寺卿，不是為了讓皇后做主懲罰賈玉情，所以這事皇上是斷得的。

於是皇上當朝宣布，大理寺卿禁足反省，大理寺的事暫由左右侍郎處理。

第一時間得到消息的傅聽闌十分滿意，將手中話本往臉上一蓋，準備睡個回籠覺。

「我也不知道萍雲怎麼會做出這種事，我真是又心疼、又著急，也沒有人能讓我說一說，我只能來找馮姊姊了。」賈玉情坐在馮惜的房間裡哭訴著。「我一直說這事跟我沒有關係，真的不是我指使的，可是現在又有誰會信我呢？」

「別哭了，百姓之間的風言風語從來就沒斷過，既然妳府上已經處置了萍雲，相信這事過幾天就沒人討論了。」馮惜給賈玉情換上新沏的茶。

「道理我都懂，但這事連累到父親，我這心裡實在難受。為了這事，乘兒恐怕也要與我生分了。」賈玉情根本沒有心思喝茶，一個勁兒地抹眼淚。

「這事牽扯了太多人，賀五姑娘無辜受辱，華家與賀家關係本就好，事情又是因為崔府辦事不周而起，他們怎麼都得討個說法，畢竟涉及到姑娘家的名聲，實在是不敢馬虎。乘兒是個明事理的姑娘，心裡想必是有數的。」馮惜說。

賈玉情的哭聲頓了一下，淚眼矇矓地說：「乘兒就是因為太明事理了，有時候反而會顯得不近人情。她若不理會我了，那之前跟我玩得好的姑娘怕是都會疏遠我的……馮姊姊，妳是知道我的，可萬萬不能不理我。」

馮惜輕拍了拍賈玉情的肩膀。

這樣安撫的動作讓賈玉情似是找到了底氣，她抬頭看向馮惜。「馮姊姊，我知道懷遠大將軍向來受皇上重視，你們府上與惠端長公主府向來熟絡，這次妳可萬萬要幫一幫我們賈家啊！」

還沒等馮惜開口，賈玉情就直接跪到了地上。「現在我們家就只能指望姊姊妳了！」

「使不得，快起來。」馮惜趕忙扶她起來，馮惜力氣本就比賈玉情大，很容易就將她拉了起來。

「馮姊姊，妳若不幫我，我真的沒有路可走啦！」賈玉情哭得更凶了。

馮惜面露疲憊地看著賈玉情，說：「玉情，我們只是女子，朝堂上的事是沾不得的，這若傳到聖上耳朵裡，我們兩家都是吃不了兜著走。至於惠端長公主府，我父親與傅公子雖有幾分師徒情義，但他是皇家人，不是我們這種人能隨便攀附關係的。」

賈玉情不敢置信地看著馮惜。「姊姊這話就是不肯幫我了？」

馮惜搖搖頭。「不是不想幫，是實在沒這個能力。聖上向來聖明，斷不會冤枉任何人。既然這事與你們府上無關，想來過幾日朝中對這事的聲音散了，妳父親還是會繼續為國效力的。」

賈玉情張了張嘴，什麼都說不出來了。馮惜似乎把她所有的路都堵上了，如果她再求下去，就等於是懷疑皇上的聖明了。

賈玉情擦了擦眼淚，說：「多謝姊姊提點，我明白了。」

馮惜點點頭。「別哭了，喝口茶吧，眼睛都腫了。」

賈玉情這才端起茶杯，稍稍抿了一口。「父親的事我是幫不上什麼忙了，但我有一事還是得求一求姊姊。」

「妳說。」馮惜沒把她的話堵死。

「若有機會見到傅公子，還請姊姊為我分辯幾句。我是沒管好萍雲，但我真的沒有壞心的。」賈玉情道。

這次馮惜沒有拒絕，道：「好，我若見到傅公子，會跟他說的。」

賈玉情終於露出了笑容，又稍微坐了一會兒就告辭。

她走後，崔乘兒才從馮惜的臥室走出來，臉上帶著嘲諷的笑容。「都什麼時候了，還惦記著傅公子是否會誤會她，真是讓人無語。」

馮惜笑道：「只有這個時候，才能知道一個人最在意的到底是什麼。」

「馮姊姊，妳可不要因為她裝幾句可憐就心軟了。」崔乘兒坐到桌邊。

「不會的。我也不信憑一個丫鬟想為主子打抱不平，就能有這麼大的膽得罪這些人。若是放在邊遠小鎮，我還能信幾分，但在天子腳下，誰家的丫鬟是傻子？」馮惜怎麼說都是從小在京中長大的，一些宅中算計的小把戲她知道得太多了。

賈玉情從來到走，一句也沒提對賀語瀟的歉意，賈府雖說會登門致歉，但到現在也沒去賀家，甚至連賠禮也沒送上半分。就算這事真是丫鬟擅作主張，作為主子沒管好下人，鬧出這麼難看的事，也是有很大的責任，送上賠禮是應該的，也是一種態度。

因為自己的經歷，馮惜現在更看重人心。而她在賈玉情那裡，沒感受到半點真心，無論在哪方面。

賀語瀟今天心情特別好，因為她得了間鋪子。確切地說是惠端長公主府借著崔府賠禮的名義，加在裡頭的。表面上是崔府送的，具體來歷還是送崔家人出去的時候，華心蕊偷偷跟她說的。

賀語瀟能理解長公主府的做法，別人不知道是怎麼回事，長公主府肯定知道是傅聽闌自己讓馬車送她回府的，否則也不會有後續這些事。這一方面是賠禮，另一方面也表示這事到此為止，她與惠端長公主府再無瓜葛。

一般來說這些禮多半是會被賀夫人收走的，但崔恒特地提了這鋪子是給賀語瀟的，所以賀夫人並沒有拿走，讓她看看是自己經營還是租出去都成。

這可是京中鋪子，再偏僻都是值錢的。賀語瀟覺得自己突然從一個還沒正式開張的小妝娘變成了有鋪子的小老闆，這質的飛躍讓她怎麼能不高興？她得回去跟姨娘商量一下，看看這鋪子怎麼安排。

賀夫人院子裡，羅嬤嬤略有些擔憂地問：「夫人，您把鋪子這麼給了五姑娘，不怕把她的心養野了嗎？」

賀夫人吃了兩口點心，大概是不合胃口，便放下了。「無妨，語瀟有一手化妝的本事，但女孩子太有本事也容易自滿，若能藉此讓她吃點虧，長些記性，我倒是省心了。」

羅嬤嬤甚以為是地點點頭。「還是夫人想得周全。」

百花院裡，姜姨娘瞭解完事情的始末，又細看了那張店契，笑道：「這鋪子不大，但地點不錯。」

「我也這麼覺得，姨娘，您說我在這兒開個妝店怎麼樣？」賀語瀟說了自己的想法。

普通妝娘是沒有鋪面的，都是靠口耳相傳，有需要的話到妝娘家裡去尋人即可。而手藝出眾的妝娘會有自己的鋪子，除了方便客人上門，也會在店裡賣些小玩意兒。

「妳沒有這方面的經驗，恐怕會比較辛苦。」姜姨娘提醒她。

「我知道，但這鋪子咱們沒有房租，生意好壞都不至於太憂心。我有閒了就去坐一坐，若有事，鋪子一關也沒事。」賀語瀟沒提自己的遠大志向，在沒做成之前，再大的志向也不過是空談，她不是太喜歡什麼都沒做成之前，先把牛吹出去。

「也好，就當是見見世面吧。不過這事妳得先請示過夫人才行。」

姜姨娘支持賀語瀟的決定，賀語瀟是庶女，如果不是靠給人化妝結識了幾個官家女兒，可能這輩子就困在這個小院裡了。既然有機會讓女兒見見世面，姜姨娘認為還是非常有必要的，現在她還能護女兒一二，等以後女兒嫁人了，再沒有點閱歷，那日子肯定是不好過的。

見姜姨娘同意，賀語瀟便去請示了賀夫人，賀夫人只說開店鋪可以，但每日天黑之前必須回家。賀語瀟爽快地答應了，這事就定了下來。

在家老實了兩日，賀語瀟才帶著露兒去看自己新到手的鋪子。

鋪子並不臨主路，而是在一個巷子裡，不過進巷子走不了幾步就能看到，如果是做需要攬客的生意，這個地方不是優選，但若是做這種口耳相傳的生意，那就很合適了。

「姑娘，這店鋪可真好啊！」露兒前後轉了轉。「後面還有個小院子，裡面有水井和一個小灶臺。」

賀語瀟聽完，也到後面轉了一圈，別看這鋪子小，但該有的都有，除了不能住人，沒什麼好挑剔的。想來也是，能讓長公主府看上的鋪子，肯定差不了。

賀語瀟笑道：「等明天咱們來給後院牆根下面鬆鬆土，也種些花草，不然光禿禿的不好看。」

「好！」露兒躍躍欲試，似乎已經準備捋起袖子開工了。

賀語瀟一攬她的肩膀，說：「走，咱們先去訂塊牌匾，然後去吃頓好的，慶祝妳家姑娘我成為店鋪老闆了。」

鋪子還沒開，但老闆這頭銜可以先擺上。

露兒也非常給面子，笑道：「都聽賀五老闆的！」

賀語瀟手上沒有多少錢，所以去訂牌匾時難免摳摳索索的。不過她的店面本就不大，牌匾簡單小巧一些，才不會有大頭戴小帽的感覺。

「姑娘，明天我帶幾個丫鬟過來把店裡打掃一下，您就在家歇著吧。」露兒主動攬活兒。

「行，那就交給妳了。」正好她在家裝一裝文靜，省得讓夫人不滿。

第十一章

馬車剛回到賀府門口，露兒就看到府前停了輛馬車，樣式老舊，有一種撲面而來的風塵僕僕之感。

「今天府上有客人嗎？」露兒疑惑道。一般府裡要來人，她們這些丫鬟私下都會提前通個氣，以免伺候不周，或者衝撞了客人。

賀語瀟掀開馬車窗簾一角往外看了看。「看起來不像是官員。」京中官員登門，無論轎子還是馬車，都不會如此老舊。

賀語瀟乘坐的馬車很快經過賀府大門，轉向側門的方向，賀語瀟收回目光，沒當回事。剛回到院子，姜姨娘就把賀語瀟叫了過去，問了她鋪子的情況，然後說道：「夫人的一個表外甥來府上了，說是準備小住。」

「嗯？之前怎麼沒聽說？」一般有親戚進京，會提前來打招呼，也能給府上準備的時間。

「我也沒聽說，估計是直接就過來了。」姜姨娘沒細打聽，她向來不太在乎這些。

「照理說如果是夫人家的親戚，去夫人娘家府上更合適吧？」賀語瀟不太理解。

「既然要住下來，怎麼回事咱們早晚能知道。倒是妳，如果不是大夫人叫妳，就別往前面去了。」姜姨娘並不是多心，只是避免不必要的麻煩。

在大祁，女子與男子接觸，身邊最好有至少兩個旁人，否則就很容易傳出閒話。由於賀家府上都是女兒，姑娘們有時候走動身邊是不帶人的，這若遇上了，總是要顧忌幾分。除非是家裡夫人允了的，那還好些。

「好，我知道的。」賀語瀟很厭煩這種規矩，但有時候就是人在屋簷下，不得不低頭。

到了晚飯時，滿載八卦而歸的露兒一股腦兒地把打聽到的消息都跟賀語瀟說了。她是個機靈的，打聽事從來不只抓著一、兩個人問，而是多找些人，每個人問一句，這樣別人不會覺得她在刻意打聽，更像是隨口一問。

「那位公子是夫人姑家表姊的兒子，姑太太嫁人時與家中鬧翻了，婆家是從商的，後來揮霍無度，導致家裡一落千丈。這位表姨夫人與夫人婚前關係不錯，後來各自成婚，往來就少了。表姨夫人嫁到了西邊，聽說夫家家境非常普通。去年這位表公子中了秀才，但西邊學問好的先生肯定不比京中多，所以表姨夫人就讓表公子來投奔夫人，希望能認識些京中學子，多探討學問，好參加今年的秋闈。」露兒說。

這也就解釋得通為什麼這位表外甥直接來了賀府，而不是去賀夫人的娘家了。

姜姨娘點頭道：「京中大儒的確更多些，讀書人最終都是為了功名，前來投奔無可厚非。」

如果賀家只是個普通百姓家，那多一個人吃飯可能會有困難。但像賀府這樣的人家，就算在京中不算富戶，多張嘴吃飯還是沒問題的。

住前院的男子跟住後院的姑娘們本不需要有交集，但可能是賀夫人考慮到這個表外甥要在家裡住上不短的一段時間，還是相互認識一下比較好，於是第二天在三個姑娘去請安的時候，也將表外甥柳翀叫了過來。

柳翀一表人才，衣衫雖舊，卻乾淨整潔，長臉劍眉，書生氣不重，進門便笑起來，那笑模樣跟早上的太陽似的，好看又暖和。

賀夫人給他和三位姑娘做了介紹。柳翀的目光在賀語瀟臉上停了片刻，才稍稍低下頭。

「都是自家人，以後見了面不必拘謹。翀兒來京求學，他日必能高中，妳們姑娘家少往翀兒院子附近去，別笑笑鬧鬧地打擾了他讀書。」賀夫人這話聽不出是客氣還是實意。

柳翀忙道：「這裡是賀府，幾位妹妹想到哪兒都是應該的。外甥若因一點吵鬧就讀不進去書，那只能說是自己心不靜，怪不得妹妹們。」

柳翀語氣輕快，說話好聽，讓賀語彩和賀語芊都輕笑起來。賀語瀟站在末位，倒是沒笑，只覺得讀書人讀不進去書，知道找自己的原因，也是不錯的品質。

賀夫人又對柳翀說：「一會兒用完飯，我就讓人給二姑爺那邊遞信，你們兩個都是秀才，想必能切磋的東西多，以後你多去他家裡，或者讓他到府上來，都是很好的。」

「是，勞姨母費心了。」柳翀恭恭敬敬的拱手，一看就是個很守禮數的。

之後幾天，賀語瀟都在忙鋪子的事，她沒有天天出門，多數時候還是露兒或者符嬤嬤出門幫她辦事。

知道她得了鋪子，夫人還允許她自己經營，賀語彩在賀語瀟面前酸了幾句。不過她也就只能酸幾句了，畢竟就算給她一間鋪子，她也沒有可經營的手藝，就連帳本她都不會看。

這天是鋪子牌匾做好的日子，賀語瀟要親自去驗收，於是吃過早飯，她就準備出發了。剛往側門走了沒多遠，就被叫住了。

「五妹妹。」

賀語瀟轉頭，就看到穿戴整齊，也準備出門的柳翀。

「柳公子。」賀語瀟向他行禮。

「在這兒遇上五妹妹真是太好了，正有事想拜託五妹妹。」柳翀客客氣氣的，不會讓人有半點不舒服。

賀語瀟便問：「何事？」

「我今天要去二姊家與二姊夫見一面，但實在是對京中不熟，正愁怎麼辦，就遇上了五妹妹，不知道五妹妹能否為我帶個路？」柳翀笑得還是那樣燦爛，好像在他的笑容裡，一切憂愁都不足以為憂愁了。

「府上沒給你備馬車嗎？」賀語瀟意外，夫人不是這種不周全的人啊。

柳翀笑容裡多了幾分羞澀。「我這次入京是乘家中馬車過來的，也是想著進出方便些，就沒有另外麻煩姨母為我準備。」

賀語瀟不趕時間，想著送柳翀過去，正好也有理由見一見二姊姊，便同意了。

「讓你的馬車跟著我的車子吧。」賀語瀟點頭道。

「好，多謝五妹妹了。」

「柳公子客氣。」

胡家雖在京中，但地方比較偏，如果是外來人不邊走邊打聽，還真不好找到位置。

賀語瀟自然也是不認得路的，甚至都不知道胡家的門朝哪兒開，但府裡的車伕對京中的路都門兒清，柳翀手上又有地址，自然不難找。

「姑娘，就是這兒了。」車伕道。

賀語瀟應了一聲，在露兒的攙扶下下了車。這個巷子裡的房屋看著都挺舊了，地上坑坑窪窪的，馬車走過來十分顛簸。深色的木門因為年頭久遠，已經不復光亮，不過好歹是京中的宅子，看著也不至於太落魄。

柳翀也下了車，賀語瀟讓露兒去叫門。

露兒拍了幾下門，朗聲道：「家中有人嗎？」

「來了來了。」隨著應聲，門從裡面打開了，來開門的正是賀語穗的貼身丫鬟碧心。

「五姑娘？您怎麼來了？」

看到賀語瀟，碧心顯然是很開心的。

賀語瀟道：「柳公子約了二姊夫探討學問，他不認得路，我順路送他，正好也想見一見二姊姊。」

碧心看了一眼站在賀語瀟身後的柳翀，行了禮後道：「姑爺一早就在等柳公子了，五姑娘，柳公子，請進。」

胡家是個一進的院子，感覺到處都塞得滿滿當當的，角落裡堆著一些破舊的凳子以及不知道從哪兒拆下來的木板，也不知道是要修，還是只是捨不得扔。

胡家家境不佳賀語瀟是知道的，對於能夠一起打拚，相互扶持的夫妻，賀語瀟是欣賞的，但自家二姊姊從寬敞的賀府一下嫁到這一進的院子裡，其中的落差感還是讓賀語瀟有些心酸。

也是因為胡家地方有限，所以賀語穗的陪嫁除了碧心，就只帶了兩個粗使的丫鬟。

小廝帶著柳翀去書房了，碧心則帶著賀語瀟去了賀語穗屋裡。

「二姑娘，您看誰來了。」碧心笑道。

賀語穗一抬頭，就看到笑盈盈的賀語瀟，眼裡迸出光來。「五妹妹？妳怎麼過來了？」

賀語瀟又把跟碧心說的話說了一遍，同時也細細打量起賀語穗。賀語穗似乎比回門那日又瘦了些，無論髮飾還是妝面，都素淨得很，整個人都透出一股疲態。

「姊姊這是在納鞋？」賀語瀟看著桌上的小筐，問道。

「是啊。」賀語穗眼神躲閃地說：「閒著也是閒著，就順手做一些。」

已經不需要賀語穗明說，賀語瀟就能明白她這二姊姊日子過得怎麼樣。

別人家賀語瀟不太瞭解，但在賀府，姑娘們平日繡繡花就算了不起了，像做鞋這種事，根本不需要她們動手。偶爾想表個孝心，給父親、母親做一雙，那也是丫鬟做個大半，剩下縫合的部分再由她們動動手就可以了。如今賀語穗居然從鞋底開始納，可見家中人手是真的不足。

賀語瀟自然不能往二姊姊心口上戳，便轉移了話題。「今天見到二姊姊，正好說一聲，我要開一家妝娘店，姊姊若有空，多來我店裡坐坐呀。」

賀語穗一臉驚訝。「妳開店？店鋪哪來的？妳一個人能行嗎？母親同意了？」

一連串的問題把賀語瀟都問笑了，她拉著賀語穗坐下，道：「我慢慢跟妳說，姊姊要是看我可憐，一會兒陪我去看看牌匾吧，順便幫我看看店裡還需要添置點什麼。」

她是想找個藉口帶賀語穗出門走走，總待在院子裡，難免煩悶，尤其手上再有些費神費力的活兒，就更覺得日子難過了。

賀語穗看起來是很想去的，但還是猶豫了片刻，說：「我得問過婆母才行。」

賀語瀟點頭，上頭婆母在家，自然是得請示的。不過賀語瀟過來的時候，聽說這位胡夫人吃過早飯後在睡回籠覺，所以她也沒有前去問安。

「碧心。」賀語穗朝外面喊了一聲。

「哎！」碧心趕忙進來。「姑娘有什麼吩咐？」

「婆母醒了嗎？」

碧心不確定，說：「我去幫您看看。」

話音剛落，胡夫人就從屋裡出來了。

「家裡來客人了？」胡夫人中氣十足地問，這嗓門能頂上賀夫人。

碧心上前向她說明，柳翀那邊胡夫人是不必過去的，即便柳翀是晚輩，但作為男子，拜會胡老爺是應該的，但胡老爺早些年就過世了，所以家裡大小事物都有胡夫人一手管著。因為是親家，所以尊稱一聲「夫人」，平日裡街坊鄰居只喚她「胡家的」。

賀語瀟主動起身，出門向胡夫人問安，順便說了自己想邀賀語穗出門的事。

胡夫人打量著賀語瀟，樂道：「賀家五姑娘長得可真漂亮，說人家了沒有啊？」

賀語瀟微微皺眉，即便她已經到了可以說親的年紀，但上頭還有兩個未嫁的姊姊，胡夫人不可能不知道，按長幼順序怎麼也還輪不到她，胡夫人這麼問多少是有些不應該了。而且，說未說親這事正常來說也不應該直接問姑娘家，多是問家中長輩才是。不過考慮到胡夫人沒讀過什麼書，又常年生活在市井中才供出了這麼個秀才，娶了賀語穗，家中日子才鬆快些，自然不能與她計較。

賀語穗連忙出來幫著答道：「語瀟還小呢。婆母睡得可好？」

「還行吧。」胡夫人捂著嘴打了個哈欠，一副若是躺倒還能繼續睡的模樣，見賀語瀟不答她的話，眼角也挑了幾分，說：「語穗啊，家中事多，本就忙不開，妳要是出門了，家裡的活怎麼安排？等忙完這陣子，妳再出門吧。」

賀語穗只能低著頭，溫順地應「是」，而此時賀語瀟心裡已經有了一萬句髒話想往外飆了。她家二姊姊不說金尊玉貴地養大，那也是從沒短缺過什麼，平日裡家中也不捨得讓她做太多活計。怎麼嫁到胡家來了，反而成了幹活的那個？

然而賀語瀟心裡再暴躁，也不能罵胡夫人。不然她是痛快了，但二姊姊還要在胡家生活，她不能惹事。

「既然如此，那我便下次再來邀二姊姊吧。」賀語瀟只得憋著氣告辭了。

一股氣憋著，這也導致這一天，賀語瀟都沒笑幾下，好在這牌匾做得不錯，讓她很滿意，不然今天就更鬱悶了。

回到百花院，賀語瀟立刻倒豆子似的跟姜姨娘說了在胡家的事。「這種盲婚啞嫁有什麼好處？這是嫁人嗎？明明就是賭命吧?!胡家貧困，指著二姊姊過日子，卻還如此使喚她，算個什麼東西？」

姜姨娘忙勸。「妳小聲些，傳到夫人耳朵裡，小心讓妳跪祠堂。」

「我就是跪祠堂也得把心裡的憋悶說出來，我就沒見過花著別人的銀子，還這麼理直氣壯擺譜的！」賀語瀟氣呼呼地說：「姨娘，您是沒看到二姊姊，我也就是不好戳二姊姊的心，她現在看著又瘦又沒精神，我看京中普通百姓家的娘子都比她過得順心。」

越是看到這種情況，賀語瀟越覺得自己的婚事一定不能任人擺布。

姜姨娘嘆氣。「就像妳說的，女子嫁人就是賭命。妳想為自己爭一爭，我是高興的。但妳也要明白，不是所有女子都能像妳一樣敢去爭的。」

賀語瀟冷靜下來，點頭道：「我知道。」

賀語瀟知道自己幫不了所有人，很多時候只能幫一幫自己，能在這樣的環境下把自己顧好就不容易了。可親眼看到這其中的無奈與心酸，又是與自己親近的二姊姊，她內心還是不能做到無動於衷。

「好了。」姜姨娘摸了摸賀語瀟的臉。「妳也忙了一天了，讓露兒給妳打水洗洗，早些睡。」

第十二章

沐浴過後的賀語瀟心裡的氣還沒散，在床上輾轉反側，根本睡不著，索性下床坐到桌前找些事分散注意力。

露兒提著個紙包回來，原本是想放進院裡的小廚房的，結果看到賀語瀟房間的蠟燭重新點上了，知道她還沒睡，便輕聲進了屋。

「姑娘，您怎麼沒睡啊？」露兒看她拿著毛筆在紙上畫著什麼，便走了過去。

「睡不著。」賀語瀟從畫紙中抬起頭，見她手裡提著東西，問：「拿的什麼？」

「哦，是柳公子回來時帶的點心，說夫人和每位姑娘院子裡都有一份，奴婢剛去取回來。」露兒說。

「正好餓了。」賀語瀟摸了摸肚子，說：「去沏壺花茶來，咱們吃點心。」

「好！」露兒積極回應。

主僕兩個一站一坐地吃點心、喝花茶，露兒看著賀語瀟紙上畫的東西，不解地問：「姑娘，您畫的這是什麼？做胭脂用的嗎？」

賀語瀟拿起自己的「大作」，欣賞了一番，說：「是化妝刷。」

「化妝刷？就是您平時用來上眼影的嗎？但看著和您平時用的不一樣啊。」露兒又問。

這裡的女子上裝多用棉花製的粉撲，偶爾會用到一些小刷子來上眼妝或者畫花鈿，但樣式單調，用起來不是特別稱手。賀語瀟訂做過幾把化妝刷，比一般市面上能買到的要稱手些，但還是差了點意思，不夠精細。

之前她是覺得能省就省，手上閒錢不多，刷子夠用就行。但現在她要開店，就不能馬馬虎虎了，而且憑手藝吃飯的活，如果不能做得出眾，那就很難達到想要的高度。

「是有些不一樣，大小角度都有區別，用起來會更順手。明天我們去打造一套，要是用著好，可以多訂一些在店裡賣。」賀語瀟說著自己的打算。

「這個主意好，現在胭脂水粉鋪子太多，姑娘的妝品做得是好，但不容易打開銷路。倒不如賣刷子，但凡要上妝，都能用得上。」露兒拍手表示贊同。

賀語瀟點頭，把剩下的綠豆餅直接塞進嘴裡。「刷個牙咱們早點睡，明天有得忙呢。」

第二天賀語瀟要出門的時候，又遇上了柳翀，兩個人照樣客客氣氣的打招呼。

「對了，多謝柳公子的點心，破費了。」收了人家的東西，說聲謝是應該的。賀語瀟知道柳翀家境很是一般，買了這麼多份點心，估計得從平日裡的花銷上省。

「五妹妹喜歡吃，就不算破費。」柳翀笑得很好看，說話依舊溫和有度。「借住府上多有叨擾，點心不值幾個錢，只是心意，這樣我也能厚著臉皮繼續住下去。」

賀語瀟笑了。「柳公子多慮了，你是夫人的外甥，來府上小住實乃常事。」

柳翀看著賀語瀟的眼睛溫柔又明亮。「姨母待我親切，我就更不敢怠慢了。」

賀語瀟跟柳翀不熟，能聊的東西有限，至少在賀語瀟這裡是有限的，只得明知故問。

「今天柳公子還去二姊夫那裡？」

「對，昨天約好了。」柳翀似乎對今天的學問討論很期待。

「那不耽誤柳公子時間了，柳公子快些去吧。」

柳翀的表情有些失望，似乎是想再和賀語瀟聊幾句。不過賀語瀟既然開口了，他也不好多說，便道：「那我先走了。」

等柳翀的馬車走遠了，賀語瀟才上了自己的馬車。

訂製刷子的店是賀語瀟之前訂製的那家木匠鋪，只不過當時賀語瀟要的刷子沒有這麼精細，做起來也快，但這次要求就比較高了。

賀語瀟詳細跟老闆介紹了圖紙每一部分的要求。刷頭連接桿子的部分其實做成金屬的會更好，但那樣成本會高，不是賀語瀟現階段能負擔的，所以還是用木頭的。

「行，那姑娘十天後來取貨吧。」老闆說。因為是沒做過的東西，老闆需要摸索一下，工期自然長一些。

「好，那就麻煩老闆了。」

出了鋪子走了沒幾步，賀語瀟就遇上了從瓷器鋪子出來的馮惜。

「語瀟？好巧啊，妳怎麼到這邊來了？」今天的馮惜穿了一身騎馬裝，頭髮束起來，顯得很俐落，臉上的愁雲和黯淡幾乎看不到了。

「馮姑娘。」見她精神多了，賀語瀟很高興。「我到這邊訂做些東西，妳呢？」

馮惜道：「我屋裡的茶盞用著不順手，今天沒什麼事，正好過來選一套。遇上妳正好，咱們一起吃個午飯，我請妳，謝妳那日給我化的妝面。」

「既然馮姑娘盛情，那我就恭敬不如從命了。」賀語瀟想著吃飯事小，把她要開店的事宣傳出去重要，說不定馮惜就能成為她日後的固定客戶呢！

飯間閒談，賀語瀟自是把這件事說了。

「妳要開妝店？」馮惜十分意外。

賀語瀟微笑道：「到時候還請馮姑娘多捧場了。」

一個手藝好的妝娘在大祁是很受追捧，也很有地位的，加上見識過賀語瀟的手藝，馮惜並不認為她做不了這一行，不過……一般官員家裡，是不會讓女兒去做這些的。

「妳家裡同意了？」

「嫡母那邊是同意的，父親那裡有嫡母去說，我倒不擔心。」賀語瀟微笑道。

京中並不是每個官員家裡都手頭寬裕，根基不深的官員若本身再沒多少家底，只靠朝廷的銀子度日，又要維持體面，多少是有困難的。所以這樣的官員後院的人，尤其是姨娘和庶女，多少會做一些繡品偷偷拿去換錢，但這都是私下裡的事，沒人拿到明面上，所以女子為府上賺錢慢慢就變得只可意會了。

「妳是個有手藝的，要做這一行倒是不錯，若做得好也能有一定的地位，於妳不是壞事。但妳也要知道，這中間恐怕少不得風言風語，妳自己心裡得堅定些。」女子能出來闖一闖，馮惜認為是好事。

「不瞞馮姑娘，我之所以想做這事，也是想多賺些錢，再賺些名聲，這樣日後嫁人，我也能有選一選的資格。」賀語瀟並沒有賣慘，語氣平靜地說：「我並不想攀高枝，也不怕日子苦些，可不想盲婚啞嫁。若能與一位自己喜歡，且能相互欣賞之人相愛白頭，這日子過得才有滋味。我是庶女，我從不為出身不滿苦惱，卻也不得不承認庶出能選擇的空間太小了，所以我只能用這個辦法為自己爭取一些選擇權。」

馮惜也是庶出，雖然有嫡女的待遇，但她很明白，家中再寵愛，父親、兄長對她再好，作為庶出，和嫡出還是有明顯區別的。所以賀語瀟想為自己爭一爭，她能理解，也認同。

至於她失敗的姻緣，是錯在她識人不清，而並非她追尋了愛情，她也不會因此就否定世間的愛情。

「妳能有這樣的想法，且有膽識去嘗試，真的非常難得，多少女子是只敢想卻不敢做。」馮惜舉起茶杯。「我以茶代酒，預祝妳開業大吉了。」

「那就借馮姑娘吉言了。」賀語瀟與她碰杯，笑意盈盈。

收拾打掃，購入擺設，訂製妝檯、椅子，轉眼又過去了幾日，賀語瀟的店裡總算收拾妥當了，只等吉日開張。

賀複知道賀語瀟要開妝店的事，並不贊同。雖然他希望賀語瀟與那些高門女子保持往來，如今在朝堂上，懷遠大將軍都會跟他說幾句話了，他是欣喜且滿意的，可讓一個姑娘家天天往外跑，他還是覺得不妥，便找賀夫人說了這事。

賀夫人卻道：「我覺得這樣很好。京中為官的應該心裡都有數，只靠官員的月銀維持一府的開銷並不容易。別人家都是私下裡做繡品或者接點小活貼補，咱們家有鋪子能收租，倒還好些，可別人並不知道咱家鋪子有多少，又未見咱們家有做活補貼，那些心眼小的，或者嫉妒老爺官場順遂的說不定會覺得老爺有貪污之嫌。」

賀複嚴肅起來，的確有這種可能，司農寺雖不算肥差，但每年春秋兩季有用於農桑的撥款，有銀子的地方總難免被人盯著，就算他們沒貪，也不乏有人抱小人之心看待。

「如今放語瀟去經營，讓別人知道就會覺得咱們府上不寬裕，也需要女子做些小活貼補，明著堵上那些心思不正之人的嘴。而且妝娘在咱們大祁是有地位的，語瀟又有這方面天分，做這一行不丟人，還能結識不少女子呢。」賀夫人句句都是為了維護賀複的形象。

賀複聽罷，越想越覺得有理，笑著拉住賀夫人的手。「還是夫人想得周到。能得夫人，實乃賀複之幸。」

賀語瀟的馬車拐進賀府側門所在的巷子，露兒掀開車簾往外看了一眼，說：「真巧，柳公子也回來了。」

這幾日她們回來，幾乎都能遇上柳翀的馬車。柳翀下車後並沒有急著進門，而是站在門口，等賀語瀟下車。

「五妹妹。」柳翀主動打招呼。

「柳公子。」說話次數多了，兩人都少了些拘謹。「今日是又去二姊夫那裡了？」

「沒有，今日去買了些筆墨。姨父說過兩天會將我引薦給一位大儒，若能有幸獲教，定能受益匪淺，我提前準備些筆墨，希望到時能用得上。」

「柳公子潛心向學，一定會有回報的。」賀語瀟這話並不是完全的客套，據她所知，柳翀自從來了京城，除了去胡家，去的最多的就是書屋了。他也不去參與京中學子博名聲的聚會，無事時就在院子裡讀書，也不亂走動。而且能得父親引薦給大儒，可見父親對柳翀的學習態度也是認可的。

「但願如此。」說完自己的事，柳翀問：「五妹妹今天又去店裡了？」

賀語瀟點頭。「忙了幾日，前期準備總算忙完了。」

「經營店鋪難免辛苦，五妹妹也要勞逸結合。」柳翀的眼神裡有掩不住的關心。

「我明白。」賀語瀟笑應著。

兩個人面對面說著話，誰都沒注意到院中不遠處的賀語芊。賀語芊捏著手帕，眼睛一眨不眨地看著站在門口說話的兩個人，片刻之後，她便悄悄離開了。

賀夫人親自去廚房看了鹿肉的烹飪，確定沒什麼問題，才帶著丫鬟、婆子往回走，結果與低頭快步走路的賀語芊撞了個正著。

「哎喲。」賀夫人差點沒站穩，好在身邊的羅嬤嬤把她扶住了。

「母親，女兒沒看到您，您沒事吧？」賀語芊見自己撞到了母親，慌忙地關心道。

賀夫人只是沒站穩，倒沒什麼大事，只是看賀語芊眼神躲閃的樣子，皺著眉問：「妳怎麼回事？冒冒失失的。」

「女、女兒沒、沒有……」

她這副吞吞吐吐的樣子怎麼看都不像沒什麼事，賀夫人又道：「到底怎麼了？」

賀語芊似是被嚇著了，後退了半步，手帕捏得更緊了，也不說話。

賀夫人掃了她一眼。「身體不舒服？讓人給妳叫個大夫。」

「沒，女兒沒有不舒服。」賀語芊連忙否認。

看她這樣，賀夫人有些不耐煩了。「有什麼事就說，慌慌張張的成何體統？」

賀語芊聲音小了不少，說：「沒什麼的，女兒只是看到五妹妹和柳公子在側門聊得過於熱絡，覺得不妥，又不知道怎麼跟五妹妹提，一時不知所措，才衝撞了母親。」

賀夫人上下打量著賀語芊，良久沒說話。

賀語芊手指都快把手帕攢出洞來了，整個人顯得纖弱又無助。

賀夫人笑了一聲。「自家兄妹，又住在一個屋簷下，多聊幾句無妨，妳不必這般小心。」

賀語芊身形一僵，回道：「是，是女兒想多了。」

賀夫人不欲再與她多言，帶著下人回了院子。

羅嬤嬤給賀夫人送來茶水，閒聊道：「四姑娘雖養在夫人身邊，但性格未免太老實了些，遇上些事就慌慌張張的。」

賀夫人啜了口茶。「她算哪門子老實？」

「夫人何出此言？」

「快吃晚飯了，她又不出門，往側門去做什麼？就算是去等語瀟，那見到人大大方方上前說話就是了。」賀夫人面無表情地說：「她這樣子，弄得像撞見了什麼見不得人的事似的，反倒顯得做作。」

「夫人眼睛太亮了，這都能看明白。」羅嬤嬤笑說。

「妳哪是看不明白，只是引著我來說罷了。孩子大了，比較之心在所難免。只是拿翀兒出來說事，心思就太難看了。」賀夫人說，看上去就像個智者，能夠輕易識破所有不入流的小把戲。

次日，賀語瀟照常到主院給夫人請安。

賀夫人好聲好氣地問：「鋪子都準備得差不多了吧？」

「是，都好了，就等著開門了。」賀語瀟笑得挺開心。

難得見她笑得這麼燦爛，讓賀夫人一早的心情也跟著好起來。「今天要沒什麼事，妳就帶人去順山寺拜一拜吧，求個開業大吉。」

「母親若不提，我都把這事忽略了，早飯後我就帶露兒去。」對於賀夫人主動提出讓她去寺廟祈福，賀語瀟還是有點感動的。「等開業那天，我先給母親化了妝再去店裡，上天若感我孝心，定能讓我開業大吉。」

賀夫人樂了。「妳嘴巴是越來越甜了。」

「能說會道才好攬客。」賀語瀟難得在賀夫人面前隨意了一次。

賀夫人沒有反駁，似乎是贊同了她的話。

順山寺常年香火旺盛，來這兒求什麼的都有，香客絡繹不絕。

賀語瀟跪在佛前，虔誠祈禱，還求了支籤。出殿時，與一個面色灰敗的女子擦肩而過，女子在丫鬟的攙扶下，進了殿中，跟在她身後的婦人眼睛紅腫，一看就是哭了許久。

等到走遠了些，露兒才說：「姑娘，剛才進去的那位姑娘好像是二姑娘的好友。」

「是嗎？」賀語瀟還真沒注意，不禁轉頭往大殿的方向看了一眼，不過離得太遠，也分不清那些人影誰是誰。她又眨眨眼細看，大殿外已是空盪盪，此時身旁又有香客擦身向大殿去，她也不好再多待，便離開了。

第十三章

賀語瀟妝店開業這天，馮惜讓婆子送來了一盆地湧金蓮，說是擺在門口的。這地湧金蓮植株不會高得離譜，遮擋視線，又恰好能用這抹綠色吸引路人的目光。加上花開時馥郁的香氣，等於是無聲地在為店裡招攬生意。

賀語瀟很喜歡，親自指揮著人擺好。

送走了懷遠大將軍府來送東西的婆子沒多久，華心蕊就親自來了。

「妳這動作可真夠快，才幾天呀，就當上老闆了。」華心蕊進門，見什麼都覺得有趣。

「華姊姊快坐。」賀語瀟招呼她，開業第一天不會有什麼客人，都是接待親友的。「我這也是趕巧了，有了這麼個小鋪面，就做起來了。」

「這樣好，以後找妳化妝就有地方來了，不用每次都去府上找妳。」華心蕊給賀語瀟帶了不少點心零食，她是想著平時沒客人上門的話，賀語瀟正好能吃點東西打發時間。

「是啊，的確方便許多。」賀語瀟親手泡了茶，和華心蕊邊吃點心邊聊。

「乘兒上午約了人逛書屋，說下午再過來給妳捧場。」

「行，那下午我等著她來。」賀語瀟不多客氣，她能說得上話的姑娘就那麼幾個，人家樂意來捧場，是她的榮幸。「我做了幾盒鮮花汁子調的口脂，華姊姊挑個喜歡的帶回去用吧。」

「妳剛開業，錢還沒賺到就準備這些，豈不是虧了？」華心蕊笑她。

「自己做的東西沒什麼成本，就是圖個用著新鮮滋潤。天暖起來，嘴也不容易起皮，而且時常滋潤也是保養。」賀語瀟吃著點心，點心味道好，就算沒有客人，能吃上這樣一份點心，今天也算值得了。

「好，那我就試試妳的手藝了。」華心蕊不多客氣。

華心蕊在店裡待到近中午，崔恒來接她一起回去，才成親沒多久的人難免有著新婚夫妻的粉紅泡泡，雖然表現得很含蓄，但明眼人都看得出來。賀語瀟看小夫妻感情好，不禁也跟著姨母笑，嘴裡吃著點心，眼睛看著朋友發糖，崔恒卻突然轉向她。

「賀五姑娘，這是聽闌託我轉交的，祝妳開業大吉。」崔恒將一個盒子放到桌上。

賀語瀟挺意外，她以為以鋪子結了之前的事，她和傅聽闌不會再有往來了。

「傅公子如何知道我今天開業？」這是另一個讓賀語瀟驚訝的點。

崔恒並不意外地說：「這間鋪子之前是長公主府上的，剛交予五姑娘沒多久，可能是先前巡查鋪子的人還沒得到消息，走過時看到了。」

這倒是正常，賀語瀟微笑道：「讓傅公子破費了。」

崔恒覺得不會是什麼貴重物品，至於為什麼傅聽闌這般周到，他沒細想，也沒必要去問，自己的這位好友，向來是很有主意的。

意料之中，開業第一天並沒有什麼客人上門，都是好友來捧場，賀語瀟挺高興的，她交的朋友不多，但每一個都把她開業的事放在心上了，這種被重視的感覺讓她心裡很暖。

太陽西沈，就在賀語瀟準備關門時，店裡又走進一人，讓賀語瀟頗為意外。

「柳公子怎麼來了？」賀語瀟驚訝問。

柳翀沒跟她提要來，而且柳翀無論從哪方面看，都不是她的客戶。

「正好路過，想著給五妹妹捧個場。」柳翀笑得燦爛，似乎很喜歡和賀語瀟說話。

「柳公子來晚一步，我茶水爐子都熄了。」賀語瀟微笑道。

「無妨，只是來看看五妹妹的店，且當是來認路的吧。」柳翀打量起這間不大的店鋪，一眼就能望到頭。

店裡進門就是一排木櫃，上面擺了些彩妝，數量還不多，以後會慢慢補滿。中間是一張方桌，用來待客的。裡面是妝檯，上面擺放了不少東西，滿當卻不雜亂。通往後院的小門邊放了一個長桌，上面擺放了鮮花和兩把展開的扇子。

「這扇子畫得極好，寓意也好，不知出自哪位名家之手？」柳翀仔細看著扇面，一個畫的花好月圓，一個畫的舉案齊眉，寓意極好，也很適合這個妝店，畢竟妝娘主要的工作就是化婚妝。

「我也不曉得，是朋友慶我開業所贈，我實在不懂畫，只是覺得好看，就擺出來了。」

雖說交情不深，賀語瀟還是厚著臉皮蹭了「傅聽闌朋友」這個名頭。

是的，那兩把扇子就是傅聽闌送的禮物，扇面沒有印章，也沒有落款，看上去就像是不值錢的玩意兒。

「這畫得的確不錯，想來作畫之人肯定極為風雅，這樣的風雅才配得上五妹妹的手藝。」柳翀看著賀語瀟，眼神像在欣賞一株繁花。

「柳公子又沒見過我的手藝，怎知是否相配？」賀語瀟雖然喜歡別人誇獎，但吹彩虹屁就大可不必了。

「五妹妹能開店，且能得姨母同意，那手藝肯定是不俗的。」柳翀說：「而且今天早上五妹妹不是給姨母化完妝才出門的嗎？我去給姨母請安時，見姨母妝容比平日精緻自然，可見五妹妹手藝不凡。」

他這番說法可以算是有理有據。

柳翀接著道：「女子能有項手藝是很難得的，雖說少見官員女兒出門經營，但有手藝在身，埋沒了才叫可惜。五妹妹勇於嘗試，我是很佩服的，有個安身立命的本事，女子活得也能很出色。」

賀語瀟沒想到柳翀的想法還挺開明的，並不是死讀書的那種書呆子。在大祁，就算女子有手藝，真正能出來做事的還是少數，大多數人還是不希望家中女子拋頭露面。如今想來，嫡母能贊同她出來開店，也是個開明的婦人。

「柳公子這樣說，我若不能幹出些名堂，反而對不住公子的誇讚了。」心情一好，賀語瀟頓時笑得眼睛彎彎的。

柳翀也跟著笑起來。「期待京中能有賀妝娘的一席之地。」

「借你吉言了。」

賀複下值回到府裡，得知賀語瀟已經回來了，滿意地點點頭，家裡姑娘出門忙生意他不反對，只要心別野了就行，如今知道早點回家，他就沒什麼可說的了。

晚飯賀複是在賀夫人房裡用的。

賀夫人給賀複添了碗湯，道：「這幾日老爺的公務沒有那麼忙了，應該多到其他姨娘那裡坐坐。老爺多愛惜鄧氏，我是沒意見的，但都在一個屋簷下過日子，老爺就算不偏愛，也要把水端平些才好。如果後宅因為這種事起了異心，對老爺的名聲也是不利的。」

賀複點頭。「夫人賢慧，常提點於我，又為我充盈後院費心費力，我自然不能讓夫人再為這些事操心，今晚就去其他院裡坐坐。」

賀夫人笑得溫婉知性。「老爺正值壯年，還是要為子嗣多加考慮啊。」

「好，夫人放心。」

家中沒有兒子，一直是賀複的一塊心病。為此，賀夫人給他納了不少妾室，就是希望賀家後繼有人。賀夫人深知這一點，所以希望賀複少去風嬌院的時候，就會提一提子嗣問題，以免鄧氏仗著寵愛，搞不清自己的身分。

百花院裡，賀語瀟今天吃了一肚子點心，這會兒吃不下太多東西，只盛了碗湯，陪著姜姨娘說話。

「今天有生意嗎？」姜姨娘問。她看賀語瀟帶回來不少點心，想必今天是有朋友上門。

賀語瀟搖搖頭。「想要化妝的客人上門，還需要熟人介紹。我是在想，等我做的妝刷上架了，才更方便吸引一些普通百姓。」

「妳應該等刷子做好了再開業，不然這麼冷冷清清的，讓人提不起勁兒。」姜姨娘說。她是怕沒有生意上門，賀語瀟失望，過幾天就不想做了。

「大家都是一步步來的，我有耐心，姨娘放心吧。」賀語瀟不是沒坐過冷板凳的人，她相信只要妝好，總能打拚出一席之地。

姜姨娘給賀語瀟挾了塊肉，說：「我見妳這幾日總與柳公子一起進門，他雖說是夫人的外甥，住在府裡時常遇到很正常，但妳還是要注意些，別讓人說閒話了。」

「姨娘是聽到什麼閒話了？」賀語瀟問。

「那倒沒有，但小心些總是好的。真傳出些什麼，過些日子他回老家了，但妳還要在這京中待著，於妳不好。」姜姨娘不想干涉賀語瀟的婚事，可作為親娘應該提醒的還是不能少。

賀語瀟點頭。「我知道，其實只是湊巧遇上罷了。之前送他去二姊姊那兒，他可能覺得我這個人還算好相處，加上他在京中沒有朋友，咱們家中又沒有男子能與他暢談，住在咱們家屋簷下，與所有表姊妹都生疏，容易被說孤傲不合群。三姊姊和四姊姊那性子姨娘是知道的，一個自傲不願意主動搭話，一個文靜不擅言辭，只有我還能跟他說上幾句，讓他在這個家裡不至於因沒有交流而尷尬。」

姜姨娘琢磨了一下，覺得賀語瀟說得有道理。「只要沒有逾矩之舉，能說上兩句話也挺好。」

姜姨娘想著柳翀作為讀書人，日後也有意官途，肯定是愛惜羽毛的。加上有求於賀家，就算有一百個膽子，也不敢做不合規矩的事，她的擔心不能說多餘，只能說必要性不大。

羅嬤嬤也跟賀夫人說起賀語瀟和柳翀時常同進同出的事。

先前賀語芊遇著兩人說話，慌慌張張的樣子被賀夫人嫌棄了一頓，是因為姑娘家看到點事，在沒弄明白的情況下，就一副出了大事的樣子，大驚小怪的容易惹出閒話。而且賀夫人覺得賀語芊心思不純，所以才沒個好臉。

如今羅嬤嬤跟她提起，只是嘮嗑家常一樣，不至於引起她反感。而且羅嬤嬤是她身邊的老人了，如果不是觀察多日確定的事，是不會跟她亂講的。

「妳覺得這兩個人相互有意？」賀夫人問。

羅嬤嬤笑了笑。「五姑娘那兒倒看不出什麼，她忙著店裡的事，出門回來的時間都比較固定。倒是柳公子出門時間是早了些，而且有一次老奴聽看門的小廝說，柳公子馬車都到門口了，卻還遲遲不下車，直到五姑娘回來才下車。但兩個人攀談並不避人，說話聽著也沒什麼問題。」
賀夫人琢磨了一下，說：「猁兒今年也二十了，還未議親，有這方面心思很正常。不過府裡議親還輪不到語瀟。」
「是啊，家裡姑娘的婚事還得夫人全權做主才是。」羅嬤嬤為賀夫人戴上髮釵。
賀夫人笑了笑，眼中一片清冷。

開業第二天，依舊不見多少客人，只有零星幾個來問價的，問完便離開了。
露兒站在門口，一臉發愁的樣子──她家姑娘手藝再好，沒人上門也不成啊。
賀語瀟倒是很淡定，坐在桌前看著從舊書屋淘來的關於花卉種植的書。
「姑娘，您都不著急嗎？」露兒實在沒忍住，問了賀語瀟。
賀語瀟頭也不抬地說：「急什麼？妝娘的手藝本就是口耳相傳的事。近來成親的人家肯定早早就定好妝娘了，這段日子又沒有什麼節慶，沒有客人很正常。」
誰家姑娘沒什麼事天天化大妝？
「話是這麼說，但做生意的總希望有客上門嘛。」露兒一開始還怕自己沒有經驗，招呼不好客人，現在想來是自己多慮了，要招呼也得先有客人才行啊。
賀語瀟笑她。「妳要沒事就去後院給花苗鬆土澆水吧。」
露兒見實在是半個人影都沒有，便去後頭了。

賀語瀟覺得小丫頭機靈歸機靈，但耐心太差了。

書又翻過一頁，香爐裡點的桃花香已經燃盡，留下淡淡的餘味。店裡的門只開了一半，窗子也只開了個小縫。進入四月，過了立夏後，天氣就漸漸熱起來，中午若不避一避光，屋裡著實熱人。

突然，屋裡的陽光略暗了一下，賀語瀟抬頭，果然是有人上門了。

「娘子是打聽妝價還是想挑些東西？隨便看，不必拘束。」賀語瀟抬頭看向對方，並沒有起身。不是她不想招待，而是有的時候太殷勤，反而留不住客人。

「請問在妳這兒化個普通妝面多少錢？」做婦人打扮的年輕娘子問道。

娘子穿著普通，素面朝天，頭上戴了個包銀的樸素簪子，看著就是京中普通百姓的打扮。

「日常妝面的話二十文，不包括做頭髮，做頭髮加十文。」賀語瀟說。

這訂價要是在鄉下乃至鎮上，都算貴的，但這是京中，這個價真心不貴。訂得太便宜，反而容易被懷疑手藝，而且不是所有妝娘都給化所謂的「日常妝」。

見娘子似有些猶豫，賀語瀟又道：「我們店剛開張，對客人有優惠，娘子若想化，二十文送妳盤髮，若只化妝，收妳十八文。」

聽到這個價娘子似乎不好意思講價了，又考慮了一下，說：「我只化妝，不做頭髮。」

賀語瀟也不失望，站起來熱情道：「娘子裡面坐。」

說著她又喊露兒上茶，反正茶葉是家裡給的，她自己吃點心時也泡，這種沒成本的東西，請誰喝不是喝？

「不、不用了。」娘子忙拒絕。

賀語瀟笑說：「娘子喝點茶，咱們慢慢來，我能做細緻些，娘子也不會覺得無聊。」

露兒一聽這是有客上門了，手腳格外麻利，茶水很快就送上來了。

娘子還有些拘謹，左看看、右看看，不太好意思說話的樣子。

「敢問娘子貴姓？」賀語瀟邊將需要的東西擺出來邊問。

「我姓陳，耳東陳。」娘子說。

「那我便喚妳陳娘子了，不知道陳娘子對妝面有什麼要求？」賀語瀟詢問。

陳娘子不好意思地笑了笑，說：「我沒什麼想法，我相公是跑商的，已經出門兩個月了，今日傍晚回來。我想收拾得好看些，讓他高興高興。」

賀語瀟笑了。「陳娘子想得極是，想必與家中相公感情很好。」

陳娘子笑得嬌羞，一看就知道在家中是受丈夫疼愛的。

夫妻感情好，妻子想給丈夫一個驚喜，是生活中的情趣。女子多含蓄，不擅表達，只能花點小心思，希望丈夫能看到她們的用心。

「那我可得拿出本事來，才不枉陳娘子來我這裡。」賀語瀟說著，先給陳娘子上了一層面脂，這樣一會兒上妝會更服貼，但這個季節面脂也不能上太多，容易脫妝。

「京中開店的妝娘不多，我也是買菜路過這邊，才看到這裡開了一家妝店，就想試試看。」陳娘子見賀語瀟手法輕柔，說話自然，話也跟著多起來。

「是啊，我也是看店少，才覺得或許會有需求。」賀語瀟說：「妝娘基本以化婚妝為主，偶爾有些能化節日妝的，日常妝的則是少之又少，或者說日常大家在家中塗些胭脂、口脂就很好了，沒有多少人願意花錢化日常妝。」

陳娘子點頭，不好意思地說：「可惜我在這方面實在蠢笨，化起妝來總是下手太重，讓人笑話。」

賀語瀟笑說：「化妝是個靠熟練的事，多試幾次慢慢就好了。」

給自己日常化妝並不需要學習太多，只要摸清楚自己的臉適合什麼妝容就可以了，不需要像化妝師根據場景、臉型、氣場等等，去做不同的妝容。

第十四章

陳娘子樣貌並不出眾，也沒有讓人印象深刻的特點，這樣的女子化過淡的妝容反而無法看出區別，可濃妝豔抹顯然也不合適。於是賀語瀟為她選擇了大地色系作為妝容的主色調，在自然中有顏色，又不會過於突兀濃豔。

在大地色系裡，賀語瀟選的也是日常百搭的款式，稍微混入一點粉色調進去，讓妝容看上去更適合年輕的小娘子。眼線也是根據陳娘子的眼形來畫，沒有過長或者過挑，眼尾收得自然，然後在眼皮正上方略點一些貝殼磨成的珠粉，提升一些亮色。

腮紅用的是溫柔的粉橙色，只需要一點點，來提升溫婉的氣質。口脂與胭脂顏色相近，讓妝容看起來是一個整體，而不是東一塊色、西一塊色。

「這胭脂顏色真好看。」陳娘子感嘆道。

賀語瀟為妝面做最後的修整。「我也是調了好多次，才得了這麼一盒顏色。」

陳娘子打量著鏡中的自己，笑道：「姑娘手藝了得，我這樣平凡的樣貌，在姑娘手中都亮眼起來了。」

「陳娘子太謙虛了，哪有女子的樣貌是平凡的？只是有沒有時間打扮罷了。化妝的樣子很美，但不著顏色也是一種美。」賀語瀟感覺妝面沒有問題後，又拿出自己的小細刷，為陳娘子在眉心點了大小不同的三個圓點作為花鈿。

其實這花鈿不點也沒關係，不影響妝面的完整度，但既然陳娘子是她店裡的第一個客人，那贈送一個簡單的花鈿是應該的。

「真好看。」陳娘子反覆打量著鏡中的自己。

「陳娘子喜歡就好。」賀語瀟又幫她調整了一下髮簪的位置，讓髮簪的位置和角度都更合適些。

陳娘子笑得很開心，也沒有了來時的拘謹。「多謝姑娘，日後若有需要，我一定再來。」

「好，期待陳娘子多多光臨。」賀語瀟笑應著。

陳娘子付了錢後，就提著籃子離開了，身板都比來時挺得直了。

「午飯錢有啦！」賀語瀟晃了晃裝錢的木盒，對露兒道：「今天中午咱們買餡餅來吃。」

「好呀！奴婢一會兒就去買！」在吃這方面，露兒向來積極。

下午，馮惜的丫鬟過來了，說馮惜租了畫舫，請交好的姑娘們五日後去遊河。

「馮姑娘這麼有興致？」賀語瀟沒想到自己會收到邀請，她還從未遊過河呢。

丫鬟笑道：「從姑娘為我們家姑娘化了妝，去麥市玩了一圈，我們家姑娘就像想開了一樣，心情一天好過一天，人也越發精神了。這不，開春那會兒我們府上沒有踏青，如今將軍見姑娘愛出門走動了，就提出讓她到河上欣賞京中風光。姑娘覺得是個好主意，今天上午才把畫舫訂下來。我們姑娘讓奴婢和您說，去的都是交好的姑娘，沒有您不想見的，正好藉此機會介紹些人給您認識，請您務必賞光。」

賀語瀟笑了。「既然馮姑娘都這麼說了，那我肯定得去。」

「您能來，我們姑娘一定高興。我們姑娘說五日後巳時，我們府上會派馬車去賀府接姑娘到河邊。」

「好，那我到時候就在府裡等著了。」

遊河這日，馮家的馬車準時來接賀語瀟。今天賀語瀟稍微打扮了一番。去遊河，姑娘們肯定都會精心收拾，不是為了爭奇鬥豔，只是這樣好的景色，人打扮得精神一點，更為應景，也是對主人家的尊重。

賀語瀟沒有收拾得特別精緻，只是上了個淡妝，髮上戴了珠花，比平時淡色的絹花看上去要精緻些。她收拾不是為了應景，而是有意而克制地展示一下自己的手藝，無論今天參加遊船的姑娘會不會成為她的客戶，作為潛在客戶群，賀語瀟也是重視的。

「五妹妹來了，快上船，一會兒該曬了。」馮惜今天沒穿騎馬裝，不過衣裳袖口和腰身都收得比正常衣裙緊些，少了幾分搖曳的淑女氣，多了幾分俐落。

「馮姑娘這衣服改得真好，行動起來方便多了。」賀語瀟眼睛一亮，如果她也把衣服改成這樣，化起妝來會更順手。

馮惜樂道：「妳可別學我，我未出嫁前就這麼穿，沒少被人說不合規矩，都被我爹給罵回去了。妳要是學我，少不得被說。」

「那是那些人短視，不會欣賞。」賀語瀟對這樣的衣服還是很心動。

「哈哈哈，五妹妹說出了我的心聲。」馮惜拉著賀語瀟的手往畫舫那邊走了幾步。「乘兒在裡頭呢，妳先進去，讓她給妳介紹一下同遊的姑娘們，別拘束啊。」

馮惜還要在這兒等其他家的姑娘過來，賀語瀟也不拘謹，應著就進去了。

「語瀟。」崔乘兒見她來了，忙向她招手，畫舫內的幾個姑娘也看了過來。

賀語瀟帶著微笑地向大家點點頭，崔乘兒過來拉住賀語瀟的手和其他人介紹起來。人太多，賀語瀟一時半刻記不住，不過看著都是友善的。

這些姑娘有的在麥市上見過讓賀語瀟化過妝的馮惜，有的則是聽說過之前的一些八卦，總之對賀語瀟都抱有十二分的好奇，如今見到本人，只覺得樣貌是個極為出眾的姑娘，說話的態度和語氣，不像八卦中那種會沾染是非的性格，由此也就更相信馮惜和崔乘兒對賀語瀟的評價了。

「剛才乘兒還說，她今天用的口脂是語瀟給的，我們還在說這顏色清淡雅致，適合夏天呢。」有姑娘笑說。

崔乘兒接話道：「就是妳開業時送我的那罐。」

賀語瀟笑道：「給乘兒的那盒偏潤唇些，裡面加了些茶樹籽油和蜂蠟，顏色很淡，日常用著比較適合。」

馬上有姑娘道：「這夏天還好，一旦到了秋天，我這嘴唇就總起皮，看來我得提前備一盒才是。」

賀語瀟精神一振，生意這不就來了嗎？

「姑娘不要著急，等到秋冬來買就是了，我用的是天然材料，不宜久放，現買現用才好。」賀語瀟笑著解釋。也是因為如此，她每一盒的量都非常少，價格也不貴，至於利潤嘛，那自然是不可言啦。

「我是怕到時候妳生意太好，我買不到。」那姑娘笑說。

「不會，姑娘既然想要，到時候必然給姑娘留一盒。」賀語瀟說。

她這樣爽快，又不急於販售，更讓人覺得她是個實在的，樂意與她相交。

「那就這麼說定了，要是到時候沒給我留，我可要到馮姊姊那裡告狀了。」那姑娘玩笑道。

賀語瀟點頭，覺得與這些姑娘閒聊還挺放鬆的，不用刻意恭維誰，也不講那些詩詞歌賦，就是隨意地想到哪兒便聊到哪兒，很舒服。

等了大約一刻，邀請的姑娘們都到齊了，馮惜也進了畫舫。

「都是相熟的姊妹，誰都別拘謹了。該吃吃，該玩玩，畫舫老闆正在準備，一會兒就能啟程了。」馮惜爽利地跟大家說，又吩咐身邊的丫鬟。「讓人都就位吧，咱們熱鬧起來。」

「是！」丫鬟開開心心地去下層叫人了，樂器已經擺放好，讓樂師、倡優們就位就行。

絲竹聲響起，映著河景，如清風襲來，十分愜意。今日遊河的船隻不少，她們停船的渡口都有五艘畫舫準備出行，這條河上的其他渡口還不知道有多少船隻呢。

原本等在岸上的婆子快步走進來，在馮惜耳邊說了幾句。

馮惜眉頭一皺，裝作若無其事的樣子，對大家道：「在二層看風景更好，船家還要準備一會兒，大家可以隨意走走。」

說完，她就跟著婆子下船了。

大多數姑娘都在閒聊，沒發現馮惜表情有變，有兩個姑娘率先上了二層，沒多久又匆匆下來了，壓著聲音對大家道：「賈玉情來了。」

「啊？」大家都露出驚訝的表情，她的事大家都聽說了，也私下打聽過，知道這次遊河並沒叫她，大家都明白之前探聽的並非虛言，也都不約而同地看向了賀語瀟。

賀語瀟不知道自己要用什麼表情回應這件事，便默不作聲。見她不說話，姑娘們對她更同情了，在她們看來，賀語瀟根本沒膽量說話，畢竟賈玉情是大理寺卿的女兒，賀語瀟根本得罪不起，就算馮惜迫於面子把賈玉情請到船上了，賀語瀟也只能忍著，還得賠笑臉。

「姊姊不邀我，就是在生我的氣了。」賈玉情哭哭啼啼的。

馮惜頭疼，她以前怎麼沒發現賈玉情這麼能哭呢？而且既然她沒有邀請賈玉情，賈玉情卻來了，還想要上船，絲毫沒顧及她要對其他船上的姑娘們怎麼交代，就算沒有賀語瀟，船上其他姑娘在知道賈玉情做的事後，多少也是會避開她的。

如果賈玉情真的聰明且無辜，那就應該等家裡把所有事都處理妥當後，再出來找她們，這樣既能把事情解釋清楚，也不至於讓別人尷尬。

「大理寺卿府上閉門思過，妳這麼跑出來，難免被非議府上思過不誠，疏於約束。」馮惜一臉嚴肅地說。

賈玉情一愣，趕緊解釋。「不是的，我是偷偷溜出來的，父母親都不知道。」

用這話想糊弄馮惜，就太看不起她了，偷偷跑出來，卻想光明正大地遊船，騙誰呢？

馮惜不假辭色地說：「妳還是早些回去吧，讓人看到不只妳解釋不清，我也解釋不清了。」

賈玉情沒想到多年情誼，馮惜居然不吃她這一套，見馮惜要走，賈玉情慌忙道：「馮姊姊，我聽說賀家五姑娘也在船上，我去給她道個歉，姊姊就別生我的氣了。」

這話反而讓馮惜更不高興了。「妳這話說的，該去道歉的時候不去，現在為了上船，賣我的面子要道歉，是妳覺得自己太聰明，還是認為我太傻？」

「馮姊姊，我不是那個意思。」賈玉情欲要再解釋。

馮惜沒給她解釋的時間，轉身就要回船上。

「馮姊姊，妳寧願相信一個庶女，也不願意相信我嗎?!」賈玉情大喊。

馮惜轉頭，眼尾瞥向她。「想讓別人相信妳，就別做虧心的事。我們認識多年，妳若對我坦然，我自然願意幫妳問上幾句，但妳鑽營著自己的那點小心思，把別人當傻子，我自然不能容妳。」

賈玉情收了聲音，眼神飄忽。「姊姊說什麼，我聽不懂。」

馮惜實在不想多與她糾纏。「不懂最好，早些回去吧。」

說罷，馮惜上了畫舫，船家也準備好了，馮惜說了聲「開船」，畫舫便緩緩駛出渡口。見只有馮惜一個人回來，大家都鬆了口氣，誰也沒提剛才的事，只當不知道，重新熱鬧起來。

畫舫行得不快，偶爾與其他畫舫擦肩而過，兩處樂聲碰撞在一起，都變得曲不成調了。賀語瀟坐在二層看風景，從這裡看出去河面更開闊，岸上樹木、行人也看得更清楚，比起岸上的行色匆匆，船上就更顯悠閒了。

京中這條河的河道不算特別寬，兩船並行沒有問題，若再多一條船就不行了，所以有船加速超過，或者對面來船交會時，坐在船邊的人很容易看到另一隻船的情況，若遇上熟人，打招呼還挺方便的。

方才前面的兩艘船上掛的裝飾不知怎麼著鉤在一起了，停在原地處理，馮惜租的船只能停下來等待。

賀語瀟手臂搭在欄杆上，悠然地喝著茶。不一會兒，另一艘畫舫從旁邊趕上來，也無法往前走了，與馮惜這艘平行而停。

賀語瀟一轉頭，就看到旁邊畫舫二層打開的窗戶內坐著傅聽闌。

傅聽闌看到她，似乎半點也不驚訝，微笑著向她點了點頭。賀語瀟趕緊起身，遙遙行了一禮，同時慶幸二層只有她自己，不然恐怕說不清楚了。

傅聽闌沒有避嫌的意思，反而走到了窗邊，問道：「馮姑娘呢？」

「馮姑娘在一層。」賀語瀟壓著聲音。

「那妳怎麼跑到二層來了？」傅聽闌這語氣完全就是閒聊。

「姑娘們在一層喝果酒，我是一杯倒，實在參與不了。」這不是賀語瀟謙虛或者不願意喝找的藉口，她就是不勝酒力，半杯都能直接把她放倒。

傅聽闌樂了。「那妳在那邊豈不無趣？不如來我這邊品茶吧。」

賀語瀟自然是要拒絕的。她到傅聽闌那邊算怎麼回事啊？讓人知道了還得了？

還沒等她說話，傅聽闌又道：「不知道五姑娘腿腳怎麼樣？」

賀語瀟一臉疑惑，這跟她腿腳有什麼關係？

就聽傅聽闌道：「不知道五姑娘能不能從窗子爬進來，那樣就不用讓船伕停船架板了。」

這話一聽就是開玩笑的，但想到跟這人牽扯上的麻煩，賀語瀟聽著很不爽。「我就是會飛簷走壁，也不會踏進公子船隻半步。」

說罷，賀語瀟把窗子一關，把自己和傅聽闌隔絕開了。

傅聽闌聲音不高，但足以能讓賀語瀟聽清了。「傅某失儀了，不是有意冒犯五姑娘，五姑娘不要生氣。」

賀語瀟也不是生氣，就是覺得這京中第一美男子之前說話挺好的，今天怎麼沒個正形了？還是她之前看走眼了？反正不想再說，賀語瀟索性把靠傅聽闌那一邊的窗子全關了。

還沒等她坐到另一邊繼續欣賞風景，就聽樓下絲竹聲停了，接著傳來馮惜的聲音。「這是傅公子的船吧？」

「正是，馮姑娘近來可好？」又是傅聽闌的聲音。

馮惜道：「好呢，聽聞你前幾日病了，可好些了？」

「好多了，趁今天天氣好，出來透透氣。」

「那就好，今天就不招呼你了，改天你到我們府上，我讓大哥把新從南邊帶回來的酒拿出來招待你。」馮惜語氣絲毫沒有扭捏之態，那大嗓門賀語瀟也是第一次聽。

「行，請懷遠將軍等我幾日，我便去府上叨擾了。」

「好咧，求之不得。」

前面的船重新行駛起來，馮惜的畫舫先動，傅聽闌抬頭看著二層緊閉的窗戶，笑出了聲——這位五姑娘平時說話謹慎內斂，沒想到生氣起來還挺有意思，窗戶關得又快，可見是個手腳麻利的。

一層的幾個姑娘雖然都抱持著自己的矜持和克制，不敢去和傅聽闌搭話，但目光都不自覺地往畫舫外飄。她們知道傅聽闌和懷遠將軍有一層師徒的情義在，所以跟馮惜相熟。馮惜這樣直接搭話沒什麼不妥，而她們就不行了，她們只能悄悄看一眼，還完全沒看到傅聽闌的人影，心中不免有些遺憾。

「沒想到傅公子今日也來遊河了。」絲竹聲重新響起，有姑娘開口道。

「我也沒想到會遇上他。」馮惜笑道，如果不是恰好兩船都在這兒等著，她恐怕也注意不到公主府的畫舫。

其實傅聽闌遊河這事真不難打聽，公主府的畫舫絕大多數時候都是傅聽闌在用，只要看前一天有沒有人上船收拾布置，就大概能知道第二日是否出行了。只不過馮惜沒有打聽這些的必要，她的性格也不興這些，自然不曾留意。

姑娘們很快換了話題，畢竟談論傅聽闌可不是大戶人家的姑娘應該做的事。

第十五章

酒過幾巡，見姑娘們都有了些醉意，馮惜就趕緊叫停。倡優繼續獻舞，畫舫裡熱鬧不減。

崔乘兒出來透氣，這會兒她臉上已經紅通通的了。

沒一會兒，馮惜也出來了，靠在圍欄上吹著河風醒酒。「妳說賈玉情今天這一齣是衝著我來的，還是衝著傅公子來的？」

在崔乘兒面前，馮惜就不繞彎子了。

「我也說不好。」崔乘兒不願意隨便猜測別人的心思和行為，但她能想到的也會提出來。「不過姊姊只邀請了我們幾個人，她是從哪兒得知的消息？如果真想與姊姊和睦感情，平日怎麼沒見她再到姊姊府上去？而且之前對語瀟毫無歉意，這會兒為了上船，又肯主動道歉了。我不願意以壞的想法揣度人心，但從知道她做的事後，我就覺得她應該是個無利不起早的，那麼今天匆匆過來要上船，這利在哪兒也能猜出一二了。」

「是啊，如果只是想與我聯絡感情，我府上又不關門，她來便是了。」馮惜嘆氣。「其實如果不是遇到傅公子，我還不會多想。」

「我也是。」崔乘兒也跟著嘆氣。

雖然她們不知道傅聽闌今天也來遊河，但河道就這麼一條直線，肯定是有機率遇上的。如今姑娘們不繼續喝酒了，自然就把賀語瀟叫下來同樂了。

「妳剛才在二層看到傅公子了嗎？」有姑娘八卦地問。

賀語瀟道：「只聽到馮姑娘跟他喊話。二層風大，我把窗戶關了大半，沒看到人。」

「妳也沒看到呀？」那姑娘有些遺憾。

上樓叫賀語瀟的姑娘笑道：「我說二層的窗戶怎麼關上了，妳也是個實在的，風大了妳就下來唄，不能喝酒，陪我們坐著也行啊。」

賀語瀟笑道：「馮姑娘準備的這桂花釀太香了，我是怕自己忍不住喝了，後半程可能就睡船上了。」

姑娘們嘻嘻鬧鬧，氣氛很是愉快，賀語瀟將自己準備好的畫花鈿的畫粉分給了諸位姑娘，作為初次見面的見面禮。這並不是貴重的東西，姑娘們也都沒跟她客氣，她們看重的主要還是賀語瀟的這份心意。

畫舫下午返回渡口，已經有不少馬車在等了，都是來接家中姑娘的。不過讓賀語瀟意外的是，她居然看到了賀府的馬車。她已經跟賀夫人說過了，去回都乘馮家馬車的，家裡的馬車怎麼來了呢？還是寬敞的那輛。

正想著，就見柳翀從馬車上下來了。

他的出現自然吸引了不少姑娘的目光，在看到賀府的紋飾後，又紛紛看向賀語瀟。

「那是誰啊？」馮惜拉住賀語瀟，沒讓她過去。

賀語瀟向她解釋了柳翀的身分，一聽是賀夫人的表外甥，她才放了心，加上來的是賀府的馬車，想必賀夫人是知道的。

「五妹妹。」柳翀走過來。

「柳公子，你怎麼來了？」賀語瀟問道。

「我的馬車出了點問題，今天暫時借用了賀府的。姨母說既然出門了，就順路過來接上五妹妹，這樣就不煩勞懷遠將軍府送妳了。」柳翀語氣客客氣氣，眼睛沒有亂瞟，這樣的君子之姿讓他立於一群女子中，也不讓人厭煩。

「原來如此。」既然是夫人同意的，賀語瀟就沒什麼好說的了，跟各位姑娘道別後，就帶著露兒上了馬車。柳翀在向幾位姑娘作揖後上了車，車伕熟練地駕車離開。

在不遠處，已經靠岸好一會兒的畫舫二層，傅聽闌手執茶盞，看著賀家馬車離開的方向，嘴角笑意不減，眼中卻似有可惜之情。

「五妹妹遊了一天河，可累了？」柳翀問。

「累倒是沒有，在船上也多是坐著。只不過一路的絲竹聲，聽多了難免躁得慌。」賀語瀟說，樂是好樂，只是再好的樂曲聽多了也欣賞不來了。

「看來五妹妹是個愛靜的。」柳翀說。

「倒也不是，還是動靜得宜為好。」賀語瀟看馬車內有幾本書，便問道：「柳公子又去買書了？」

「沒有，這是去二姊夫那裡，二姊夫借我的。」

按年紀算，柳翀與賀語穗同年，只月分小些。

「原來如此。二姊夫一看就是個愛書的，書居然保存得這樣好。」

「是啊，二姊夫書讀得好，也是個愛書的，此番將書借給我，我更得小心翻閱，千萬不能給弄皺了。」柳翀笑說。

「二姊夫肯借書給你，想必是信得過你的。」

「五妹妹這是誇我了。」柳翀笑意更濃了。

「事實而已。」既然柳翀去了胡家，那賀語瀟肯定得多問一句。「你見到二姊姊了嗎？她近來可好？」

從她開業，二姊姊還沒到過她店裡。

柳翀笑意減了些許，說：「今日見到了，感覺比我前幾日見她疲憊不少。」

賀語瀟在心裡嘆氣，這個結果她並不意外。

柳翀接著道：「二姊在胡家過得不易，或者說大部分女子到了婆家多少都有不順心的地方，這世間的女子大多如此，沒有人願意往外說，便成了默認的常事。」

賀語瀟挺意外的，沒想到柳翀能說出這番話。「柳公子觀察細緻。」

「說不上細緻，不過是知道這世間女子好子的不易，只是沒想到二姊這樣好的性子，在胡家的日子也這樣不易。」柳翀不能多說，也不能私下指責胡家婆母的不是，見賀語瀟似是不太高興，立刻補充道：「但能看出二姊與二姊夫是很和睦的，只要夫妻和睦，就沒有什麼難關是過不去的。想必等二姊夫高中了，二姊的日子就會好很多。」

「但願如此。」賀語瀟並沒有那麼樂觀，至少目前來看，胡家雖然說讓二姊姊管家，但真正說了算的還是胡夫人。「柳公子能這樣理解女子處境，屬實難得了。」

「見得多了，難免感慨。京中還算好的，至少京中女子還能有些銀錢和心情打扮自己，這日子過得也小有滋味。在西邊，女子整日忙碌，卻賺不到幾個錢，連素日潤膚的面脂都買不起，日子過得更辛苦。」

賀語瀟皺眉。「西邊面脂賣得很貴？」

在京中，面脂是最基礎的潤膚玩意兒，價錢並不算很高。

「西邊風乾，吹得皮膚粗糙，尋常滋潤的面脂在京中夠用，但到了西邊就不行了。面脂要更滋潤，成本肯定就提上去，加上商人們遠道運過去，價格自然要再漲些。」柳翀說。

「原來如此。」賀語瀟腦子裡突然一閃，有個念頭冒了出來，不過她還得仔細想想，不確定能不能行。

原本覺得不怎麼累，但回到府裡吃完飯，賀語瀟就睏得眼皮打架了，都沒來得及細想自己的方案，沾枕頭就睡著了，而且是一覺睡到大天亮。

賀語瀟簡單吃過早飯，便出發去了店裡。門剛打開，屁股還沒坐熱，華心蕊就來了。

「華姊姊？怎麼這麼早就過來了？」賀語瀟十分意外。

華心蕊擺出一副又好氣、又好笑的樣子，無奈道：「妳還問我？我倒要問妳，妳和傅公子是怎麼一回事？怎麼今天一早他就找上了我相公，請我代為送來賠罪禮。」

賀語瀟不知怎麼回答。「我若說什麼事都沒有，妳信嗎？」

華心蕊眼睛一瞪。「妳當我傻啊？」

賀語瀟也很無奈。「我沒有，也迫切希望傅公子別再給我找事了。」

華心蕊拍拍胸脯，說：「放心，我和相公都是嘴巴牢的人，別人不會知道的。妳倒是和我說說，發生什麼事了？」

賀語瀟嘆氣。「沒什麼，就是他開了個玩笑，我甩了臉子而已。」

「妳給傅公子甩臉子？」華心蕊驚問。「妳這算是京中頭一份了吧？」

賀語瀟訕笑道：「哪有那麼誇張，只是話說不到一起去罷了。」

她儘量弱化這件事，她是萬萬沒想到傅聽闌居然會找上華心蕊，她和傅聽闌本就沒什麼交情，尤其對方身分特殊，隨便搭了一回車就惹來麻煩，她想減少來往再正常不過。

華心蕊雙手置於桌上，頗為認真地說：「雖然妳和傅公子認識的時間不長，但我覺得他待妳還挺特別的。」

這話要是從別的姑娘口中說出來，恐怕難免會帶上幾分酸意，甚至是試探，畢竟那是傅聽闌。可從華心蕊口中說出來就沒那麼多意思了，一來她已經成親，相公還是傅聽闌最好的朋友；二來她家中沒有其他姊妹，自然沒有與惠端長公主做親家的意圖，也就無須任何試探。至於崔乘兒，若傅、崔兩家有意，恐怕早就傳出風聲了。

「華姊姊想多了，傅公子之所以能跟我說上兩句話，一方面是我的身分讓他沒什麼好顧忌的，他那枝頭我飛不上去；另一方面是因為我為馮姑娘上過妝，雖不說幫了什麼大忙，但能讓馮姑娘心情好一些，以他和懷遠將軍府的關係，自然能對我客氣兩分。」賀語瀟給華心蕊分析著。

華心蕊覺得很有道理，她之所以敢幫著傅聽闌送東西，也是因為這兩個人身分差距太大，實在是沒什麼可能性。

露兒送上剛泡好的茶，華心蕊聞著茶香，舒舒服服地舒了口氣。「這幾天在府裡光聞藥味了，今天聞到這茶香，心情都跟著舒暢了。」

「府上有人病了？」賀語瀟隨口一問。

「是我相公，前些日子跟傅公子出門，回來的時候淋了雨，兩個人都病了。」華心蕊都不知道說什麼好。

賀語瀟想起來昨天在河上遇到傅聽闌的畫舫，馮惜還問了一句。

「崔公子可好些了？」賀語瀟問。

「已經好得差不多了，惠端長公主府讓府裡的大夫來給相公看的診，雖然拖了些日子，但沒遭什麼罪，發燒也只一晚就退了。只是咳嗽纏綿，還得慢慢來。」華心蕊說。

「公主府上的大夫？是太醫嗎？」這方面賀語瀟瞭解甚少。

「不是太醫，是愈心堂的大夫。」

「愈心堂？跟公主府有關？」愈心堂賀語瀟是知道的，是看不起病的百姓會去求醫的地方，那裡大夫的醫術如何賀語瀟不清楚，但拿藥聽說非常便宜，有些實在窮苦的，甚至可以免費拿藥，是京中難得的只為救人，不為銀錢的醫館。

「是呀，我也是才知道的，那是公主府的產業，是傅公子開辦的，但對外沒沾公主府半點名聲，只有為數不多的幾個人知道。」華心蕊道。

看來這位長公主家的獨子還是個樂意做善事的，這讓賀語瀟對傅聽闌加了印象分。

「能有人肯為百姓做實事，很難得了。」賀語瀟說。

「所以說傅公子能得聖上寵愛，肯定不僅是靠小聰明，還是得有拿得出手的實事才行。」從嫁到崔家，她對京中的瞭解加深了許多，發現自己要學的東西更多，婆母會耐心教她，並不急於求成，而她也開始學著走一步、看三步了。

「是啊。其實細想來，也就只有公主府這樣的府邸，才能承擔得了免費為窮人看病的巨大開支了。」賀語瀟道。

「的確如此。傅公子可能偶爾哪句話說得不好，會惹妳不高興，妳對他沒別的心思，自然不會忍讓。不過他心地不壞，妳就原諒一二吧。」華心蕊笑咪咪地勸說。

「妳怎麼總幫他說話？他的勸和禮給得可豐厚？」賀語瀟打趣地問。其實她也沒有很生氣，只是當時不怎麼爽，現在想來已經不放在心上了。

「胡說。」華心蕊打了一下她的手背。「我是覺得我與妳合得來，我家相公與傅公子關係好，如果妳和傅公子有矛盾，總歸有點可惜了。」

賀語瀟哭笑不得地說：「還是算了吧，他未續弦，我未嫁人，就算有妳和崔公子居中，我和他也還是避嫌為好。」

「道理我都懂，但還是不希望你們有矛盾。」華心蕊也不是亂來的人，只是有這樣的感慨和想法，就想跟賀語瀟說說。

「知道了，我已經不放在心上了，何況華姊姊來做和事佬，又有賠禮，我豈能那麼小氣？」賀語瀟說著，打開了華心蕊帶來的盒子，裡面放了兩小罐茶葉，封口紙上有日期，是今年的新茶。

賀語瀟感嘆傅聽闌辦事周到。之前開業時送了東西，再送店裡的擺設難免顯得應付。可若送女孩家用的東西或者貼身飾品，不免有私相授受之嫌。而這兩罐茶葉把這兩項都避開了，店裡招待客人肯定是要上茶的，不算她私用，從哪方面看都挑不出錯來。

「華姊姊要不要嚐嚐新茶？」賀語瀟問。

「不了不了，我一會兒就回去了。」華心蕊面前的茶還沒喝完，也是好茶，不好浪費。

「那就等下次華姊姊來，再請妳喝。」賀語瀟把茶收好，想著晚上帶一些回去給姨娘嚐嚐。

「那我可要盡快找時間過來了。」華心蕊笑說。

「對了，我這兒有一事，想託姊姊幫個忙。」賀語瀟說。

華心蕊忙點頭。「妳說。」

「我想請姊姊幫我找找做面脂的方子，粗糙點的沒關係，市面常見的就行。」賀語瀟說道。

「妳是想做面脂？」

「是。不瞞姊姊，我最近有個想法，但不知道能不能成。我手上有做手脂的方子，但面脂與手脂應該還是有差別的，往臉上塗的東西我可不敢馬虎，又沒有什麼門路弄到簡易的方子來看看，所以想託姊姊幫個忙。」賀語瀟道。

華心蕊一拍胸脯。「放心，我幫妳想辦法。」

她人脈比賀語瀟廣，賀語瀟要的又是最基礎的，多方打聽一番，肯定能弄到。

「那我就先謝謝華姊姊了。」賀語瀟笑說。

現在她們用的面脂裡面多是加茶樹油的，但茶樹油價高，她如果想把面脂賣到西邊去，勢必要降低成本，所以還得考慮用其他便宜但好用的油代替才行。當然，如今得先拿到方子，大約知道比例，後續才能進展順利。

第十六章

華心蕊離開沒多久，之前來化過妝的陳娘子又上門了。

「陳娘子，近日可好？」賀語瀟問候道。

陳娘子笑得嬌羞。「很好，上次在妳這兒化了妝，我相公很喜歡。」

僅看陳娘子這狀態，就知道夫妻感情果真極好。

「那就好。」賀語瀟也高興，這是對她手藝的認可。「陳娘子今日過來是還化妝？」

陳娘子搖搖頭，說：「今日不化妝，上次妳給我用的口脂很好看，用著也滋潤，所以我想買一罐。」

「行，妳來挑挑顏色。上次給妳化了妝，是配著當時的妝面用的口脂。妳平日不化妝用的話，可能不太合適。妳可以挑個顏色自然又顯氣色的，平時怎麼用都不會出錯的那種。」

賀語瀟引她到櫃子那邊看。

陳娘子覺得賀語瀟說得非常有道理，也聽了她的建議想往顏色自然的上面選。

「妳這口脂的顏色未免也太多了吧？」陳娘子原本以為櫃子上那些小罐子應該只有三、四種顏色，只是包裝有差別，沒想到居然每一個顏色都是有差別的。

賀語瀟笑說：「我喜歡調不一樣的顏色，有些顏色可能下次我就做不出來了。」

這不能怪她，花開的顏色有深淺，能摘得多少量每年都不確定，那些混色做出來的，肯定是最難復刻的。

「妳也太用心了。」陳娘子看每一罐都喜歡，口脂和那種紅紙染的口紅不一樣，口脂的塗抹更容易控制，當然，價格也貴一些，但若是好看，貴一點也是值得的。

「主要還是希望大家都能挑到自己喜歡的顏色。」賀語瀟笑道。

挑了好一會兒，陳娘子選擇困難症都犯了，實在為難之下，只好對賀語瀟說：「我相公在外面，我想請他來幫我挑一挑，行嗎？」

「當然可以。」她這兒雖然是妝鋪，但沒有禁止男子入內，若裡面有女子化妝，她也會拉起屏風。如今沒有別的客人，男子也可隨意出入。

陳娘子出門叫人，沒一會兒，一個身材高大、長相粗獷的男子走了進來，男子很是壯碩，看起來是個練家子。進來後男子朝賀語瀟一拱手，看起來是個話不多的。

陳娘子笑說：「我相公姓谷，大家都喚他谷大。」

賀語瀟笑著向他問好，喚他「谷郎君」。

谷大看著粗獷，人卻很客氣，眼睛也不四處看，只跟著自家娘子挑口脂。

「既然這幾個都不錯，那就都買了吧。」谷大看著陳娘子的眼神滿是溫柔，這與他給人的外在印象反差很大。

「哪裡用得上那麼多呀！」陳娘子嗔道。

「我賺了錢回來，給妳買些喜歡的東西，怎麼還能省著呢？」谷大臉上也帶了笑意。

「那也不是這麼個用法。」陳娘子用胳膊撞他。

賀語瀟在一旁道：「的確，買一盒用完再來吧，買多了用不完，再放壞了，太過浪費。」

谷大樂了。「妳這老闆當得有意思，第一次見勸人少買的。」

「既然東西是買來用的，那必然是物盡其用才是最好的。」賀語瀟想賺錢，但不貪心。

陳娘子笑著對賀語瀟說：「我家相公是跑商的，平時進貨、賣貨都圖多和快，巴不得別人多買些。」

賀語瀟驚訝。「原來谷郎君是跑商的，不知平時都去哪邊？」

谷大道：「多去西邊，那邊雖然不比南邊富裕，但去跑商的人少，競爭也小，貨更好賣些。」

這不巧了嗎？賀語瀟立刻來了精神，說：「不知道託谷郎君的商隊賣貨抽成如何？」

「姑娘有東西要賣？」送上門的買賣谷大肯定不會錯過，而且走貨這種事，自然是貨越多越好。

「是有這個打算，但還沒做出成品來。原本還沒想到怎麼銷售，沒想到託了陳娘子的福，真是得來全不費功夫。」有了渠道，賀語瀟就更有動力了。

「這些都好商量，主要看姑娘想賣什麼，貨量多少。若多，且不跟著去，由我們幫著賣的話，是五五分帳。跟著我們去，不用我們幫著賣，就只收路費。若少，且有市場，我們可以直接買斷。」谷大說。

賀語瀟心裡有數了。「那等我把貨做出來，再找谷郎君商議，可行？」

「當然，我若不在京中，找我娘子便是。」

賀語瀟一拍手，當即對陳娘子道：「陳娘子儘管挑，我給妳折兩成。」

沒想到給人化個妝居然能聯繫上銷售渠道，不用她再費心去找或者託關係找了，這八折打得值！

陳娘子和谷大離開前，留了家裡的住址，方便賀語瀟有事上門。

如今銷售管道有了，剩下的就是研發和製作了。想到這兒，賀語瀟跟露兒說了一聲，讓她留下來看店，自己則帶著錢去了不遠的一家製陶器的鋪子，她要做一個小型的蒸餾鍋，需要與老闆談一下細節，保證品質。

等賀語瀟忙完回來，就見到坐在店裡的柳翀。

「柳公子？你怎麼來了？」賀語瀟詫異，看柳翀這樣子，應該是坐了有一陣子。

柳翀笑道：「今日先生身體不適停課，我也不急著回去，正好路過一家賣果脯的店，想著五妹妹可能喜歡，就買了一點給五妹妹嚐嚐。」

賀語瀟知道柳翀手頭並不寬裕，這樣還能想著給她買吃的，的確是有心了。

「多謝柳公子，讓你破費了。」賀語瀟知道這東西只帶給自己，肯定是不妥的，但柳翀不是不守禮法的人，敢只買給自己，這中間恐怕有什麼事是她不知道的。

對於柳翀，賀語瀟多少是有些欣賞的。倒不是因為他是讀書人，賀語瀟沒有大祁人對讀書人的敬重和好感，她的好感來自於柳翀對女子從事事業的支持，以及他能明白女子生活的不易與難處，也能看到二姊生活中的不順，這是很難得的。不像有些讀書人，自命清高，目無下塵。

既然柳翀積極表現，賀語瀟對他也不乏欣賞，賀語瀟便主動道：「時間不早了，柳公子今日留在店裡用午飯吧。」

「五妹妹邀請，我就不客氣了。」柳翀笑起來，臉上很是滿足。

賀語瀟被他的笑容感染，也跟著笑起來。「粗茶淡飯，柳公子不介意就好。」

午飯依舊是在外面買的，平日裡賀語瀟和露兒的午飯多是一碗素麵、餛飩或者一個肉餡燒餅，偶爾在後院煮個雜糧粥，花不了幾個錢。但今天有客人，就不能如此了，於是賀語瀟中午斥鉅資點了肉排麵和一盤素滷味，怕柳翀不夠吃，還多買了一個肉餡燒餅。

柳翀平日自己吃的都沒有這麼豐盛，見賀語瀟這樣重視與他的午食，心裡很是開心，這至少證明五妹妹對他是不討厭的。

因為之前他有意無意地與賀語瀟製造了數次「偶遇」，這事很快就被賀夫人發現了，也找他聊了。柳翀沒含糊，也沒推諉，向賀夫人表明了自己喜歡賀語瀟，雖然相處不多，但與賀語瀟說話他覺得很開心，希望能有一段佳話。

賀夫人沒有立刻點頭或者拒絕，只說婚嫁之事要通過家中長輩，柳翀如今跟她表明心跡，名不正、言不順，要等柳翀的母親過來，再說這事。同時也提醒柳翀要注意舉止，不要壞了賀語瀟的名聲。

柳翀相信自己的母親一定會成全自己，所以這段時間更是有意接近賀語瀟。賀語瀟長得漂亮，只一眼他便心動了，之後又看到她不辭辛苦地經營著自己的小店，就算沒什麼生意也開開心心的，就像春天一樣，生機勃勃，與這樣的女子相處，感覺生活很有奔頭，心中便越發喜歡她了。

「過幾日我母親會到京中。」柳翀說。

賀語瀟有些意外，原本她以為柳翀來投奔應該是極限了，畢竟在西邊的確沒有更好的先生可以助他考功名，柳家讓柳翀過來，應該是很不好意思的，但為了柳翀的功名，還是厚了把臉皮。可再一想，柳翀的母親再怎麼說都是夫人的表親，以前還是常往來的，如今到京中來好好敘敘舊也是應該的。

「夫人一定很高興。」賀語瀟笑說，她不知道這位柳夫人是什麼樣的人，不好多說。

「是啊，姨母問了許多母親的喜好，說是希望母親住得舒心，能長住些時候。」柳翀開心地說。

賀語瀟微微點頭。「從大姊姊和二姊姊出嫁後，夫人身邊少了能說話的人，柳夫人來了正好。」

「若我能順利考上，留在京中做官，就可以把家裡人接過來，到時候才算完滿。」柳翀眼中有嚮往。

「那柳公子可要好好努力了。」賀語瀟不知道柳翀的學問到底怎麼樣，不好打擊他的積極，也不能把話說得太滿。

「我一定會的。」柳翀看著賀語瀟，滿目情誼。

賀語瀟注意到他的眼神，心中一驚，忙收了目光，柳翀的眼神太直白，她實在接不住，只能悄然避開。

她對柳翀是有好感，但暫時沒到想要有更多發展的程度，只能說柳翀的優點她能看到，如果以後有機會多瞭解，她是願意的，但若要現在談婚嫁，她肯定是不願意的，因為瞭解得太泛泛，她根本不能確定柳翀到底是不是個值得相伴一生的人。

幾天後，華心蕊身邊的丫鬟給賀語瀟送來了做面脂的方子。送走了華心蕊的丫鬟，賀語瀟去了後院，此時露兒正坐在小凳上，眼睛一眨不眨地盯著面前滴水的罐子出口。

賀語瀟試了一下降溫桶裡的水溫，水很涼快，應該是露兒剛換上的。

「姑娘，聞著好香呀。」露兒靈動的眼睛裡像是能閃出光。

「等這瓶接滿了妳拿來塗臉試試。」賀語瀟說。

她找製陶器的匠人做的蒸餾鍋送來了，原本做個銅的會更好，可她手裡的銀錢有限，只能先做個便宜的。

今天是第一次試用，她在裡面加了玫瑰花和山泉水，蒸餾出來的叫純露，帶著淡淡的花香，可以敷臉。

「好呀好呀！」露兒期待得不得了。

讓露兒看著蒸餾鍋，賀語瀟回到店裡看華心蕊給她找來的方子。這些方子大同小異，基本都是用了鮮花汁液、茶樹籽油和蜂蠟。有的裡面加上美容養顏的藥材，有的加上珍珠粉之類能使皮膚細膩亮澤的東西，還有些用到了其他成分的蠟，讓質地更柔軟。

拋開這些附加成分不談，只說基礎的東西，裡面最貴的當屬茶樹籽油，這也是為什麼面脂價格居高不下的原因。如果能有其他油脂來代替，想必能便宜不少。可這是往臉上塗的東西，不是什麼油都可以取代的。

賀語瀟琢磨了一會兒，她知道能加到化妝品中的植物性油脂一般是橄欖油和椰子油，常見的還有乳木果油、荷荷巴油、山茶花油、葡萄籽油等等，但都不是她現在容易取得的。面脂如果沒有油分，勢必不夠滋潤，肯定是不行的。

想了一下午也沒有頭緒，賀語瀟乾脆把方子收起來，回頭再說。她這邊沒什麼進展，露兒那邊卻收穫頗豐，純露裝了好幾罐，讓她整個人都跟著香香的。

「姑娘，我剛才用了一點您做出來的東西，香香的，上臉很滋潤呢。這東西叫什麼呀？」露兒問。

「叫純露。」賀語瀟說。

「姑娘是要在店裡賣嗎？」露兒是很喜歡的，原料簡簡單單，沒想到做出來的東西塗在臉上真的很舒服。

「應該會賣，但現在量少，我還有別的用處，妳先找個避光的地方把它們封起來放好。」賀語瀟提醒她。

「好咧，姑娘放心吧。」

太陽下山之前，賀語瀟關了鋪子，最近來化妝的人不多，但來買口脂的倒不少。有通過華心蕊和崔乘兒介紹來的，也有看陳娘子塗了覺得不錯，慕名而來的。不是很貴的小東西，大家買起來也不為難。賀語瀟賺得不多，但能保證每天吃上一頓還不錯的午飯，她已經覺得是自己邁向富婆的第一步了。

下了馬車剛進府，就聽看門的婆子說柳夫人今天下午到了，正在和賀夫人敘舊。

柳夫人來得比賀語瀟預料的早，回到百花院，並沒見夫人那邊來人叫她過去，賀語瀟便忙活著自己的，也不主動往夫人院子裡湊。

晚飯時，露兒提著裝了飯菜的食盒回來，臉上露出幾分糾結之色。

「怎麼了？」賀語瀟問她。

露兒一邊擺菜、一邊道：「沒什麼，就是回來的路上看到夫人院裡的荷兒在廊下哭，我去問了一下，說是柳夫人弄破了她的裙子，我看了一下，是難修補得好看了。」

「怎麼會弄破了？」賀語瀟問。

家裡的下人一般每年會做兩身衣裳，夏冬各一身。夏天衣裳是前些日子剛做完送來的，現在丫鬟、小廝都換上了。這新衣裳弄破了的確麻煩，下人月錢是有數的，要是自己掏錢再做一身，實在是付不起。

「荷兒沒細說，估計柳夫人也是不小心。她不好找夫人說，又是新衣裳，心裡難免委屈了。」露兒想著若是自己遇上這事，她也會哭。

夏天的衣裳沒有冬季的貴，也不需要加棉花，做一身其實還好，不過對於城中普通人家而言，也是能補則補，實在補不了了再做。丫鬟們收入有時還比不上城中一普通人家，只比鄉下農戶寬裕些，而農戶家更不會買什麼貴料子了，多以結實的粗棉布為主。

說到布料，賀語瀟突然眼睛一亮——她好像知道什麼油能用又便宜了！

第二天一早，賀語瀟去給賀夫人請安，柳夫人也在，正好見了一面。

「這就是五姑娘啊。」柳夫人坐得端正，拿眼尾看著賀語瀟。

賀語瀟不是那些深宅姑娘，沒見過什麼世面，對人心瞭解不足，她一眼就能看出這位柳夫人不喜歡她。

「是啊，家裡這些姑娘就數語瀟長得最好。」賀夫人微笑著說。

「長得是好，就是瘦了些。你們好歹也是少卿府，五姑娘這打扮，未免也太素淨了些。」柳夫人今天顯然是特地打扮過的，但若仔細看衣裳和頭面的款式不難發現，都是前幾年流行的樣式，料子和材質也是一般。

賀夫人保持著微笑。「不拘怎麼打扮，姑娘家自己舒服就行了。」

柳夫人略顯鬆弛的杏眼一揚。「姑娘家還是打扮漂亮些，出門府裡才有面子。我看三姑娘打扮得就好得很，看著就有精神，像是個嬌養的。」

賀夫人輕笑一聲。「語彩的姨娘愛打扮，她自然也學了幾分。」

隨後賀夫人又把目光轉向賀語瀟。「時辰不早了，妳回去用了飯就去店裡吧。妳那店雖說生意不算昌隆，但既然開了，就要有些耐性，不要因為門庭冷清，就無心經營。」

「是，女兒記下了。」賀語瀟笑著應了，夫人這麼支持她的事業，賀語瀟是沒想到的，雖然她不瞭解其中原由，但在府裡多年的姨娘都沒說什麼，也沒有提醒她什麼，她也就放心做了。

賀語瀟離開後，柳夫人對賀夫人道：「妳對這些庶女未免也太縱容了，一個姑娘家在外開店，像什麼話？哪個正經人家敢要這樣的姑娘？」

賀夫人不急也不惱。「她喜歡就隨她吧，況且老爺也同意了。」

「妳啊，就是太好說話了。」柳夫人一副恨賀夫人不爭氣的樣子。

「說到這個，翀兒可跟妳說了？」賀夫人昨天一直沒找出時間來問。「我見他對語瀟……」

賀夫人沒把話說完，點到這兒就夠了。

柳夫人笑容淡了幾分。「這事我做不了主，還得去信跟我家相公商量才行。」

賀夫人表情不變，點頭道：「理應如此。」

第十七章

賀語瀟出門時又遇上了柳翀。

「柳公子今日不去聽課？」賀語瀟問，看柳翀這打扮，不像是要出門。

「今日請了假，母親來了，我想陪她逛一逛京中。」柳翀眼睛一眨不眨地看著賀語瀟，似乎想從她臉上看出些什麼。

「應該的。」賀語瀟點頭，可見柳翀是個孝順的。

可能是沒看出什麼，柳翀小心翼翼地問：「妳見到我母親了吧？」

賀語瀟再次點頭。「柳公子與柳夫人有三分像呢。」

她能說什麼？總不能說「我覺得你媽不喜歡我」吧？

「我母親可有好好跟妳說話？」柳翀又問。

他話都問到這兒了，賀語瀟再不明白他的意思就是真傻了。

「只聊了幾句，我還要出門開店，夫人沒多留我。」賀語瀟覺得自己已經將話說得很客氣了。

柳翀笑了笑，說：「我母親還要住一段時間，妳與她多相處就知道她是個刀子嘴、豆腐心的人了。」

賀語瀟很想說自己真沒看出來，可又覺得話不能說得那麼絕。她和柳夫人只見了一面，即便覺得柳夫人不太喜歡她，也不好妄下結論。何況她已經明白柳翀的心意了，這中間柳翀能不能起到一定的作用還不好說。而她和柳翀之間也需要更多的瞭解才行，畢竟她並不討厭柳翀。

吃過早飯後，柳翀迫不及待地去找自己的母親，問她對賀語瀟的印象。

柳夫人嗑著瓜子，說：「五姑娘是好看，但也只是好看。娘倒覺得三姑娘好一些，樣貌雖不如五姑娘出眾，但那打扮是十分精緻。只看頭面就知道是值錢的，可見在家中受寵。」

柳翀皺眉。「娘，兒子與三姑娘沒什麼接觸，不知道她如何。但五妹妹性格爽快，做事俐落，與兒子也聊得來，想必以後在學業上也能聊上幾句。」

柳夫人眼睛一瞪。「你懂什麼？你就看她顏色好，沒注意其他。她一個姑娘家，和你聊學業像什麼話？再說，她才多大，就自己開了店，每天接觸的人想必也是魚龍混雜，這要是傳出去，對你以後的仕途可不是好影響。娘不會害你，娶媳婦不能娶太有能耐的，容易壓不住。」

「可是……」柳翀還想爭取一下，卻被柳夫人打斷了。

「你還小，很多事情不懂。賀家沒有兒子，日後家產還不都是女兒分？除了嫡出那兩個能分到大頭，剩下的就看誰受寵了。明顯三姑娘更受寵些，且不說以後分家產，就說嫁妝都肯定比五姑娘豐厚。咱們家什麼情況你不是不知道，你現在還在讀書，用到銀錢的地方多歸多，卻也就那麼幾處。可等你入朝為官了，要打點的地方就更多了，手上沒有足夠的銀子，萬一把你外放到偏遠地方，可怎麼辦喲？」柳夫人拉著柳翀的手，說得那叫一個語重心長。

柳翀沈默了。他心裡是有賀語瀟的，但現實層面上來講，賀語瀟的確有諸多不合適的地方。

柳夫人見兒子把她的話聽進去了，又道：「你若實在喜歡五姑娘也行，回頭娘厚著臉皮求一求你姨母，讓五姑娘給你做妾，不就兩全其美了嗎？」

柳翀頓時覺得豁然開朗。「還是母親想得周到，只要能得五妹妹相伴，兒子就心滿意足了。」

下午，賀語瀟買了一大袋亞麻籽回來。

昨天露兒說到衣服，她就想到了麻布，繼而想到還有亞麻籽油這種東西可以加在護膚品裡，代替茶樹籽油。亞麻也叫胡麻，種植這種東西的人很少，使得亞麻籽很便宜，可惜不怎麼好買。賀語瀟跑了好幾個地方也就買到這麼一袋子，不過便宜是真的便宜。

「姑娘，您買這東西回來幹麼？」露兒不解，難道是要在後院種？

賀語瀟一口氣喝掉杯裡的茶，手裡的扇子大力搧了幾下，才說：「榨油。」

「啊？這東西能榨油？」露兒還真不知道。

賀語瀟說：「亞麻籽油的好處多了，不過要怎麼榨還得研究一下。」

露兒不確定地看著這袋亞麻籽，希望她家姑娘不要白花了錢才好。

一般榨油就是炒、磨、蒸、壓四步，賀語瀟沒經驗，只能先抓兩把嘗試。同時她心裡還在琢磨如果能低價買到藥材，就能進一步地控制成本。價錢合適，面脂就能好賣些，這樣才能賺到錢。既然想往西邊銷，那肯定得走量，想走量價格就得控制住。

說到藥材，賀語瀟又想到了傅聽闌，公主府有愈心堂，必然是有草藥的進貨渠道的。如果能沾點光，用成本價拿到有美容養眼效用的藥材，豈不美哉？不過她想歸想，實在是沒有理由去找傅聽闌，只能再想想別的辦法。

至於面脂是否在京中販售，說實話，京中不缺賣面脂的店，而且京城這樣的地方，賣便宜了沒市場，只有貴的才有人爭相追捧，就跟那綴雪胭脂一樣。

壓好重物，賀語瀟拍了拍手，對露兒道：「明天再收拾吧，今天時間不早了，先回去。」

「好的，姑娘淨手上車吧，奴婢來關窗鎖門。」露兒看著壓在石頭下的一小包東西，實在不確定明天會變成什麼樣，不過心裡還是有所期待的，畢竟忙了好一陣，她也不希望是白忙一場。

回到百花院，姜姨娘聞到她身上一股炒東西的煙味混雜著油香，不禁好奇地問：「妳今天幹麼了？身上怎麼這個味？」

賀語瀟沒細解釋，只說：「在研究新品，不知道能不能成呢，如果成了再和姨娘說。」

沒成的東西，說了也白說。

姜姨娘沒有追問，等晚飯擺上桌，母女兩個坐下來吃飯，姜姨娘才道：「下午的時候柳公子差人送了點心來，我問了一下，說是除了夫人那兒，只給咱們院了。」

賀語瀟點點頭，沒有多問，也沒有接話。

姜姨娘繼續道：「上次他每個院都送了綠豆餅時我就想說，他手頭也不寬裕，何必這樣客氣，我們也不會挑他的理。如今他這番，妳心裡可有數？」

賀語瀟沒有隱瞞，說：「有數。」

「那妳怎麼想？」姜姨娘問。她得先瞭解，才能知道怎麼應對。

賀語瀟考慮了須臾，說：「再看看吧，他能懂得女子的不易，這很難得。但別的方面我還不瞭解，不評價。」

於是姜姨娘沒再提柳翀的事，母女兩個安安生生地吃飯。

相比百花院，風嬌院就沒那麼安靜了。

「為娘看那個柳夫人對妳的態度未免也太熱情了些。」鄧姨娘道。

下午的時候她和賀語彩去後花園轉了一圈，回來正好遇到逛街回來的柳夫人和柳翀。

柳翀倒是很守禮，簡單寒暄了兩句就回自己院子去了。但是那柳夫人，看賀語彩的眼神充滿了打量。

賀語彩皺著眉，臉上不太高興。「我也覺得，今天早上我去夫人那兒請安，她就問了我年紀、婚配之類的。我原本以為她只是尋常一問，但下午再遇上，她看我的眼神讓我覺得不太舒服。」

鄧姨娘作為過來人，大膽猜測道：「她怕不是有意讓妳當她兒媳吧？」

賀語彩驚了。「不、不會吧？我和那柳公子平日沒什麼接觸。」

鄧姨娘越想越覺得自己的猜測在理。「我先前還在想，這柳夫人怎麼突然過來了。如果想來，一開始和柳公子一同過來豈不更省事？現在看來是有目的的。她一個婦人家，能幹的事就那麼幾件。如今柳公子已經到了應該成婚的年紀，既然沒聽說訂親，那就是看不上西邊那些人家，想挑個好的。而柳公子現在住咱們府上，兩家又是親戚，來個親上加親也不是沒可能。」

賀語彩神情緊張起來。「柳家什麼情況自己心裡沒數嗎？哪有臉面求娶咱們府上的姑娘？」

鄧姨娘眼尾一挑。「之前或許不敢，現在有妳二姊姊下嫁了窮秀才，他們柳家這位公子也是秀才，胡秀才娶的還是嫡女呢，如今餘下庶女，柳家還有什麼可顧慮的了。」

賀語彩驚得一下站了起來，嚷道：「姨娘，我才不嫁窮秀才，我就是死也不嫁！」

鄧姨娘忙安撫她。「妳先別慌，就算妳願意，我也不願意啊。妳是要高嫁的，肯定不能跟柳家沾邊。」

「可是婚嫁之事向來是夫人說了算，她若點頭了，我可怎麼辦呀？」賀語彩又驚又慌，生怕一覺醒來，自己的婚事就被定下了。

「哎呀，我也只是猜測。」鄧姨娘將她按回凳子上。「妳父親向來喜歡妳，我想辦法跟妳父親提一提，只要老爺不同意，夫人也無可奈何。」

賀語彩立刻點頭。「那姨娘妳得抓緊啊，一想到夫人有可能會同意，我寒毛都要豎起來了！」

「知道知道。妳自己的婚事自己也多上些心，與那麼多貴女久有來往，就沒有打聽出還不錯的公子？」鄧姨娘問。

她之所以讓賀語彩多與那些名門貴女常往來，一方面是賀複喜歡，認為這對他在官場經營有好處；另一方面就是希望賀語彩私下能打聽一下這些貴女府上有沒有合適的男子，好為自己挑一門優秀的婚事。

「哪那麼容易瞭解清楚呀！」賀語彩也很無奈，她不能上去就貿然打聽這些，總得跟人聊熟了才行。而且就算熟起來，也不能明著打聽，這中間要花費的時間遠比預想得多。

鄧姨娘嘆氣。「妳自己也抓緊吧。就算這次咱們能推了，下次呢？還不知道下次那個家境比不比得上柳家呢。」

賀語彩用力點頭。「姨娘，明天我就去買新頭面，下次參加聚會就戴上。」

有一副好頭面，一起玩的貴女們都會問上一二，到時候更好搭話，她只要主動一些，一定能與新認識的幾家姑娘早日熟絡起來。

等了一個晚上，第二天賀語瀟來到妝鋪，第一件事就是去後院看昨天壓榨的亞麻籽油。

「有了有了！姑娘，真的壓出油來了！」露兒興奮地大叫。

賀語瀟露出笑臉，終於鬆了口氣，用手蘸了點油嚐了嚐——很好，沒有怪味，是能用的。

第一步如此順利，賀語瀟一點時間都不想耽擱，讓露兒看店，她則去附近的藥鋪買養顏的草藥，其他的材料她手上都有，暫時不需要進貨。

東西備齊了，賀語瀟獨自一人在後院忙開了。她沒用鮮花汁，而是直接用了蒸餾出來的純露，裡面兌上磨成粉末的白朮、白茯苓和白芷，用量不多，不會有明顯的藥味，然後加入亞麻籽油，將所有東西充分攪拌。

等所有東西完全融為一體後，賀語瀟將它們過篩，篩出過大的顆粒和未攪勻的部分，然後隔水稍微加熱，倒入蜂蠟。等蜂蠟化開再冷卻，面脂便成了乳霜質地，不會過稀，也沒有完全凝成膏狀，剛剛好。

賀語瀟挖了一小塊塗抹在手上。很好吸收，有一定的油潤感，但又不會太過厚重，糊得難受，還有淡淡的花香，是很天然的味道。

「露兒，拿幾個小罐子過來。」賀語瀟朝店內喊道。

「來了來了！」露兒清脆地應著，她們最不缺的就是小盒子、小罐子這種東西，當初她家姑娘做眼影時訂製了許多。

「姑娘，這幾個行嗎？」露兒把東西擺在石桌上，好奇地看著盆裡的一坨東西，香香的，顏色略微偏黃。

「可以。」說著，賀語瀟挖了一塊抹到露兒臉上。「自己塗勻了，看看怎麼樣。」

「好！」露兒笑應著，跑進店裡對著鏡子臭美去了。

賀語瀟將這些都分裝好，一共裝了八罐，比預想得多。

不一會兒，露兒又跑進了後院，笑咪咪地說：「姑娘，這面脂好滋潤呀！到了秋冬用著肯定舒服。」

現在天熱，能試出的效果有限，但並不覺得黏臉，只是摸上去很有存在感。

「滋潤就對了。」畢竟是要賣到西邊的東西，滋潤些才夠用。讓京中人士平日拿來抹身體也挺不錯的。「把這些收拾一下，我去寫貼封。」

「好！」露兒應著，找了個木盆出來，把賀語瀟做面脂的工具全部放進去，坐到井邊清洗去了。

賀語瀟寫好了封口紙，貼在罐子口。這裡一共八罐，賀語瀟已經想好了，馮惜、華心蕊、崔乘兒一人送一罐試用。家中她的姨娘和夫人肯定都要送的。再給露兒一罐，她自己留一罐，剩下一罐就擺在店裡做樣品，正正好。

有了經驗，賀語瀟心裡就有數了，再做也不費事，就是純露的提取要抓緊，等過了花期，就沒那麼多花可用了。

洗完用具的露兒揣著賀語瀟給她的那罐面脂，美滋滋地幫自家姑娘去給馮府和崔府送禮了。店裡的一爐香已經燒完，賀語瀟重新布了一爐，依舊是桃花香，不過有地湧金蓮在，桃花香似乎都失了味道。

「五妹妹，就妳一個人？」

熟悉的聲音，熟悉的人，賀語瀟笑了笑，說：「柳公子最近來得有點頻繁。」

柳翀笑容裡多了幾分不好意思，微微低頭道：「是有事想和五妹妹說，在賀府不太方便，就過來了。」

「坐吧。」賀語瀟給他倒了茶。

柳翀也不拐彎抹角，笑看著賀語瀟，能夠明顯感覺到他心情很不錯。「在五妹妹店裡，我就有話直說了。」

賀語瀟點頭，等他下文。

「柳某從見五妹妹第一眼起，就覺得五妹妹是不同的，心中歡喜，卻也恪守規矩。雖有意向五妹妹透露一二，但實在不知五妹妹是否看得明白，只能旁敲側擊，未敢直言。」柳翀說。

的確，柳翀並未有過逾矩的行為，說話也很守禮，之前兩人聊天時，賀語瀟差不多已經知道了柳翀的意思，但誰也沒把話挑明。於是賀語瀟矜持地點點頭。

見她明白，也沒有回避，柳翀很高興，積極地說：「這次母親過來，我已經向她吐露了我的心意，母親已經同意了。」

賀語瀟很意外，不是意外柳翀跟柳夫人說了，而是意外柳夫人居然沒有反對。明明她感覺柳夫人並不喜歡她，既然能答應，說明柳夫人是願意尊重兒子意願的？

柳翀繼續保持著自己的興奮。「只要五妹妹心裡有我，我們的事便可定了。」

賀語瀟斟酌著，心情並沒有特別高興，也沒有不高興，這使得她仍然保有幾分理性，道：「柳公子，對於你的偏愛，我很榮幸。但我們瞭解有限，我知你好讀書，你知我有一門化妝的手藝，僅此而已。只憑這樣，並不表示我們就適合一起過日子。」

這個時候說話就不要藏著了，萬一柳夫人真去找了賀夫人，那她就太被動了。賀語瀟雖不討厭柳翀，卻也不願意失去主動權。

柳翀立刻道：「我明白五妹妹的意思，妹妹年紀還小，可以多等兩年。而我也希望等自己有了功名，再正式迎五妹妹過門，所以這段時間我們可以多加瞭解。」

這話算是說到賀語瀟心裡去了，賀語瀟終於露出了笑臉。「我不想打算得太遠，如柳公子所說，我們多瞭解對方是好事。」

「嗯，只要五妹妹心裡有我，我必不辜負五妹妹。」柳翀信誓旦旦。

他沒提母親是看中賀語彩的事，畢竟賀語彩必然會比賀語瀟先嫁的，如果他娶了賀語彩，再想納賀語瀟，一方面得讓賀語瀟先離不開他，這就需要兩個人有更多瞭解；另一方面他如果有功名在身，不再是個窮秀才，相信賀語瀟即便是給他做妾，也不算委屈，應該也能順利答應的。

第十八章

回府的時候，賀語瀟將做好的面脂帶給了賀夫人。

賀夫人意外。「妳做的？」

「是。」賀語瀟微笑道：「用料不如京中貴人用的貴重，但女兒自認為用著更滋潤一些，母親幫女兒用用看，有需要改進的地方，還請母親不吝指出。」

賀夫人挺高興，賀語瀟作為庶女，一向與她算不得多親近，她也不求從庶女那兒得到什麼。但賀語瀟做出好東西知道先給她送來，已經很不錯了。

「行，我先用一用再和妳說。」賀夫人道。

坐在一邊的柳夫人看了看賀語瀟，說：「五姑娘果然孝順。」話是好話，只是語氣讓人有點不適，似乎這樣的讚美只是客套。

賀語瀟不傻，照理來說，這東西應該分給柳夫人一罐，但無奈她做出來的實在不夠分。而且要送誰本就是決定好的，即便柳夫人這個身在西邊的人更適合試用，賀語瀟也沒打算改變分配。反正她之後還會再做，到時候再送也可以。

賀夫人正挖了一小坨往手上塗，根本沒留意表姊的語氣，只順著她的話道：「語瀟向來有心。行了，趕緊回去用飯吧，妳姨娘該等著妳了。」

「是，女兒告退。」說完，賀語瀟便離開了。
柳夫人看著賀語瀟離開的方向，悄悄翻了個白眼。
之後幾天，賀語瀟訂製的刷子上架了，還有新做好的口脂。之前一起遊河的姑娘們先後來買了口脂，無論是真心想用的，還是只為捧場的，這心意賀語瀟都是領情的。
這其間，馮府和崔府也派丫鬟來給賀語瀟回信，說自家姑娘對面脂的試用感受，都覺得很滋潤，用了幾日皮膚也變得非常細膩，沒有特別重的油感。
賀語瀟這幾天也在用，感覺和她們差不多，這個季節在京中用油感都不是很重的話，拿到西北肯定是不夠用的。賀語瀟琢磨著除了加重亞麻籽油的比例外，是否能通過提高純露的品質增加保濕效果。
讓賀語瀟比較滿意的是，這款面脂均勻膚色的效果很不錯，也不會悶痘，大概除了亞麻籽油和純露的功效外，也有中藥的功勞。
露兒去後院看過裝罐沈澱的亞麻籽油後，來向賀語瀟彙報情況。為了讓油裡的雜質儘量少，賀語瀟選擇多做一些，並將它們靜置沈澱，所以這幾天並沒再做。
「應該差不多了，再沈澱兩日吧，正好也把藥材整理一下。」賀語瀟說。
為了保證面脂的品質，減少雜質，中藥的淘洗和晾乾必不可少。這就需要挑個好天氣，別趕上陰雨，藥材曬不乾容易變質，所以這幾天她們一直在做準備工作。
「好咧。」露兒喜孜孜地說：「姑娘，我再去翻翻藥材，今天日頭足，中午肯定能晾得乾。」

「嗯。」老天還挺賞臉，連著好幾天都是大晴天，讓人心情舒暢。賀語瀟正琢磨著下一批口脂調什麼色，就聽敞開的門被敲了幾下。

賀語瀟抬頭，便看到手握摺扇，一身繡有連雲紋藍衣的傅聽闌。

「方便進去嗎？」傅聽闌站在門口問。

這倒是稀客，上次在河上鬧了點不愉快後，雖然華心蕊代他送來了賠禮，但兩個人就沒再見面了，沒想到今天傅聽闌會上門。

「方便，請進。」賀語瀟微笑道。既然氣勁早過了，也收了賠禮，她肯定不會冷臉。

傅聽闌讓小廝在門口等，自己走了進來。「五姑娘這兒布置得簡單了些，倒也雅致。」

「傅公子過獎，請坐。」賀語瀟轉身去給傅聽闌沏茶，用的還是傅聽闌賠禮送來的茶葉。

傅聽闌一聞就知道是自己送的茶，不過他沒提，就當沒這回事。

他不提，賀語瀟自然也不會翻舊帳，坐回桌前問：「傅公子今天過來是有事？」

她不覺得傅聽闌是那種沒事會隨便來串門子的，更不可能是來找她化妝的。

傅聽闌笑了笑，俊朗的臉無一處不好看，就算賀語瀟這樣的化妝師，也難在五官上挑出他的缺點。

「是這樣，聽說五姑娘做了一款面脂，我瞧著不錯，想買一罐。」傅聽闌說。

「你怎麼知道的？」賀語瀟挺意外。

傅聽闌繼續笑著。「不瞞妳說，我是看阿恒用了，覺得很不錯，問了才知道的。」

「崔公子用了？」

「嗯，他說是妳送給崔少夫人的，因為沒有很香，男子用也可以。他臉上正好乾燥，崔少夫人就給他用了，沒想到用完感覺挺好，就一直在用。」傅聽闌說：「我不喜歡太香的東西，他用完我在他身上也沒聞到香味，一開始還以為是新婚蜜裡調油，他心情好，所以臉看上去都滋潤了許多。」

賀語瀟這才想起來，大祁沒有專門給男人用的面脂，很多男子到了秋冬臉太乾燥，就弄塊油潤一潤，只有有條件的家裡才會買一罐女子用的面脂給男子用。不過女子的面脂普遍又香又甜，男子用了出門，的確怪怪的。

「你運氣不錯，我正好剩下最後一罐，原本是想留著給店裡的客人試用的，既然你用得上，那就賣給你吧。」賀語瀟說。

「看來這面脂跟我有緣了。」傅聽闌說著，就掏了一錠銀子放到桌上。

賀語瀟忙擺手。「用不了這麼多，一百文就夠了。」

傅聽闌驚訝。「妳這未免也賣得太便宜了吧？」

賀語瀟笑說：「你買的只是我初步做出來的東西，還有許多待改良的地方，成本沒那麼高。」

「那也太便宜了。」傅聽闌說。

賀語瀟沒提亞麻籽油的事，轉而道：「我也不是故意給你降價。如果傅公子覺得我賣你便宜了，我這兒有點事想跟傅公子商量，不知道傅公子可願意一聽？」

傅聽闌點頭。「妳說。」

賀語瀟直言。「我這面脂裡面加了一些中藥材，是我從其他面脂方子裡找的，但面脂要做得好，得有屬於自己的配方。之前我聽華姊姊提起，說愈心堂是傅公子在經營，所以我希望傅公子能幫我找個這方面有建樹的大夫，給我寫個能加進面脂裡的美容養顏的方子。另外，也希望能通過傅公子的渠道，省一些藥材的進貨錢。」

她先前本就有找傅聽闌的想法，只是不便主動，如今人自己送上門，她自然不會扭捏。

「妳倒挺會精打細算。」傅聽闌沒立刻點頭，只端起茶杯喝了一口。

「沒辦法，我也不怕實話跟你說，這些面脂我是想賣到西邊去的。聽說那邊長年乾燥，皮膚容易又乾又紅，我才想著如果能做出便宜好用的面脂賣給那邊的百姓，也是件好事。」既然有求於人，還是誠實一些比較好。

傅聽闌表情淡了幾分。「妳的想法不錯，西邊的氣候是你們府上的柳公子與妳說的？」

「沒想到堂堂公主府的公子，居然也會知道我們府裡來了位柳公子。」

「賀大人將他推薦給大儒，但凡京中學子，多少都有耳聞。」

賀語瀟不否認。「的確是聽他提起的，不過製面脂賣到西邊的事沒跟他提。」

「妳找到人往西邊賣了？」傅聽闌又問。

「是有些眉目。」賀語瀟說。

「其實妳若沒有人能帶去賣，可以找我。」傅聽闌覺得茶味不錯，比家裡泡的更有滋味，便又喝了一口。

「我小本買賣，且不知道能賣成什麼樣子，說不定賣完一批就沒下文了，哪敢煩勞傅公子？」她這話不作假，她相信自己做出來的東西不差，但賣不賣得不出去，和東西好壞有的時候不成正比。

「既然妳想從我這兒拿藥材的成本價，那我也與妳做個交易如何？」傅聽闌在經商這一塊很有自己的一套想法。

「請說。」

「等妳把面脂方子定下來，且大量製作了，我希望與妳合作，將它賣到更多地方去。我有自己的商隊，銷路肯定是不用操心的。」傅聽闌說。

賀語瀟驚訝。「傅公子有商隊？」

「我不在朝為官，到這個年紀如果還沒有一個營生手段，豈不丟人？」傅聽闌說得很隨意。

「是我小看傅公子了。」賀語瀟爽快道：「既然傅公子不嫌我小本買賣，那我也不推辭了，不過下一批貨我還是會給之前說好的商隊先試試水溫，等之後能穩定製作了，定與傅公子合作。」

傅聽闌滿意地點頭。「只要是能造福百姓的，哪怕只是面脂這種小東西，也是值得行遠路買賣的。」

這樣的格局，這樣心繫百姓的貴公子，賀語瀟打心底裡欣賞。

將面脂拿給他，賀語瀟道：「過幾天我準備做第二批了，到時候送試用的到華府，再請崔公子帶給你吧。」

去敲長公主府的大門，她是不敢的。

傅聽闌將面脂裝好，說：「不必，到時候我親自來取。」

「也好。」這倒是省得她麻煩了。

「明日我讓人將美容養顏的方子送到妳這兒來。」

「好，儘量用平價的藥材，壓低成本很重要。」賀語瀟提醒，這樣第二批貨她就可以試新方子了。

「我明白，放心。」傅聽闌應下後，起身準備離開。

正巧柳翀進門，兩個人遇個正著。

柳翀愣了一下，眼中露出驚訝的神色，似是認出了傅聽闌。倒是傅聽闌，像沒看到柳翀一樣徑直走了出去。

「那、那是傅公子吧？」待馬車離開，柳翀才問賀語瀟。

「你認得傅公子？」賀語瀟很意外。

「我與同在大儒那裡學習的同窗一起去書屋時遇到過，聽同窗說的。」柳翀道，眼睛還望著傅聽闌離開的方向。

賀語瀟點頭。「原來如此，是他。」

「傅公子怎麼會過來？」柳翀語氣全是費解。

「之前我做出的東西他朋友用著覺得不錯，所以他也來買一罐。」賀語瀟簡單地回道。

「原來如此，如此貴客上門，五妹妹可不要怠慢了。」柳翀提醒，並收回了目光。

賀語瀟笑了笑，心道：我都給這位貴客甩過臉子了，還裝哪門子不能怠慢啊？

傅聽闌動作很快，第二天果然送來了方子，就連方子上寫到的藥材都一併送來了，沒提錢的事。藥材的量不多，大概是給賀語瀟試用的，賀語瀟也沒矯情，反正如果做得好，以後有得是合作的機會，不至於計較這一時。

做面脂不難，卻是花費工夫的事，尤其是在前期準備上，賀語瀟並不心急，按方子寫的藥材比例添加進面脂裡，也試著做了幾個不同的版本，有直接將草藥磨成粉加進去的，也有熬煮後加入的。她想多試試，找出一個相對效果更好的。

就這樣，日子轉眼又過去了好幾天。賀語瀟派露兒去了陳娘子家，問了谷大下次什麼時候跑商，她好趕著時間把面脂做好，這樣趁新鮮帶出京城，到了西邊也不至於放太久時間。

而這些日子柳翀來得比較頻繁，雖然賀語瀟忙的時候跟他說不上幾句話，可他也沒有表現出不高興的神色，看起來只是想多見一見賀語瀟。

新一批的面脂如期做好，共七十罐，初次嘗試，實在不宜過多，萬一賣不出去，也不至於賠太多。賀語瀟在這方面是很謹慎的，雖說是缺了點魄力，不過等到賣出去再展現魄力也不遲，萬一賣不出去，那就是魯莽了。

這日，谷大親自上門來收，因為數量不是特別多，所以谷大想要一次買斷，這樣他到西邊可以慢慢賣，賀語瀟也能盡快拿到銀子。

賀語瀟沒有意見，但與谷大約定好賣出去的價格不能過高，否則就失了她做這些面脂的意義了。

谷大欣然同意，這種女子用的東西，利潤本就沒有皮毛、布料、寶石之類的高，他也不想砸手裡，肯定不能亂喊價。

於是賀語瀟還是按一罐一百文的價格賣給了谷大，她自己留了十罐準備送人和留作備用，得銀錢六兩。這對京中貴女來說著實算不得多少錢，但對賀語瀟來說已經是鉅款了，而且是自己賺的，這種成就感是其他事比不了的。

谷大也高興，這麼低的價格拿到的貨，他就是轉手賣個一百五十文都不虧，本來這也不是商隊主營，能賺一點是一點，能賣完這批貨，一路上的飯錢差不多就夠了。

送走了谷大，賀語瀟把銀子收好。賺錢她是高興的，不過這錢不能亂花，要留給下一批試。

面脂材料的進貨錢。現在有了經驗，她的效率會比之前高，在谷大回來之前，她得準備好下一批面脂。如果谷大賣得好，西邊可以繼續銷售，如果賣得不好，就給傅公子的商隊銷售試試。

琢磨得正高興，柳夫人帶著賀府撥給她的隨身丫鬟上門了。

「柳夫人？」賀語瀟站起身。「您怎麼來了？真是稀客。」

照理來說，賀語瀟可以喚她一聲「姨母」，但她不是嫡出，柳夫人也沒主動讓她改口，所以她還是喚其「柳夫人」更為恰當。

柳翀跟她說柳夫人同意了兩個人的事，但賀語瀟這陣子偶爾接觸，並不覺得這位柳夫人與她有多親近，和初見時並沒有兩樣。

柳夫人如今已經將棉布衣裳換成了緞面的，是賀夫人為她張羅的新衣，髮飾雖說還是簡單了些，卻也少了幾分西邊百姓的風霜感。

「路過，聽丫鬟說妳的店在附近，就過來看看。」柳夫人淡笑著，語氣上很有幾分長輩的架子。

「柳夫人坐吧。」說著，賀語瀟喊了露兒上茶。

柳夫人並沒有落坐，而是在店內逛了起來。「妳這店雖是小了點，不過東西倒不少。這是什麼？口脂嗎？還有這刷子，看著精緻得很。」

賀語瀟跟在她身邊附和。「是口脂，顏色比較淡，素面用也可以。刷子是上眼影用的，能把妝化得更精緻些。」

這刷子上架也好幾天了，因為店裡客人實在不多，來買口脂的常有，但買刷子的還是少。

柳夫人微微側過臉看了看賀語瀟，說：「給我拿些，我來京中沒帶妝品，每日素面出門不是一回事。對了，之前妳給我表妹的面脂我看她用著不錯，也給我拿一罐吧，都是一家人，我就不同妳客氣了。」

賀語瀟的笑容頓時僵了一下，她不介意家裡人或者朋友向她討些東西試用，但這頤指氣使的語氣讓她聽了很不爽。

見她沒動，柳夫人拿眼睛掃了掃她，說：「我兒說妳是個孝順大方的，總不至於這點東西都不捨得吧？而且我聽我兒說，公主府上的人都是妳這兒的客人，妳應該賺了不少吧？給我這個姨母用一些，妳也賠不了。」

第十九章

賀語瀟的火氣一下就冒出來了，但她又不能直接發火，若傳出流言，說不定被別人說不孝呢，這憋屈勁別提多想罵人了。

「柳夫人說笑了，我這小本生意，平時連個客人都沒有，哪有得賺？只是好在沒有房租罷了，不然下個月就得關門。」賀語瀟壓著火氣道：「至於公主府，柳夫人也太抬舉我了，公主府上那是什麼樣的貴人，哪可能常來我這兒呢？」

柳夫人可不管她怎麼說，只道：「妳這兒能常見貴客就應該好好拉攏，以後若翀兒高中，對妳只有好處。姑娘家有沒有本事不重要，要拎得清孰重孰輕才是，這樣日後才能嫁一位好郎君，終身有個依靠。」

柳夫人的這番話，頓時把賀語瀟原本對柳翀的那點欣賞和好感砸了個稀巴爛。就算柳翀已經與柳夫人表明了心意，但兩家並沒有正式商議婚事，那這事就是八字沒一撇，這種情況下柳夫人就開始對她拿喬，還說什麼對她只有好處，未免太搞笑了吧？

柳翀把在她這兒遇到傅聽闌的事告訴了柳夫人，這倒沒什麼，人家母子兩個說什麼她管不著。但就柳夫人這態度和做法，賀語瀟實難相信柳翀會不受其母影響，能有什麼歹竹出好筍的情況，機率太小了。

再說，什麼叫女子有沒有本事不重要？女子有本事就是最重要的！

兩個人在一起，也得看看對方家裡是什麼樣的，尤其這裡不像現代，無法各管各家，賀語瀟在這方面是比較重視的，如果柳夫人一直是這個態度和處事方式，那賀語瀟覺得她與柳家不是一路人，走不到一起去。就算柳翀真的出淤泥而不染，這家宅也未必會安寧，她還想好好過日子呢。

賀語瀟正琢磨著要怎麼拒絕柳夫人，店裡就匆匆進來一個人。「語瀟，妳現在有時間嗎？」

賀語瀟定睛一看，居然是多日未見的賀語穗。

「二姊姊？怎麼這麼著急，出什麼事了嗎？」賀語瀟忙迎上去。從她的店開門，賀語穗還沒來過，沒想到第一次上門看起來就是有事找她。

「是有點緊急的事，妳若有空的話，現在拿上妝箱跟我去一趟吧，我路上跟妳說。」賀語穗說著，還看了一眼一邊的柳夫人。

柳夫人與賀語穗素未謀面，柳夫人到賀府來，賀語穗和長女賀語霈都沒回府見這位姨媽一面，相見不相識很正常。

看賀語穗這麼著急，正在氣頭上的賀語瀟也沒給她們做介紹，還正好可以藉機請走柳夫人，何樂而不為？

於是賀語瀟忙道：「有空，現在就可以出發。」

柳夫人剛才聽賀語瀟叫了「二姊姊」，便猜出來的人是誰了，正打量著穿得還沒她好的賀語穗，被叫出來的露兒就開始請柳夫人出去了，她要關店門。

柳夫人剛想發火，卻見賀語瀟已經上了馬車，而露兒手腳麻利地將門一鎖，一溜煙地也鑽進了馬車。

馬車一刻也未多留，等柳夫人想上前斥責幾句時，馬車早就駛遠了。

馬車駛出一段距離，賀語瀟才做出一副恍然想起的模樣，說了剛才那位婦人正是柳夫人。

賀語穗露出幾分驚訝，想到剛才沒空細問，也沒打招呼，有些失禮，可她現在也顧不了那麼多了。「等來日有空，我回府再正式見過柳姨母便是了。」

賀語瀟點頭，保住了妝品，她心情還不錯。其實留了那十罐面脂，賀語瀟不是沒想過給柳夫人一罐，畢竟是住在賀府的長輩，不好怠慢。但她想給和柳夫人來跟她要，還想順便帶走更多東西，就是兩回事了。反正她心裡很不爽，什麼都不想給了。

「二姊姊是要帶我去哪兒？」拋開柳夫人的事，賀語瀟問道。

賀語穗眼睛一紅，說：「我的好友怕是不成了，她說想體面地走，化個好看的妝，我便想到了妳，所以來請妳幫個忙。」

賀語瀟驚訝。「怎麼就不成了？」

二姊姊的好友與她們應該也沒差幾歲吧？好好的姑娘家怎麼就不成了？

賀語穗用手帕拭了拭眼角，說：「她從小就體弱多病，是娘胎裡帶出來的弱症，能撐到現在已經不容易了。今天天沒亮她娘家就來了人，說她不好了，想見見我，我便急急忙忙地去了，大夫說恐怕就是今天了。」

生死無常，賀語瀟嘆了口氣，不知道怎麼的，想起了傅聽闌那個表妹，聽說也是先天不足走的。

賀語瀟拍了拍賀語穗的手，說：「事已至此，二姊姊別太難過，讓妳好友見了，會更傷懷的。」

賀語穗點頭。「我明白，也就只能在車上哭一哭，不敢見了面讓她難過。雖說早知會有這麼一天，但真到了這一天，還是會傷心。」

是啊，無論做過多少心理準備，真到了生離死別的時候，情緒都繃不住。

到了地方，賀語穗帶賀語瀟進府。一進門賀語瀟就能感覺到府內的壓抑。

房間裡，病懨懨的姑娘臉色灰敗，靠著枕頭似乎連坐的力氣都所剩無幾。消瘦的身形和枯黃的頭髮也可看出是長年受著病痛的折磨。

賀語穗強裝無事，淡定地向她介紹。「這是我五妹妹，沒事就愛搗鼓些化妝的事。今兒正好讓她來給妳化一化，保證好看。」

那姑娘笑了笑，說：「如此，就麻煩五妹妹了。」

「姑娘客氣了。」賀語瀟溫和道：「姑娘給我些許時間準備一下。」

那姑娘點點頭，似乎就這樣簡單的動作都能花費她不少力氣。

準備期間，露兒悄悄跟賀語瀟說，這姑娘就是之前她們去順山寺求開業順利時，她看到的二姑娘的好友。賀語瀟想起來，的確有這麼回事，她沒想到居然能再碰上，也沒想到緣分居然這樣淺，這第一面也是最後一面了。

那姑娘沒有太多精神說話，化妝期間大多時候是賀語瀟和賀語穗在聊天。說是聊天，其實是特地找些輕鬆有趣的話題，說給姑娘聽的。

通過聊天賀語瀟得知，這位孫姑娘是國子監助教之女，那位孫助教學問雖比不上大儒，卻也有自己的一番獨到見解，很受學生喜愛。而且能在國子監做助教，必然是有真本事的。

賀語瀟沒有選擇特別的妝容，給孫姑娘化妝主要還是以提升氣色為主。孫姑娘因為長年病著，面頰凹陷，黑眼圈重，嘴唇也比較乾，能將氣色提起來已經很不錯了。眼妝上賀語瀟用的顏色比較自然，重點描了內外眼線，讓眼睛看上去有神些。眉毛和口脂用的顏色比較重，這樣顯得更有生氣。

化妝時，孫姑娘手裡一直撫著一把玉如意，賀語瀟便在她額間畫了個如意紋的花鈿。

妝面無誤，賀語瀟讓二姊姊幫忙扶著，她為孫姑娘重新梳了頭髮。

外面院中不時可以聽到腳步聲，賀語瀟能感覺到已經有不少人來到院子裡，但未聞哭聲，像是怕驚到孫姑娘。

賀語瀟在心中嘆氣，面上不顯，問：「孫姑娘想用哪一套頭面？」

「我有幾支淡粉的絹花簪子，用那個就好。」孫姑娘有氣無力地說，但精神似乎比先前好了些。

賀語瀟挑出孫姑娘想要的，又幫忙配了兩個鑲嵌了珍珠的銀飾，為她簪上。

露兒拿過鏡子給孫姑娘照，她看著鏡中的自己，笑道：「我若是健康的，平日大概就應該是這副模樣吧。不，應該比現在胖一些才是。」

賀語穗眼眶一紅，硬是憋著沒有掉下淚來。

賀語瀟淡淡地笑著，說：「胖瘦都好，都是漂亮的。」

孫姑娘點點頭，對著鏡子看了一會兒，眼裡似乎有了光。她對賀語穗道：「謝謝妳來陪我。以後我不在了，妳萬萬保重，替我多看看這山河美景。」

賀語穗握著她的手，嘴唇顫抖著說：「好。」

賀語瀟見此情景，心中不免傷感，便悄悄帶著收拾好妝箱的露兒退了出去。

院裡孫姑娘的父母、兄長都來了，丫鬟站了一排，每個人眼睛都是紅的。

賀語瀟向孫助教和孫夫人行了禮，請他們進屋見一見孫姑娘，便先一步離開了。

露兒的情緒受了些影響，不見平日的活潑，抱著箱子低頭走路。賀語瀟也沒心思在這街市中閒逛，連路過春影巷都沒進去覓食。

「孫姑娘真可憐，年紀輕輕的就要走了。」露兒低聲說。

「是啊。」賀語瀟不想說命運之類的話，她並不懂這些，也不想輕易將這些讓人遺憾的事都歸到命運之中，可這天生的病症，除了命運以外又能怎麼解釋呢？

露兒又道：「孫姑娘還未嫁人，日後埋到哪裡還不好說。」

這話讓賀語瀟又想到了傳聽闌，孫姑娘若沒有一個願意娶她牌位的人，那對大祁人來說，日後就是連個祭拜她的人都沒有。說實話，一般人家也不願意讓自己兒子娶個牌位回去，就算不是正式夫妻，日後說親也難免徒增困難。哪家姑娘願意不當元配，去做續弦呢？

見時間不早了，賀語瀟沒回店裡，而是直接回了家。一進門，守門的婆子就跟她說夫人讓她回來後到正院去一趟。

賀語瀟一琢磨，估計是柳夫人不知道跟夫人說了什麼，夫人找她應該是為了她沒讓柳夫人帶走任何東西的事。

進了棠梨院，羅嬷嬷通傳後，賀語瀟進了屋，規規矩矩地向賀夫人問安。柳夫人也在，看賀語瀟的眼神那是相當不爽了。

「妳姨母說今日語穗去找妳了？」賀夫人問。

「是，二姊姊來得匆忙，女兒沒能招待好柳夫人，實在是女兒的不是。」先服軟、後講理才是正道。

見她這樣說，不像表姊說的那麼不講道理，賀夫人的不滿淡了些，又問：「語穗找妳何事？」

賀語瀟便將孫家姑娘的事跟賀夫人說了。賀夫人是知道這位孫家姑娘的，賀語穗未嫁時，每季都要挑些孫姑娘能用得上的上好藥材前去探望。

「真的撐不過了？」賀夫人面上也有些傷感，畢竟是和自己女兒差不多大的姑娘，難免共情。賀語穗成親那日，孫姑娘怕自己的病給大喜的日子沾了病氣，便沒有前來。但之前已經請賀語穗到孫府小聚過了，還送了好些姑娘家用的東西給賀語穗。

「是，孫助教今天都沒去國子監，在家中守著。」賀語瀟一五一十地說。

還沒等賀夫人說什麼，柳夫人便道：「女兒家身體不好，熬不過去了，讓妳去化什麼妝？多晦氣！」

這話直接讓賀語瀟驚得眼睛都瞪大了——這是人言否？

賀夫人皺起眉，也覺得她這個表姊說得不像話。

柳夫人卻覺得自己很有道理。「妳一個未出嫁的姑娘去摻和這事幹什麼？那姑娘用過的妝品妳還是趁早丟了吧，免得讓人知道覺得晦氣。二姑娘也真是的，好事怎麼沒想到找妳，給一個不行了的人化妝倒想起妳了？怕不是實在找不到人願意去，只能找妳了吧？」

賀語瀟簡直無語，她能理解女子因為讀書少，有些時候更迷信，對自己所信也更篤定。可讀書少不是問題，沒有同理心這問題就很大了好嗎？

「孫姑娘只是身體不大好了，並不是過世了，沒什麼可避諱的。」賀語瀟挺直腰板道。

退一萬步說，就算人已經沒了，在現代也有給死人入殮化妝一說，有什麼好避諱的？

「妳一個小丫頭片子懂什麼？別說是去給那樣的人化妝了，就連去那樣的府上回到家來都應該跨個火盆，再拿柚子葉沐浴才行。」柳夫人理直氣壯地怒斥。

沒等賀語瀟再反駁什麼，賀夫人先開口了。「姊姊多慮了，京中沒有那樣的忌諱。」

柳夫人捏著手帕拍了拍胸口，說：「妹妹，妳是不知道，在我們西邊，尤其是家中有男子要備考或者成親的，就更不能摻和這種事了，容易染上晦氣，影響時運。」

賀語瀟在心中罵道：考不上那是學得不行，玄學可不揹這個鍋！

賀夫人皺眉道：「姊姊忌諱可以理解，但我們賀府在京中，是不忌諱這些事的。而且我們府上與孫府素有往來，就更不能視而不見了。」

柳夫人很不滿，覺得賀夫人居然沒站在她這邊，簡直是不知好歹。

賀夫人又道：「既然姊姊有忌諱，那這幾日就不讓語瀟和翀兒見面了，免了他們兩個的請安，等過段時間再說吧。」

賀語穗畢竟是賀夫人的親女兒，自己女兒請賀語瀟去的，賀語瀟都沒說什麼，她這個姊姊在這兒一口一個晦氣的，她聽著實在不舒服。

「也好，趕明兒我去寺裡求個平安符給翀兒掛著，就沒那麼怕了。」柳夫人說道。

看柳夫人這意思，絲毫沒有覺得禁止她與柳翀見面是件可惜的事，可見除了忌諱外，這位柳夫人對她是真的不滿意。那麼柳翀說柳夫人同意，怕也是有水分的。

失望多少有一點，賀語瀟不喜歡柳翀這樣和稀泥似的哄騙，覺得沒有必要，若是兩人真要走到一起，坦承實情，她是願意共同面對的，而不是木已成舟時被迫面對。同時也有幾分慶幸，至少她早點看明白，不至於浪費太多時間。

回到百花院，賀語瀟一股腦地把柳夫人的話跟姜姨娘說了。

姜姨娘也十分不高興，在她看來，這就是蓄意找她女兒的碴！

「既如此，看來妳與柳公子實在沒什麼緣分，以後別走那麼近為好。」姜姨娘說。婚姻一事，除了夫妻和睦，家宅安寧也很重要，萬萬不能有個攪家星，不然苦日子在後頭呢。

「女兒知道。」賀語瀟應著，再次慶幸柳夫人按捺不住表現出了本性，不然越往後知道對她越沒好處。

當天吃過晚飯，賀語穗就讓人遞了消息回來，說孫家姑娘沒了。

賀夫人已經讓羅嬤嬤準備好了東西，這會兒二話沒說，就帶著下人去了孫府弔唁。

賀語瀟聽說後，對露兒道：「明日妳早些叫我，咱們去弔唁完孫姑娘再去店裡。」

「好。」

第二十章

第二天，賀語瀟一早便去弔唁了孫姑娘。孫府對她很周到，畢竟昨天是賀語瀟幫孫姑娘化的妝，如今躺在靈堂中的孫姑娘臉上帶著的妝容還是賀語瀟昨天化的，看著就像睡著了一樣，不復病容。

白髮人送黑髮人，孫夫人已經哭暈過去好幾回了，今天在前面招呼來弔唁的客人的是孫姑娘的兄長和嫂子。因為孫姑娘沒嫁人就沒了，不宜大辦，不過還是能感覺到孫家希望能儘可能做到最好，讓姑娘走得安心。

「節哀。」給孫姑娘上完香，賀語瀟向招待她的孫少夫人道。

孫少夫人抹著眼淚，說：「姑娘與我小姑子相交不多，卻肯前來弔唁，姑娘有心了。」

「應該的，相見即是有緣，總要送一送的。」這是賀語瀟第一次真實地感覺到未婚姑娘身後的悲涼，靈堂布置得冷冷清清，不敢逾越了規制。

「賀二姑娘說下午會過來，也多虧賀二姑娘找了妳來，小姑子才能好模好樣地走，想必心裡是沒什麼遺憾的。」孫少夫人看了一眼棺木，眼裡悲傷難掩，可見平時在家中與孫姑娘關係不錯。

「孫姑娘若在天有靈，應該也不希望家裡人為她過度悲傷。」賀語瀟勸慰。病了這麼多年，孫姑娘怕是比誰都瞭解自己的情況，拖著病軀去順山寺祈福，想必也不是為了自己。

「姑娘說得對。今日招待不周，姑娘不要介意。」孫少夫人道。

「少夫人客氣了。」簡單聊了幾句，賀語瀟就帶著露兒離開了。

來到店裡，兩個人照常開門，然後開始為新一批的面脂做準備，忙碌起來，傷感自然就淡了。

中午露兒去街口買素包子，回來時跟賀語瀟說看到府裡的馬車經過，看著是往林記果脯鋪去了，應該是三姑娘。

「三姊姊花這麼大手筆，可能是要去哪家貴女府上作客吧。」賀語瀟猜測。

林記果脯鋪在京中可以說是首屈一指賣果脯的地方了，味道的確好，可價格實在太高。今天不年不節的，能讓賀語彩特地去一趟，很可能是去別人家作客，不好兩手空空的，而且這戶人家地位肯定不差，否則像賀語彩這種更愛買衣料髮飾的，不會肯花這個錢置辦零嘴。

「聽說三姑娘在京中貴女中人緣還不錯。」露兒也是聽下人閒聊知道的。

「她樂意交際，只要克制著點脾氣，別做出格的事，別人帶她一個也不耽誤什麼。」賀語瀟拿了個包子吃起來，還招呼露兒趕緊趁熱吃。

「三姑娘真能克制住脾氣嗎？」露兒有點不信。

賀語瀟笑道：「在外三姊姊還是拎得清的，不然也不能在京中貴女圈中經營多年了。」

「說得也是。」露兒也拿了個包子啃。「姑娘，您就是不愛經營這些，不然也能認識不少人呢。」

賀語瀟怕她噎著，給兩個人都倒了茶。「妳就別操心我了，我現在只想賺錢，不想去恭維別人，累得慌。」

忙活了一天回到府裡，賀語瀟乏得很，明明沒什麼重活，可一天手上就沒閒著，加上今天起得又早，這會兒靠在榻上就不想動了。

夕陽的餘暉已經不足，從窗子吹進來的風還是溫的，院裡的花幾乎都結出了花苞，只待盛開。賀語瀟閉目養神，呼吸著帶了些草木香的空氣，胸口慢慢起伏，像是睡著了一般。

「五妹妹在嗎？」是賀語芊的聲音，語氣聽著有些慌張和著急。

「在呢，四姊姊進來吧。」賀語瀟睜開眼，心裡想著這都快吃晚飯了，四姊姊這麼急著來找她能有什麼事？

姜姨娘去其他妾室那裡聊天了，符嬤嬤跟著去了，露兒則去取晚飯了，院子裡沒有其他伺候的丫鬟，賀語芊進來只能自己叫人了。

賀語瀟下了榻，賀語芊也進門了。

賀語芊看了看院裡，確定沒有其他人，便讓自己的丫鬟在外面守著，把門關上。

賀語瀟看她這一連串的動作，不禁笑道：「四姊姊這是怎麼了？怎麼小心翼翼的？」

賀語芊拉著她的手急急地走到裡屋。「五妹妹，我聽到個消息，覺得得和妳說一聲。」

看她這麼神秘，賀語瀟一臉茫然，在自己家還要搞得這麼神秘，怪怪的。

「什麼消息？」

賀語芊壓低了聲音，說：「妳先冷靜，千萬要冷靜啊。」

賀語瀟點頭。

「我聽說柳夫人跟母親提了三姊姊的親事，希望三姊姊能和柳公子締結良緣。」賀語芊邊說邊觀察著賀語瀟的表情。

賀語瀟一愣，還沒等她說什麼，賀語芊便繼續道：「五妹妹千萬不要傷心，長輩們喜歡誰、看中誰不是我們能決定的，該認命就得認命。」

賀語芊說話的語氣讓賀語瀟聽得十分不舒服，那雙一眨不眨盯著她的眼睛也像是來看笑話一樣，面上擔憂，卻藏不住笑意。

賀語瀟立刻露出驚訝的表情，道：「四姊姊說這什麼話？柳夫人想讓柳公子與誰說親與我有什麼關係？我為什麼要傷心？」

她的表情倒是把賀語芊唬住了，賀語芊一臉僵硬地說：「那、那個，我是看妳和柳公子常在一起說話，以為你們……」

「四姊姊，飯可以亂吃，話可不能亂說。我與柳公子清清白白，只是念著他是家中表親，才聊上幾句。」賀語瀟可不能被扣這麼個帽子，就算柳翀已經對她表明過心意，但她對柳翀已經沒有多餘的想法了，屬於及時止損，自然沒什麼好傷心的。不過，驚訝的確是有的，沒想到柳夫人看中的居然是三姊姊。

賀語瀟繼續道：「妳與三姊姊大門不出、二門不邁的，平時與柳公子見不到面。而我與他幾乎每天都要出門，在門口遇上聊上幾句很正常。如果我冷臉以對，別人還以為我不歡迎柳公子住府上，傳到夫人耳朵裡，我上哪兒說理去？

「四姊姊若有疑惑，可以直接問我，別自己瞎琢磨。」這個時候，她才覺得賀語芊並不像表面看起來那麼怯懦不爭，至少她的心思不見得多乾淨。

正常來說，就算賀語芊覺得她與柳翀有什麼，這事也不能隨便提，自己爛在心裡就得了。柳家要是想娶賀語彩過門，她早晚都會知道，不必賀語芊特地前來告知。萬一她真的傷心崩潰鬧起來，到時候不是讓全府看笑話嗎？萬一傳出去，名聲就沒了。

賀語芊被這番話說得啞口無言，捏著手絹，脹紅了臉。「五妹妹，我不是那個意思。的確是我誤會了，我向妳道歉。我今天聽到這個消息就怕妳難過，所以趕著來跟妳說了，沒想那麼多。」

賀語瀟也不想把關係弄得太難看，畢竟還在一個屋簷下生活，於是也緩了語氣，說：「四姊姊心思細，但多思未必總是好事。再說了，咱們姊妹按年紀排，下一個議親的肯定是三姊姊，再怎麼也輪不上我。四姊姊細想也知道我與柳公子不可能。」

「是、是我誤會了。」賀語芊聲音小小的，一副她才是受了欺負的模樣。

賀語瀟不欲與她再說這事，便道：「快吃晚飯了，四姊姊早些回去用飯吧。」

賀語芊點點頭，脹紅的臉還沒褪色，低下頭匆匆走了。

不一會兒，姜姨娘回來了，娘兒倆一起吃飯，賀語瀟把賀語芊過來跟她說的事學給姜姨娘聽，讓姜姨娘心裡有個數。賀語瀟是懶得理會這些事，有姜姨娘從中幫她周旋一二，她管好自己就行了。

「我說三姑娘今天怎麼匆匆就出門了，到現在還沒回來。」姜姨娘道：「恐怕是聽說了這事，嚇得出門想辦法了。」

「今天露兒也說看到府裡的馬車了，應該是三姊姊乘的，往林記去了。」賀語瀟說。

「這樣就說得通了。」

「三姑娘自傲，又得妳父親寵愛多年，加上鄧姨娘的言傳身教，肯定是不願意嫁給柳家那樣的人家的，否則這些年她也不會在貴女圈子裡經營了。」姜姨娘說。

賀語瀟點頭。「也是。」

「鄧氏是舞娘出身，屬於賤妾，有這樣的姨娘，如果她自己再不爭取，光指望夫人的話，大概只能配柳家那樣的了。」姜姨娘笑了笑。「不然妳以為柳夫人為什麼敢提與三姑娘的婚事？三姑娘有妳父親的寵愛，如果不是鄧氏的出身不行，至少能嫁個富足的小門小戶吧？」

這一層賀語瀟是真沒考慮過。

「再說，咱們家前面兩個嫡女都是低嫁，庶女就更沒有高嫁的理由了。三姑娘不樂意低嫁，就得為自己爭取一把，否則這婚事說不定就真成了。」姜姨娘道。

賀語瀟雖然平時有些看不上賀語彩見不得姊妹們比她強的模樣，但為自己婚姻打算這事，她還是願意高看賀語彩一眼的。至少賀語彩為自己爭取了，沒有破罐子破摔直接放棄，只要不影響家裡名聲，能博一門好親事，賀語瀟也能對她說一聲「佩服」。

鄧姨娘特地親手燉了湯，飯後以此為藉口，請賀複到她院子小坐，然後假裝不經意地提起賀語彩的婚事，賀複沒看到賀語彩，便問了一句。

「今天有貴女邀她去府上玩，說要用過晚飯再回來。」鄧姨娘無骨似的靠在賀複懷裡，顯得柔情密意，溫柔似水。

話是這麼說，但她心裡很清楚，並不是貴女邀請賀語彩，而是賀語彩主動遞了帖子去。

「語彩像妳，討人喜歡。」賀複握著鄧姨娘的手。

「老爺慣會哄我開心。」鄧姨娘乘機將另一隻手覆了上去。「語彩跟京中貴女們玩得好，我也挺意外的，原本以為貴女們多傲氣，沒承想和語彩倒是合得來。這樣也好，能為老爺出點力，也是語彩的一番孝心了。只不過我有時候會想，如果以後語彩嫁到外地去了，那京中這些好友怕是就沒那麼容易往來了。」

「誰說語彩要嫁到外地的？」賀複原本沒想過庶女的婚事，這些都是賀夫人管的。可經鄧姨娘這麼一提，賀複才覺得這事得重視一下。

鄧姨娘立刻道：「是沒人說，但語彩畢竟只是庶女，嫁到外地的可能還是有的。而且姑娘的婚事都是夫人在操持，我只是個妾，沒資格與夫人討論。」

賀複點點頭，他平日並不干涉賀夫人的決定，但如果事關自己和家中的利益，賀複也不會默不作聲。

「放心，我不會讓語彩嫁到外地去的。」否則這幾年賀語彩就白經營了，他的指望可就沒了。「不僅語彩，語瀟也要留在京中才好。」

賀語瀟的店開了才沒多久，客人聽說也不多，可對他的助力可不小。有了懷遠大將軍這層關係，就連平日往來甚少的官員，也願意多與他聊幾句了。

鄧姨娘笑起來。「老爺這樣說，我就放心了。老爺快嚐嚐我燉的湯，現在入口應該剛剛好。」

鄧姨娘是管不上賀語瀟的，只要自己女兒得了保證，誰愛嫁去柳家誰嫁！

次日吃完早飯，柳夫人又來到賀夫人的院子，再次提起了賀語彩的婚事，似乎是挺急於定下來的。

賀夫人笑容很淡，有些無奈地說道：「昨晚我和老爺提了這件事，老爺的意思是家中姑娘最好不要離京，這樣相互還能有個照應。」

「這話說的，妳家姑娘嫁到我們家，還能受欺負不成？」柳夫人在心裡翻了個白眼，嘴上還是不想放棄。

賀夫人不欲詳細解釋，賀複什麼心思她清楚得很，實在不方便對外人道，只說：「畢竟家中都是姑娘，還是留在京中好。」

柳夫人立刻說：「就因為都是姑娘，親上加親不是更安心嗎？」

賀夫人沒順著她的話往下說，而是道：「我聽說翀兒學問不錯，待他日高中能留在京中，咱們還有緣分的。」

柳夫人都不知道要怎麼接話了。她對兒子有信心，但恐怕以賀語彩的年紀也等不到那個時候啊！

有了先前的經驗，賀語瀟和露兒準備起新一批面脂的材料時就更加遊刃有餘了。不過賀語瀟並沒有著急動手做下一批，而是請了工匠來為店裡和後院之間裝了一扇門，又在院內挖了個小地窖。

前者是因為做純露、磨草藥都會有一些味道，混著店裡的桃花香和地湧金蓮，味道太雜，可能會讓進店的人不太適應，做個門正好在製作時起到一定的隔絕作用。平時不做面脂時就開著門，像之前一樣擋個長簾子就好，做面脂時再關上。

後者是天氣越來越熱，各種原料的保鮮都得費些功夫，在沒錢做冰窖的情況下，挖地窖是最划算實惠的選擇。

就這樣忙活了幾天，兩樣都弄好了，賀語瀟也鬆了口氣。這段時間柳翀都沒來找她，兩個人也沒有在府裡遇過，可見柳翀也是怕孫姑娘晦氣，影響他考試。這樣的男子，她之前還覺得是個能理解女子處境的，現在想來真是可笑，那不過是嘴上的體諒，果然還是瞭解得不夠深。

這天上午，賀語瀟正用露兒一早打回來的山泉水蒸餾後兌進純露中，再加一點茶樹油，準備做一款濕敷水，因為純露和山泉水都沒什麼成本，所以她就挑了貴一些的油，以後她還想做山茶花油、椰子油、橄欖油版的。

「方便進去嗎？」是傅聽闌的聲音。

賀語瀟抬頭，笑道：「請進。你之前說自己來取新做好的面脂，我還以為你忘了。」

「怎麼可能？我提供了方子和草藥，要是不來取，豈不虧了？」傅聽闌進門，閒適地坐到賀語瀟對面。

「你這是露出商人本色了？」賀語瀟起身去給傅聽闌泡茶，露兒忙活了一早上，這會兒讓她歇著，這點小事她自己能做。

「我只是不想做虧本的買賣。」傅聽闌笑說。

第二十一章

賀語瀟給他上了茶，又拿了一罐新做好的面脂給他。如果傅聽闌真如他說的那樣不做虧本買賣，也不會想搗鼓這些便宜面脂了。

「之前那罐你用著怎麼樣？」賀語瀟問，乘機做客戶滿意度調查。

「不錯，不黏膩，也好洗。」傅聽闌答。

賀語瀟不指望一個男子能給她說出什麼細緻的功效，點頭道：「那就好。這一罐是按你給的方子，我試做了幾次後挑出效果最好的。因為是要送到西邊，所以會更滋潤一些。這個季節在京中用可能會太滋潤，留到入秋再用應該不錯，如果手腳乾也可以塗一些。」

「好，五姑娘用心了。」傅聽闌又看了看桌上的瓶瓶罐罐，問：「五姑娘這又是在做什麼？」

賀語瀟笑說：「這是敷臉用的濕敷水，加了茶樹油，有點香，傅公子可能不會喜歡。」不是她捨不得給傅聽闌用，而是大祁還沒有濕敷這個概念，加上東西比較香，傅聽闌恐怕用不習慣，也未必會喜歡。

「哦？有什麼功效？」傅聽闌十分好奇。

「能讓皮膚保持水潤。」賀語瀟把功效說得很簡單，其實茶樹油還有鎮定消炎的作用，但因為還沒實際試過效果，所以賀語瀟就先不吹這個牛了。

「這東西具體要怎麼用？」傅聽闌繼續問，看起來是真的想瞭解。

「可以倒在棉布上，浸濕後敷於臉上。也可以用棉花或者蠶絲，大概敷半刻即可。不必日日敷，隔三、五日敷一回就行。」賀語瀟準備今天晚上就試試，她對效果還是很期待的。

傅聽闌略想了一會兒，問：「可以賣給我一些嗎？」

「傅公子想用？」賀語瀟挺意外。

傅聽闌搖搖頭，笑說：「想給我母親試試。」

賀語瀟趕緊擺手。「下次吧。我用名貴些的油兌進去，這茶樹油可配不上長公主。」

她可不想落個糊弄或者怠慢長公主的名聲，她聽說長公主用的都是加山茶花油或者桂花油的東西，這茶樹油在京中貴女裡是拿得上檯面，但拿給長公主用就顯得不那麼合適了。

傅聽闌失笑道：「什麼配不配得上的？我母親吃的也是五穀雜糧，喝的也是京中井水，沒有那麼多講究。百姓們能用的，我母親也能用。我是看這東西新鮮，想帶回去讓她見見，高興高興。」

沒拿長公主府的架子，並覺得百姓能用的，長公主也能用，這樣的想法就不會讓整個長公主府顯得高高在上。再想到傅聽闌手裡的愈心堂和商隊，可見長公主府上的人是真心覺得自己與百姓是一體的。能有這樣的想法，賀語瀟是真心覺得很了不起，尤其是身在一個封建制度下，這樣的想法就更為難得了。

「買就不必了，我分傅公子一些就是了。」賀語瀟沒說恭維的話，覺得沒必要。

「那我就不客氣了。」傅聽闌沒有拒絕，也沒有硬要付錢。

賀語瀟挑了個店裡看起來最貴的瓶子，裝了敷臉水，並提醒傅聽闌。「用之前要先搖一搖，敷臉水才會均勻。」

「好。」

傅聽闌要告辭時，柳夫人來了。賀語瀟都不知道應該說是不巧還是太巧了，上次是柳翀，這次是柳夫人。

柳夫人在看到傅聽闌後，眼睛就像長在了對方身上一樣，也不管合不合適，就直接道：「這位公子長得可真俊。」

傅聽闌並不會對任何人都保持笑臉，尤其是不熟悉的人，否則很容易引起不必要的麻煩，於是他假裝沒聽見地往外走。

柳夫人又看了一眼賀語瀟，帶著三分疑惑、七分懷疑的語氣問：「這位公子是妳店裡的客人？妳這裡有什麼值得男子來買的東西？」

這明顯是話裡有話，賀語瀟立刻就聽明白了，正走到門口的傅聽闌當然也聽明白了，才想幫賀語瀟說幾句話，就聽賀語瀟道：「柳夫人，我光明正大做生意，誰家公子、郎君想買東西都能來，哪有那麼多可分的？男子是用不上，可誰家還沒有母親、姊妹等能用得上的人？還是說柳公子從來沒給您買過東西？」

柳夫人的意思，不就是覺得傅聽闌來她店裡不是正經買東西的嗎？別的她就忍了，但想壞她名聲，這她可不能讓。

柳夫人沒想到賀語瀟說話這麼直接，還踩中了她的痛腳，讓她一時不知道怎麼接話。可作為長輩，她很知道怎麼站在道德至高點，便道：「妳母親就教妳這麼與長輩說話的嗎？」

「做長輩的就能這麼沒有根據，全靠猜測來壞姑娘家名聲嗎？」傅聽闌站在門口冷著臉道，這話他知道賀語瀟不好說，所以他來說。

「你這公子怎麼說話呢？我只是好心問一句。」柳夫人見傅聽闌冷著臉，再看對方的衣著氣質，猜想是自己惹不起的，所以說話的氣勢弱了三分。

「是不是好心妳心裡清楚。柳翀有妳這樣的母親，怕也不見得是個想法端正的君子。」傅聽闌是一點都沒客氣，直接把柳翀拿出來說事。

聽對方這麼說自己的兒子，柳夫人當然不高興了，大聲嚷道：「你是哪家的？我家翀兒可是再好不過了，你不要血口噴人！小心我去告官！」

傅聽闌冷笑一聲。「妳去告吧。我乃惠端長公主獨子傅聽闌，到了官府記得把我的身分說清楚，否則官府不好傳喚我。」

說罷，傅聽闌便轉身離開了。

柳夫人腿一軟，差點摔地上，幸好隨行的丫鬟把她扶住了。

賀語瀟努力忍笑。柳夫人敢拿長輩的身分壓她，但面對身分更高的人，就失了骨頭，這樣的人真是跟笑話一樣，欺軟怕硬，小人嘴臉，實在可笑。

柳夫人是真被嚇著了，半刻都不想在賀語瀟這兒待了，趕緊讓丫鬟扶著回了賀府。她現在必須立刻見賀夫人，讓賀夫人幫她把事情擺平，千萬不能影響到柳翀的仕途。

賀語瀟看著她倉皇而去的背影輕輕搖頭，簡直不知道說什麼好。這人啊，心思就不能太壞，不然早晚要倒楣的。

「姑娘，柳夫人不會告您的狀吧？」剛才聽到動靜的露兒剛走進店裡，傅聽闌已經離開了。柳夫人一副隨時要暈倒的樣子，她沒敢上前扶，以柳夫人的性格，恐怕自己摔了都要賴她頭上。

賀語瀟不甚在意地一笑。「不會，她身邊的丫鬟是咱們府裡的，沒理由向著她。恐怕在她編好說辭之前，那丫鬟就已經把經過跟母親說了。」

露兒拍拍胸口。「那就好。柳夫人還真是什麼話都敢說，冤枉您都不眨眼。」

賀語瀟並不意外。「她長年在西邊生活，那邊的民風和京中肯定不同。天高皇帝遠的，就算是地方官，權力可能都大過京中四品官，所以她覺得背靠官員家，有人撐腰沒什麼好忌憚的，殊不知這京中一塊牌匾掉下來，都可能砸到一個有權有勢的。」

「別的就罷了，只要別拉姑娘您下水就行。」露兒別無他求，只希望她家姑娘好好的。

如賀語瀟所料，柳夫人為了讓自己顯得有理，在一路上沒想好怎麼說的情況下，回到賀府後先回自己的院子想說辭去了。而伺候她的丫鬟乘機向賀夫人稟告了此事，她不敢添油加醋，更不敢任意刪減，所以說的都是實情。

賀夫人當即傻眼，這些日子她發現自己這個表姊不是個溫和的，卻也沒想到會惹到傅聽闌頭上。

定了定神，賀夫人問丫鬟。「傅公子是去語瀟那兒買東西的？」

「是的。奴婢見傅公子離開時，手裡拿著瓶罐，看樣式是五姑娘店裡的東西。」

羅嬤嬤在一旁道：「估計傅公子是衝著五姑娘店裡的面脂去的吧？您用了這些日子，不也覺得臉上細膩許多嗎？五姑娘用料實在，香味也淡，與她交好的華家姑娘估計也在用，說不定崔公子看到覺得好，向傅公子推薦了。」

賀夫人點頭，這麼一想就完全說得通了。於是她又問：「傅公子言語間，可有對賀府的不滿？」

「沒有，傅公子全程都沒提到咱們府上。」丫鬟答。

賀夫人略鬆了口氣，說：「知道了，妳先回去伺候吧，她要來找我，妳就帶她來。」

「是。」丫鬟應著就出去了。

賀夫人按了按眉心，表情不悅。

羅嬤嬤嘆氣道：「夫人，您心好，願意讓柳家人在府上長住，但恕老奴說句不該說的，這次柳夫人實在太過分了。前有大理寺卿家的姑娘因為傅公子折辱咱們五姑娘，到現在還在閉門思過呢。現在柳夫人又來這一齣，萬一傳到別人耳朵裡，以為咱們家是有心藉五姑娘攀附長公主府，那真是有幾張嘴都說不清了。」

賀夫人嘆氣。「我原是可憐她在西邊過得苦，讓她在京中多住些時日，算是全了年少時的情分。沒想到她一點都不懂得收斂，這事就算我能睜一隻眼、閉一隻眼，老爺也是不能的。」

「是啊。」羅嬤嬤點頭，輕輕為賀夫人打著扇子。

賀夫人沈默了一會兒，說：「她那樣的行事做派，我不好正面得罪她。」俗話說得好，寧得罪十個君子，勿得罪一個小人。

羅嬤嬤問：「那夫人是想……」

賀夫人對羅嬤嬤招招手，羅嬤嬤附耳過去。

不到一個時辰，柳夫人就來找賀夫人了。話裡話外的意思都是因為賀語瀟沒提前向她介紹公主府的公子，讓她一時失儀，與那位公子有了些不快。但都是小事，只要賀複能從中幫著說幾句好話，這事就過去了，對賀複和柳翀都不會有影響。待他日柳翀為官，必然能成為賀複最大的助力。

賀夫人沒當面反駁她，只是順著她的話應著，一副什麼都不知道的樣子。

賀語瀟回到府裡，府中風平浪靜，賀夫人沒找她，賀語瀟就知道自己猜得應該沒錯，就看後續賀夫人那邊要怎麼做了。

果然，賀複回來到鄧姨娘那裡用晚飯，就聽說了今天的事，頓時火冒三丈。他好不容易跟懷遠大將軍能說得上話了，結果一個柳家的表姨姊把傅聽闌得罪了，這讓他以後在官場上怎麼混？

於是他飯都沒吃完，直接衝去了賀夫人的院子，讓她立刻叫柳夫人和柳翀搬出去，賀家地方小，裝不下柳夫人這尊大佛！

這下賀家後院熱鬧了，柳夫人自然是不願意走，她走不要緊，但兒子不能走啊！不然之後的學業怎麼辦？說不定賀複之前介紹的大儒那裡也去不了了，她不能接受。於是在賀夫人那裡呼天搶地鬧了起來。

賀夫人一臉無奈，又不能把人拖出去丟到大街上，最後還是由羅嬤嬤連勸加嚇唬的，才把柳夫人弄走。也沒有直接把人送回西邊，而是臨時在外面租了個一進的院子給柳夫人和柳翀住。至於房租，賀夫人只付了一個月，下個月賀家可管不著了。

這會兒最開心的還數鄧姨娘和賀語彩，沒了柳夫人，賀語彩與柳家的婚事就更不會再提了，賀語彩可以安安生生好好找個人家。

羅嬤嬤回來時已經很晚了，府裡大部分院子都熄了燭火，倒是賀夫人那裡還沒睡。

「都安置妥當了？」賀夫人問。

「是，夫人放心吧。還是夫人想得周到，借老爺的口把人趕走了。」羅嬤嬤笑道。

「就表姊那嘴，在外面是什麼都敢編，這樣的人我沒理由親自得罪她。」賀夫人這才安心上床，今天賀複沒歇在她這兒，她也能安心睡個好覺了。

而賀語瀟躺在床上兩眼望著屋頂，她居然失眠了。柳家母子離開賀家，對她來說是好事。但想到這兩個人離開後，她就要恢復每日去給夫人請安的日子了，可以多睡一會兒的日子一去不復返，她心就很累。

不過通過今天的事，她也看出來了，她的父親真的非常看重自己的官職。與官場無關的事，他都能不在意，可但凡可能讓他在官場樹敵的事，哪怕是親戚，他都能立刻與其斷絕關係。這樣的人說好聽點是現實，說難聽點就是涼薄。

昨晚雖鬧騰到挺晚的，但今日一早賀府內就恢復了應有的秩序，就好像柳家母子從來沒有來過一樣。

吃完飯，賀語瀟照常去店裡。現在天氣越發熱了，也就早晚兩頭街上的人能多一些，等到中午路上幾乎看不到人，隨便動一動都一身汗。

搖著團扇，賀語瀟慢慢翻著書看，手邊放著一早冰在井裡的西瓜，這會兒吃上幾塊消暑解渴。她這裡小本經營，實在不能天天買冰來納涼，所以每天早上冰一個西瓜是最划算的。

正看得入迷，不料柳翀來了。看到他，賀語瀟一愣，她以為柳翀但凡要點臉面，應該都不至於再來見她了。

「五妹妹，柳某冒昧過來，是想與五妹妹聊幾句，請五妹妹給我些時間。」柳翀似乎沒了之前的精氣神，這會兒就連燦爛的笑容都消失不見了。

賀語瀟沒有特地招待他，只說：「有什麼話就直說吧。」

柳翀又看了一眼露兒，見她沒有回避的意思，他也不能開口讓她回避，只能直說道：「昨日我母親莽撞，衝撞了傅公子，但她實在不是有心的。她常年生活在西邊，見識有限，五妹妹應該是知道的，也應該能夠體諒。」

沒等她回話，柳翀又道：「我知道五妹妹並不討厭我，我也的確覺得五妹妹很好，每次見到五妹妹我都很開心，所以鬧成這樣，實在是不應該。我母親為了我的學業付出太多，把我養大實在不容易，如果只因為這點誤會，讓兩家不走動了，我想五妹妹應該也是不願意見到的。我母親說昨天她只是想來看看妳，沒想到得罪了傅公子，五妹妹當時應該幫她說幾句話，化解了誤會才是。當然了，也可能是五妹妹當時沒反應過來，才沒及時幫著消除誤會。我與母親新來乍到，沒什麼門路，還得讓五妹妹幫忙跟傅公子解釋一二才好。我母親說了，等這件事解決了，她就立刻找人去府上提親，絕不耽擱。我母親還說等妳嫁到我們家，家中一定不怠慢妳，妳想做什麼都可以……」

「柳公子。」賀語瀟見他滔滔不絕說個沒完，又等不到他住嘴，不禁直接打斷了他的話。「你一直在說你母親說了什麼，那你有沒有什麼要說的？」

賀語瀟最煩一個男人天天把「我媽說」這種話掛在嘴上。

「我……」柳翀一時好像不知道怎麼回答了。

第二十二章

「既然到了這個地步，我索性把話說明白了。我之前覺得你能體會女子生活的不易，是個不錯的人，但現在看來是我想得太片面了。你能體會的只是表面的東西，一旦涉及到你自己，那不容易的就是你、是你母親，而不再去考慮姑娘家的不易。你心疼你母親，沒有任何問題，那你心疼你的，我沒理由跟你一起心疼。」賀語瀟聲音不高，但語氣疏離又冷淡。

「柳夫人從頭到尾看上的都是三姊姊，你卻與我說柳夫人同意了你與我的事。按這個說法，不是你們柳家想騙婚，就是想讓我給你做妾吧？呵呵，你也不好好照照鏡子，你也配！」

柳翀沒想到賀語瀟還有這樣咄咄逼人的一面，立刻脹紅了臉。「名、名分哪有真心相愛來得重要呢？只要我真心喜歡妳，一定不會讓妳受苦的……」

賀語瀟一下就被氣笑了。「名分不重要，那你怎麼不去給人做上門女婿？到別人那兒就是不重要，到你自己身上，你還不是不樂意？」

柳翀語塞，半天沒說出話來。

賀語瀟直言。「我與柳公子沒有緣分，日後也不必來往了。若母親願意見你，那也是你與母親的表姨姪關係，與我無關。」

柳翀皺起眉，急著道：「明明只是五妹妹一句話的事，為什麼就不肯幫一下呢？只要讓我與傅公子見一面，一定可以解除誤會。而且來日我若高中，對賀家不也有好處嗎？」

賀語瀟看柳翀的眼神已經如同看垃圾一般了。「柳公子在逗我？傅公子是我一句話就能讓你見上的？你在作什麼春秋大夢呢？」

柳翀越是這樣，賀語瀟就越煩躁，都怪自己看走了眼，原本以為是個明事理的，她還想跟對方好好認識，沒想到媽不在的時候，的確能說出幾句人話，媽一來，就變成毫無邏輯的媽寶男了。真是晦氣！呸！噁心！

柳翀這會兒似乎才意識到事情沒有他想得那麼容易，也不像他母親說得那麼簡單。

賀語瀟懶得再看到柳翀那張臉，對露兒道：「送客！」

露兒把懷裡抱著的半個西瓜往旁邊一放，走過去道：「柳公子請吧。」

柳翀還想再說點什麼，就聽露兒道：「柳公子還是別再來了，按柳夫人的說法，長得好的男子來我們店裡，都不知道是不是來買東西的，讓人誤會了可不好。再說了，我家姑娘前一陣子去給孫家姑娘化妝，沒跨火盆也沒洗柚子葉澡，更沒去寺裡拜拜。柳夫人好像還沒給您請平安符吧？您要是過來沾染了晦氣，回頭考試不利，再怪到我們姑娘頭上，我們姑娘可擔不起這個責任。」

露兒一直往前逼，柳翀只能往後退，最後退到了門口。

露兒將門啪地一關，似乎恨不能將門板往柳翀臉上砸去。

賀語瀟向她豎起大拇指，露兒立刻露出笑臉，湊到賀語瀟身邊小聲問：「他應該不會再來了吧？」

賀語瀟點頭。「柳翀多少還是要點臉面的，今天鬧成這樣，肯定不會再來了。」

估計柳家母子在京中也待不久，京中花銷可比西邊高多了，柳家承擔不起，早晚得從哪兒來的回哪兒去。

同時賀語瀟也提醒自己，以後遇人一定要擦亮眼睛，不能因為對方表現出一方面的優點，就覺得他是個好的，得多花時間觀察，畢竟人都有多面性，跟化妝只須了解一面不同。

之後的一段日子果然過得很安生。柳家母子已經從賀府的生活中消失了，賀府一切如舊，賀語瀟的日子也過得毫無波瀾。

這日是夏至，早上天亮得特別早，賀語瀟也難得起得早。去請安時，賀夫人讓賀語瀟今天早點回來，夏至了，一家人要坐在一起吃頓素食宴。

夏至對大祁來說是很重要的節日，雖沒有特別要吃的傳統食物，但普遍家裡會準備豐盛的解暑素菜宴，清熱消暑，希望能夠平安度過夏日。

剛到店裡沒一會兒，馮惜就提著個食盒來了。

「馮姑娘怎麼過來了？」見到老朋友，賀語瀟很高興，趕緊招待她坐。

馮惜也沒說那些虛話，直接道：「傍晚我要隨父親進宮參加夏至宮宴，正三品及以上官員家屬都要入宮。我想著怎麼也得好好收拾一番，所以就來找妳了。」

賀語瀟笑道：「馮姑娘這是抬舉我了。」

這可是要帶到宮裡宴會上的妝容，肯定誰家都不敢馬虎。馮惜能來找她，是對她手藝的肯定。

「我想來想去，就妳化的妝我帶進宮才不算失禮。我也不想讓那些之前看不上我的人看我的笑話，所以只能拜託妳了。」以前她未嫁時因為打扮與一般女子不同，沒少被那些循規蹈矩的人笑話。現在她好不容易找回了以前的自信，自然希望能給家裡爭點臉面。

賀語瀟明白她的心思，笑道：「我一定盡力而為！」讓馮惜成為宴會上最亮眼的一個！

今天馮惜穿得倒是淑女，山青色的衣裙將她襯得很是穩重，但少了幾分屬於她的特色，反倒沒有穿騎馬裝那麼出挑。

賀語瀟沒有為她化豔麗的妝面，這次宮宴貴女不少，宮中還有各位娘娘，太過豔麗過於惹眼，未必是優選。不過也不能太沒有新意，顯得不重視夏至宴，那就更沒處說理了。

思量了一番，賀語瀟先是為馮惜重新梳了髮髻，戴上鑲了珊瑚的小山形飾，兩邊對稱簪上珍珠花鈿，簡單隨興，又不失端莊。作為臣女在這樣的場合已經夠用了。

底妝賀語瀟儘量打造出毫無瑕疵的水煮蛋肌膚，而且要把粉用力拍實拍牢，這樣才不容易脫妝。而妝面乾淨，她用起色來空間就更大。

妝面上賀語瀟沒有用太多的顏色，重點突出了眼型，在眼尾下方兩邊各點了三個小圓點，形成弧度，讓眼尾有進一步拉長的效果，同時也起到了放大眼睛的作用。

胭紅賀語瀟選了比較淡的粉棕色，這樣不會與眼妝形成過於明顯的衝突。

眉間的花鈿才是這次的重點。賀語瀟調了好幾種色，在她眉間畫了一座小山。山有稜角，高低錯落，有遙望之感，實在漂亮。

「妳這手藝也太絕了吧！」馮惜愛不釋手，她還是第一次看到用山當作眉間花鈿的，而且顏色調得很好，配上沒有瑕疵的底妝，一點都不會顯得暗沈，反而很顯眼。

「主要是覺得這個適合馮姑娘，大概也就只有馮姑娘這樣的樣貌才壓得住這樣的花鈿。」賀語瀟不是恭維她，花鈿的樣式也是分人化的，像這種遠山樣式的，只有搭配英氣的姑娘才會覺得相得益彰。

「妳這麼說，我可就信了啊。」馮惜滿臉笑意。「看來我以後趕上宴會出行，不找妳化個妝，我恐怕都不想出門了。」

「馮姑娘這誇得我就有點飄了。」賀語瀟為她上唇脂，選了漿果色，柔化了邊緣，讓唇形不那麼鋒利，中間重塗，形成咬唇的效果。

「我可不是刻意說妳化得好，是真的好看，就連我這個對化妝不怎麼感興趣的人都覺得若能天天這麼出門，心情會很好。」馮惜笑說，並不住地往自己額間看。

「那以後妳常來，我給妳打折呀！」賀語瀟拿出細節刷，最後細化一次妝面。

「我覺得行，我應該提前給付妳押金，這樣趕上節慶，妳得先給我化。」馮惜這話半點玩笑的意思都沒有，說得相當認真。

這種貴賓會員制賀語瀟不是沒想過，但因為自己還沒打出名氣，所以沒好意思厚臉皮搞這個，沒想到馮惜先提出來了。

「行呀，那以後馮姑娘就是我的第一大客戶了！」賀語瀟笑說。

送馮惜出門的時候，馮惜對她道：「妳一直叫我『馮姑娘』，聽得我太難受了，以後還是喚我一聲姊姊吧，我覺得自己還是當得起的。」

賀語瀟笑道：「好，那我可就自抬身價了。」

「我帶來那食盒是家中做的點心，妳嚐嚐看。」

「好，多謝馮姊姊了。」

下午來了兩個想買面脂的娘子，一問是陳娘子介紹來的，雖然都是平民百姓，但賀語瀟絲毫沒怠慢，先讓她們試用了。兩位娘子覺得不錯，一人買了一罐，價錢是一百五十文一罐，在京中算是很便宜了。兩位娘子又各買了一盒口脂，才開開心心地離開。

這筆買賣賺得不算多，卻能看出客戶推薦的效應已經有了，這就是良性發展，以後的好日子指日可待。

回府時，賀語瀟沒忘帶上馮惜給她的點心，正好能讓姨娘嚐嚐。

宮中夏至宴是男女分席，女子這邊由皇后招待群臣家眷。

「二姊今日看著氣色特別好，皮膚也細膩，看著怎麼比我還小上幾歲呢。」皇后右手邊坐的就是惠端長公主。

「可不是？我看她怕不是吃了什麼仙丹了吧？」榮淑長公主坐在皇后左手邊，也跟著打趣起來。

通過三個人說話的語氣和態度，就能感覺到關係很好。

「長姊可別胡說，回頭讓皇上聽到問我要，我上哪兒給他變去？」惠端長公主的長相在皇家一眾子孫中是最出挑的那一個，即便到了現在這個年紀，也依舊能看出年輕時的美貌。

「我這不是好奇嗎？」榮淑長公主笑問：「最近是用著什麼好東西了？」

相比起來，榮淑長公主的樣貌就沒那麼出挑了，但她天生長了一副慈眉善目的臉，任誰見了都會覺得親切，就像住在家隔壁愛說愛笑的姨嬸。也是因為這副樣貌，她從小便得先帝的喜愛。

「也沒什麼。前些日子聽闌給我帶回來一瓶濕敷水，讓我用用看。我試了幾回，發現用完後即便不塗面脂，臉上也很濕潤細膩。上妝時如果先敷一會兒，再上面脂塗粉，就會格外服貼。」惠端長公主道。

「聽闌從哪兒弄的？」皇后好奇地問。

「這我還真不知道，等回頭我問問他。」這東西她兒子拿回來也沒細說從哪兒弄的，只告訴她怎麼用。她聞味道挺香，便用了，沒想到效果不錯。

三個人聊得差不多了，也不好冷落其他女眷，便將目光轉向座下。

「惜兒也來了啊！」皇后高興道。她一直挺喜歡馮惜的，覺得這丫頭爽利有個性，不似一般女子小心翼翼，相處著累。後來馮惜嫁離京中，她還覺得挺可惜，也為馮惜添了妝。今年年初聽說她和離回京，一直鬱鬱寡歡，不願意出府，沒想到今天總算見著人了。

「是。」馮惜起身向皇后及兩位長公主行禮。

惠端長公主笑道：「之前宴席上皇后可是念叨了妳好幾次，今天妳來了，她就高興了。」

「勞皇后娘娘為臣女掛心了。」馮惜語氣謙遜誠懇。

「回來就好，以後日子長著呢，沒事常進宮來與本宮說說話。」皇后笑道。有皇后這句話，在座的心裡都明白，馮惜和離這事，以後是萬萬不能再提了。由此也可見皇上與皇后對馮家的重視。

「是。」馮惜應道。

榮淑長公主打量著馮惜，和善又驚嘆地說：「惜兒今天這妝面很是別致，花鈿畫得是山？」

馮惜行禮道：「回長公主的話，正是。」

「妳是從哪兒找了個巧丫鬟？這畫得可謂是唯妙唯肖了。」榮淑長公主看著喜歡，又把馮惜叫到跟前來仔細看了看。「這花鈿也就放在惜兒身上最合適。」

馮惜回道：「不是丫鬟，是我新認識的姑娘，她手藝好，我想著參加宮宴不能馬虎，便請她幫我化。」

馮惜沒提賀語瀟的名字，因為在宮宴上直接提賀語瀟的名字未免太惹眼了。如果有人喜歡這手藝，自然會私下向她打聽，到時候她再告知，才不顯得那麼高調，對賀語瀟來說是最好的。

如馮惜所料，果然不少人私下向她打聽妝面的事。姑娘家總是愛美的，就算像她這種平時打扮得不上心的，在看到賀語瀟給她化的妝面後，也覺得如果每天能如此，生活也會變得有趣起來。

宮中的宴席不會散得太晚，離宮時傅聽闌和懷遠將軍走在一起，正好遇上馮惜。

傅聽闌笑道：「馮姑娘今天妝面很是特別。」

懷遠將軍哈哈大笑道：「說是去找她的小姊妹化的，我看著也不錯，哪怕是化成這樣去騎馬射箭，都挺合適。」

馮惜也跟著笑起來。「是找賀五姑娘化的。」對著傅聽闌，她就沒什麼不能直說的了，畢竟傅聽闌也認識賀語瀟。

「原來如此。」傅聽闌並不驚訝，只是點頭，似乎早有此猜想。

第二十三章

吃過飯後，賀複允許她們三個姑娘出門逛一逛夏至的河邊集市。賀語彩不願意和賀語瀟一道，而賀語芊藉口身體不適沒出來，賀語瀟便自己帶著露兒出來了。

兩個人一路吃吃喝喝，玩得好不開心，最後以放河燈結束了今天的逛吃。回去的路上，馬車行得很慢，天色已晚，不好疾馳，加上路上馬車不少，想快也快不了。

「啊——」一陣尖叫聲在吵鬧的街上響起。

賀語瀟掀開車簾往外看，見前面馬車停住了，人們也紛紛駐足，應該是發生了什麼事。

露兒從另一邊的窗戶瞧，驚訝地說：「姑娘，好像是傅公子的馬車，有人圍過去了。」

因為坐過傅聽闌的馬車，露兒能認得。

賀語瀟秀眉一皺，心裡有點迷惑。這個時間皇宮的宴會應該結束了，不過傅聽闌怎麼到這邊來了？正常從皇宮回長公主府，是不會逛到這邊來的。

傅聽闌的馬車前，賈玉情全身濕透地倒在地上，身邊的丫鬟跪在一邊道：「傅公子，我們姑娘是大理寺卿家的，不小心弄濕了衣裳，還請傅公子借馬車讓我們姑娘上去避一避。」

女子夏天裙衫本就薄，這一濕透，很容易被看光，這對女子來說是萬萬不行的，是失名節的大事。

沒聽車內的傅聽闌說話，倒是車伕好言道：「姑娘還是找其他姑娘乘坐的馬車吧，您這樣上了我們公子的馬車，於女子名聲有損，我們公子也說不清楚了。」

說完，那車伕就跳下車想去後面找找有沒有女子乘的馬車，能行個方便。

「不、我不去其他馬車，萬一遇上不軌之人，我的名聲才是要完了。傅公子，請行個方便，我現在這副樣子，是真的沒辦法見人啊。」賈玉情朝著馬車喊道。

這下難題都壓到了傅聽闌身上，讓賈玉情上車，之後的事肯定說不清楚，上了車就等於隱晦地表示濕透的賈玉情被傅聽闌看到了，這是得負責的。如果不讓賈玉情上車，街上人來人往，她被這麼多人看著，名聲、臉面都要壞，傅聽闌再不幫忙，肯定要被說不近人情。

就在大家議論紛紛，傅聽闌的馬車紋絲不動之時，一件乾淨的衣服披到了賈玉情身上，把她蓋了個嚴嚴實實。

賈玉情被這突來的變故給弄傻了，抬頭一看，才發現是賀語瀟。

「妳怎麼在這兒？」賈玉情聲音都尖銳起來。

賀語瀟面無表情地說：「這話應該我問賈姑娘吧，貴府不是還在閉門思過嗎？」

賀語瀟可沒準備給賈玉情留臉面，之前賈玉情讓人當街丟她雞蛋這仇還沒過去呢。因此不等賈玉情說什麼，賀語瀟就繼續道：「今天大家都來放河燈，我又不用閉門思過，當然會出現在這兒了。」

賈玉情臉都綠了，對著賀語瀟吼道：「不用妳假好心！」

賀語瀟樂了。「我這是假好心？難道讓妳濕著身子被看光了就是真好心了？」
一邊圍觀的幾個娘子看不下去了，紛紛指責賈玉情怎麼不識好歹。
賈玉情根本不理那些人，也不理會賀語瀟，對著傅聽闌的車子道：「傅公子，煩請您送我回去吧。」
都到了這一步，賀語瀟再聽不明白就是傻了，她實在不知道賈玉情是怎麼想的，想用這種方法敲詐傅聽闌，未免也太蠢了吧？
她越是這樣，賀語瀟越不想讓她得逞，畢竟傅聽闌也幫過自己許多，於是擺上一副看似情真意摯，實際心裡翻白眼的笑容，勸道：「我與賈姑娘是有些誤會，賈姑娘之前不也說是誤會，與妳無關嗎？既然如此，我信賈姑娘的話，請賈姑娘坐我的馬車回去，我步行回府便是，反正也不遠。」
「我才不坐妳的馬車！」賈玉情眼睛死死地盯著傅聽闌馬車的門，就等著門打開。
賀語瀟無奈了。這下誰看不出來是怎麼回事？賈玉情是瘋魔了吧？
「我這還是第一回遇到有姑娘家上趕著要坐我兒的馬車呢。」車內傳來女人的聲音，聽這對傅聽闌的稱呼，明顯是惠端長公主。
今日宴會結束後，惠端長公主也想到河邊來放燈，祈求家宅平安。她的馬車太過惹眼，所以才用了兒子的，沒想到遇到這種事。
周圍的人也都意識到了，趕忙跪下行禮。

賈玉情直接傻眼了，她怎麼都沒想到傅聽闌的車裡坐的居然是長公主。

車門打開，長公主沒下車，只是看著外面，對百姓們道：「不必多禮，都起來吧。」

百姓們謝過後，紛紛起身，只有賈玉情和她的丫鬟還趴在地上。

惠端長公主看著地上的賈玉情，聲音冷淡道：「這邊離河邊挺遠，也不知道妳是怎麼把自己弄得這麼濕的。妳若說掉到河裡，那也不至於走這麼遠路過來堵我兒的馬車吧？」

賀語瀟也沒想到車上坐的居然是惠端長公主，再聽惠端長公主這番話，明顯是腦子清楚且十分精明的長輩。這樣一比，她的做法反而顯得多餘了。

「回、回長公主的話，小女子不是掉進河裡，是……是不小心撞到了水桶。」

賈玉情越說聲音越小，話說得賀語瀟聽著都尷尬，這要換成誰才能信啊？

「既然妳不是衝著我兒的馬車來的，那位姑娘要送妳，妳為何不肯？」惠端長公主氣場逼人，不愧是皇家公主。

「我……小女子與賀姑娘有些誤會沒解開……」

「有誤會沒解開，對方都願意施以援手，而妳卻一再拒絕，很難讓人不多想。」惠端長公主看向賀語瀟，問：「妳是哪家的姑娘？」

賀語瀟規規矩矩地回道：「回長公主的話，小女子父親是司農寺少卿賀複，小女子家中排行第五。」

惠端長公主忽而笑了。「原來是妳。」

兒子的事她知道得一清二楚，兒子也沒有瞞她的意思，如今賈玉情不肯承賀五姑娘的情，她立刻就明白其中緣由了。

賀語瀟不敢接話，這話實在是不好接，她這種身分碰上長公主，寧遠勿近才是硬道理。

「行了，既然賀五姑娘不計前嫌，那賈姑娘就承情坐她的馬車回府吧。本宮這車上沒有傅聽闌，收起妳的小算計，本宮這次便不與妳計較了。」說罷，惠端長公主便要關車門了。

這時，一旁胡同裡駛出一輛馬車，上面赫然繡著賈府的家紋。趕車的車伕臉色灰白，與他一起坐在車上的還有公主府的侍衛。

看熱鬧的百姓頓時譁然，連尚未弄清狀況的人也明白是怎麼回事了，這明顯是自己府裡的車在附近，卻裝出沒車的樣子要往公主府的車上貼啊！

賈玉情臉脹得通紅，一副隨時要暈過去的模樣。

賀語瀟直接無語了，她真是被賈玉情蠢吐了。這會兒最後那點善心也沒了，冷聲道：「既然賈姑娘的馬車在，想必我的衣服也用不上了，還是還給我吧，以免姑娘看不上我，回頭把我衣服扔了。我不比賈姑娘寬裕，這日子可得過得精打細算呢。」

惠端長公主似是被逗樂了，笑了幾聲，車門關上後，馬車便重新跑起來。

賀語瀟一把扯走自己的衣服，一個多餘的眼神都沒給賈玉情，轉身回了自己的馬車，只留下羞憤不已的賈玉情被人指指點點。

重新回到車上，賀府的馬車再次跑起來，露兒才感慨道：「幸好車上是長公主，不然今天這事恐怕還有得鬧呢。」

她家姑娘上前給賈玉情蓋衣服的時候沒讓她跟著，等她遲遲不見自家姑娘回來，下車去看時，才知道車上是長公主。那會兒她一個小丫鬟實在不敢貿然上前，只能遠遠看著。

「是啊。也不知道應該說賈玉情聰明還是蠢，這是想嫁傅聽闌想瘋了吧？」女子為自己的愛情拚一把賀語瀟並不反對，但好歹得是兩情相悅吧？這逼迫的行為未免太掉價了。

「不過話說回來，姑娘您這麼上前去幫忙，恐怕會被別有用心的人傳妳幫傅公子解圍是怕賈姑娘上位。」露兒說出自己的擔心。今天這事雖然被長公主解決了，但話傳開了會是什麼樣，真的很難講。

「這種情況下就只能求個問心無愧了。」賀語瀟笑道。

她一開始下車並不知道發生了什麼事，是走近了才發現賈玉情衣服已經濕透了。她給賈玉情拿衣服完全是考慮到女子這樣的確不便，並未想到兩個人之間的恩怨。只是沒想到賈玉情不領情，還狗嘴裡吐不出象牙，她才生氣的。

賈玉情攔傅聽闌馬車的事，賀語瀟沒有跟家裡說，只當什麼都不知道，什麼都沒看見。

幾天後，崔乘兒來她店裡小坐，說起賈玉情已經被賈府送回老家成婚了。對外說是早就定下了人家，賈玉情到了歲數，男方家裡也不想再拖了，就趕著日子好，早日完婚。

這糊弄不知情的人還行，但想糊弄與賈玉情有往來的人，那就太難了。賈玉情攔馬車的事崔乘兒是通過自家兄長知道的，以傅聽闌和崔恒的關係，只要崔恒聽到一點風聲去問，傅聽闌都不至於瞞他。況且就賈玉情幹的那事，傅聽闌只要不是濫好心，都不會幫著掩蓋，沒大肆宣揚就算仁至義盡了。

賀語瀟感慨賈府的果斷，如果這次不是舞到惠端長公主頭上，或許賈府還能再拖一拖。所以說女子想求個如意郎君沒問題，可要那些不入流的手段，就沒有同情的必要了。

夏至宴後，有不少人前來打聽她化妝的價格。雖沒說是哪家的，但打聽的都是節日妝，那必然和夏至宴脫不了關係。馮惜沒特地過來跟她提，估計是壓根兒不圖她的謝。

與此同時，也有不少人來打聽濕敷水。這濕敷水賀語瀟只分給過傅聽闌，傅聽闌說是給長公主用的，想必是效果還不錯，有人問起才知道有這麼一款東西。至於東西是她店裡的，那肯定是傅聽闌說出去的。沒想到無心插柳只準備自用而做出來的東西，卻成了很多人前來打聽的商品了。

然而因為純露需要囤貨，所以賀語瀟並沒有立刻開始大量做濕敷水，她的初衷既然是做面脂，那就不能違背初衷。

這天下午，傅聽闌再次來到賀語瀟的店裡。

「妳的面脂準備得如何了？上一批做出來的那罐我用了幾天，比最開始那一罐滋潤許多，很是不錯。」傅聽闌也不與她閒聊，屬於有事說事的那種人。「我的商隊十天後準備出發去一趟北邊，如果妳能準備好面脂，我想讓他們帶去賣。」

原材料都準備得很充足，隨時可以開始做。

「行，那就讓你的商隊試試。我之前給谷大的價是一百文一罐，他大概會賣到一百五十文，我在京中賣也是一百五十文，你的訂價最好也在這個區間，太高的價格就有違我們最開始的目的了。」賀語瀟也不能讓傅聽闌把價格訂得太低，畢竟商隊是要吃飯的，不能真的不給人家一點賺頭。

「我明白。」傅聽闌點頭應道：「妳大概什麼時候能做完？」

「你們商隊出發前兩天來取吧。」賀語瀟這次想多做一些，她現在有地窖了，裡面很是涼快，做好的面脂放到裡面保存，更容易保持新鮮。

「好，到時候我再過來。」傅聽闌說。雖然談好了價，但鑒於兩個人是第一次合作，首次拿貨他還是要親自來一趟。

「既然是與傅公子合作，有件事還想麻煩一下你。」賀語瀟不卑不亢地說。想長期合作，互利互惠很必要，加強各方面合作也很必要。

「什麼事？」傅聽闌問。

「傅公子下次過來，我給你一張單子，請商隊的人去北方時幫我留意一下，如果有單子上的東西賣，幫我帶回來一些，價錢好說。」賀語瀟說。像亞麻籽這種東西雖然便宜，可在京中實在不怎麼好買。她還想找找其他可以製成護膚油的東西，她身為女子出不了遠門，就只能麻煩別人了。

「好，我會讓他們留意。」商隊帶著京中的東西去北邊賣，同時也會把北邊的東西拉回京中賣，都是順路的事，並不麻煩。

如此就幫她解決了一個大難題，如果能有護膚油的成本比亞麻籽油還低，就可以近一步降低成本，價格可以更實惠。

正事說罷，賀語瀟都準備送傅聽闌出門了，卻聽傅聽闌又道：「賀姑娘上次勻給我的濕敷水我母親很喜歡，不知道妳還有沒有，母親想買來送給皇后娘娘和姨母試試。」

她敢說沒有嗎？雖然她覺得這濕敷水原理很簡單，挺拿不上檯面的，可京中的確沒有賣。之前託長公主的福，有那麼多人來打聽，必然是好用且讓人看到效果了。她能為了省純露暫時不販售，可傅聽闌來向她買，還是送給皇后和榮淑長公主的，她就算再小氣，也得向皇家低頭，現做也得給做出來啊！

賀語瀟在心裡嘆了口氣，說：「傅公子稍等我一會兒，我去給你兌。」

「那就麻煩賀姑娘了，多謝。」傅聽闌也是無奈，他母親用著覺得好，夏至宴時皇后和姨母問起，他母親肯定不會隱瞞。

說來他也挺奇怪的，皇后和榮淑長公主都悄悄派人來買過，但賀語瀟並不賣濕敷水，所以這兩位才又找上他母親，結果這買濕敷水的事情就落在他頭上了。

「不麻煩，還要多謝傅公子的宣傳。」賀語瀟都不好意思說那濕敷水做起來有多簡單，當然也不可能怪傅聽闌多嘴，只是她沒想到濕敷水的效果居然好到讓宮裡的皇后都惦記上了。

「是妳的東西好。」傅聽闌微笑說：「聽說妳並沒有對外賣？」

賀語瀟點頭。「暫時沒有那麼多原料做這個，過一陣子再說吧。」

「這麼說來我的面子挺大，別人都買不到，我卻能弄到幾瓶。」傅聽闌語氣滿是玩笑。

「沒辦法，得罪不起貴人。」賀語瀟也開起了玩笑。

兩個人誰也沒把對方的話往心裡去，賀語瀟去後面兌了三瓶濕敷水，傅聽闌這次付了銀子。因為賀語瀟沒對外賣，自然沒有市價一說，傅聽闌便按自己的意思放了十兩銀子，這價錢遠遠超出賀語瀟的預期，也明白根本用不了這麼多銀錢。

不過賀語瀟並沒有推辭，以後她若有好東西了，免費送給傅聽闌試用，把這部分銀錢補齊就是了。下午賀語瀟特地提早了半個時辰關門，順路去訂了一些裝面脂的罐子和以後用來裝濕敷水的瓶子，同時也訂了幾個封口密實的大肚罐子，用來存放純露。

做完這些回到家，就聽看門的婆子說大姑娘今天回來了，說是要小住幾日。

賀語瀟表面沒說什麼，但心裡很是驚奇——大姊姊的婆家居然肯讓她回來小住？這又是哪一齣？

第二十四章

賀語瀟沒回院子，直接去了賀夫人那裡。

「語瀟回來了？今天回來得挺早。」賀夫人臉上沒什麼表情，但語氣並不冷淡。

「是，今日提早一點關門。聽說大姊姊回來了，怎麼沒見著她？」賀語瀟看了一圈，別說沒有賀語霈的人影，甚至賀語彩和賀語芊都不在，就連羅嬤嬤都沒跟在屋裡伺候。

賀夫人淡淡地說：「可能是今日起早了，這會兒語霈睏得睜不開眼，就讓她小睡一會兒。」

賀語瀟表示理解，大姊姊沒出門前，在家裡就是最受夫人疼愛的。這會兒睏了，自然不必多顧忌，想睡就睡。

「那我晚一點再來看大姊姊。」賀語瀟說。她和賀語霈關係並沒多親近，或者說賀語霈與家中妹妹都不算親近，包括親妹妹賀語穗。而越是不親近，禮數越要做全。

賀夫人點點頭，沒有留她。

回到百花院，她凳子還沒坐熱，賀語彩就來了。

往常賀語彩並不常過來，倒是賀語芊來得多一些。可自從上次賀語芊來跟她說柳夫人看中賀語彩的事，被她說了幾句後，賀語芊就沒再來過了。

「妳見到大姊姊沒有？」賀語彩開口就問，八卦兩個字就差直接寫臉上了。

賀語瀟如實回說：「沒見著，怎麼了？」

聽賀語彩這意思，大姊姊似乎還挺難見的。

「我也沒見著，所以來問問妳。」賀語彩拉著賀語瀟坐下，這會兒她也沒了什麼比較的心思，一心都在八卦上。

「大姊姊是什麼時候回來的？」賀語瀟也有些好奇了。賀語彩一天都在家，沒理由見不著啊。

「沒到中午就回來了，午飯後我想著去見見大姊姊，都走到棠梨院門口了，羅嬤嬤卻說大姊姊正在和母親說話，讓我別打擾。晚些時候大姊姊有空了，再差人去叫我。可我一直等到現在，也沒人來叫我。」賀語彩說。

這就奇怪了，她們這位大姊很看重自己嫡出長女的身分，庶妹前去問好，大姊姊沒理由不見。

「四姊姊呢？她見著大姊姊了嗎？」賀語瀟問。

「她一天到晚跟個悶葫蘆似的，我沒問她。不過也沒聽她今天出過自己院子，恐怕也是沒見著。」賀語彩分析著。

這就奇怪了，大姑娘回家，居然只見了母親？而且這都大半天了，有什麼話要說也可等晚上慢慢與母親說吧？

想到這兒，賀語瀟又問：「大姊姊今天回來帶了誰？」

賀語彩恍然一拍桌子。「妳不說我還沒留意，今天大姊回來好像誰都沒帶，自己乘馬車回來的。」

賀語瀟眉頭一皺。「難道是親家出事了？」

「沒聽說啊。」賀語彩否定了這個猜想。「要是翟家真出事了，母親肯定得叫父親回來拿主意才是。」

也對。賀語瀟一時半刻想不出還有什麼原因了。

就在這時，賀語彩的貼身丫鬟匆匆進來了，對著兩人行了禮後，對賀語彩道：「姑娘，剛才奴婢聽說翟家要休了咱們大姑娘呢！」

「什麼？」賀語彩直接驚得跳了起來。

賀語瀟也很驚訝，休妻可是大事，一般不是到萬不得已，是不會走到這一步的。而在大祁，和離是可以接受的，但被休的女子不僅自己在這個世上恐怕難有安身之所，就連家中姊妹也會受其影響，被人認為有可能是善妒無德的女子，以後婚嫁會非常艱難。

她對嫁人暫時沒有太多想法，只是不希望被擺布婚姻。可家中還有其他姊妹，她們不可能不在意。不說三姊姊，就算已經嫁出去的二姊姊，如果娘家有這種事發生，在婆家恐怕更沒地位了。

丫鬟也很慌張，說：「具體的奴婢也打聽不著，是無意間聽到夫人院子裡的丫鬟們私下說了一嘴，就趕緊來告訴姑娘了。」

作為貼身丫鬟，若府裡姑娘出了被休的事，她們跟著的姑娘也不會嫁得好，她們作為陪嫁日子就更慘了。

「這可如何是好？」賀語彩臉都白了，如果長姊真被休了，那她高嫁的想法就徹底沒戲了。

「具體情況還不清楚，妳先別慌，或許是丫鬟們聽差了。」賀語瀟勸道。她當然不相信夫人院子裡的丫鬟敢私下亂說，可這會兒很多事還沒弄清楚，要是讓賀語彩嚷起來，夫人肯定惱火。

賀語彩稍微冷靜下來，但還是覺得丫鬟不可能聽錯，便匆匆離開了百花院，回自己的風嬌院去找鄧姨娘商議了。

這事賀語瀟並沒有特地讓人去打聽，如果是真的，早晚得傳到她們院子來。如賀語瀟所料，等賀複下值回來到賀夫人那兒去見長女，事情在賀家內部就包不住了。

原來是賀語霈入門兩年多了，卻無所出，所以翟家想要為兒子納一房妾室開枝散葉。這在大祁是很常見的，一般正室如果一年無所出，就會開始考慮這方面的事了。若三年無所出，婆家不通過正室，直接給兒子納妾，也是律法允許的。

可賀語霈從小嬌生慣養，什麼都不會做。到了翟家，婆母的各種規矩逼得她不得不從頭學起，她又沒那麼多耐心，學得差強人意，婆母不悅，規矩立得就更多了，導致夫妻兩個相處的時間減少，由此形成了惡性循環。

那些規矩和學習已經讓賀語霈不勝其煩，結果婆家還想給她相公納妾，這件事她是萬萬不能接受的。

翟家本想著挑一個家底乾淨的人家，安安分分好生養的就行，結果賀語霈大鬧了一番，在吵鬧中用茶盞打破了翟公子的頭。

這事翟家沒與她計較，悄悄把事情壓了下去，畢竟一個大男人被媳婦打破頭，說出去實在沒臉面。

後來翟家想著可能是陌生的姑娘進門，賀語霈不瞭解對方，覺得壓力太大，所以提議將賀語霈陪嫁的貼身丫鬟抬做翟公子的妾室，這樣對方既是賀語霈熟悉的人，又知根知底，以後相處起來容易些，想必丫鬟也不會有外心。

結果第二天賀語霈就說那丫鬟偷盜，把她打了三十板子發賣了。這種理由應付外人還行，想糊弄翟家人，那是不可能的。可因為是賀語霈自己帶來的丫鬟，翟家不好多說什麼，只得開始給翟公子物色其他合適的妾室。

沒幾天翟家就看中了翟夫人娘家一個旁支的庶出姑娘。這次翟家沒通知賀語霈，就把事情定下，讓人算了個好日子，準備到時候抬進門。

沒想到進門前兩天，賀語霈直接找了過去，給人家姑娘灌了一大碗傷身的藥，導致那姑娘再難有孕。這下翟家人受不了了，認為賀語霈善妒不賢，狠辣不孝，就是個攪家星，萬萬不能再留在翟府了。

直到要被休，賀語霈才意識到問題的嚴重性，跑回賀府求助了。可能也知道自己丟人，不想讓妹妹們看笑話，所以除了賀夫人，這一天誰都沒見。

賀語瀟簡直無語。她能理解沒有女子希望與別人分享自己的相公，也明白在這裡有高低貴賤之分，但以傷害他人為手段來達成自己的目的，實在太過分了。

出乎賀語瀟預料的是，家中第一個喊著要去和翟家理論的不是賀夫人，而是賀複。賀複認為這是翟家沒把他放在眼裡，區區一個從五品大理寺正，居然敢休他的女兒？

賀家亂成一團，賀夫人讓幾個得寵的妾室前去安撫賀複，不要把事情鬧大了，弄得人盡皆知，反而不好收場。

姜姨娘從前院回來時已經很晚了，沒睡著的賀語瀟跑去了姜姨娘的屋子。

「這麼大的姑娘了，還往我床上擠。」姜姨娘一邊嫌棄、一邊給她讓出了位置。

賀語瀟笑咪咪地躺上床，問：「父親去風嬌院了？」

「嗯。」姜姨娘語氣聽不出任何不滿。「這個時候也就鄧姨娘能勸得住了。」

「這事姨娘怎麼看？」賀語瀟覺得問別人都多餘，問自己姨娘就夠了。別看她姨娘平時不爭不搶的，心裡可明亮著呢。

「大姑娘是長女，在府裡時好吃好喝地生活，到了翟府被府上的規矩拿捏，心裡恐怕早不是滋味了。這次大姑娘回來，翟公子卻沒過來找，可見這小夫妻倆的感情並不和睦。」姜姨娘說著自己的看法。

賀語瀟點頭，就算翟家再怎麼立規矩，賀語霈的性格和行事作風在賀家已經養成近二十年了，根本不可能改。

「這次大姑娘的確做得過分了，可為了府上其他姑娘，這事就只能大事化小，萬萬不能讓大姑娘被休。所以我聽夫人的意思就是要咬死了大姑娘嫁過去不足三年，婆家不應該急於為翟公子納妾。這事翟家不全占理，通過這點應該還有轉圜的餘地。只要三年之內大姑娘能懷上，過去的事翟家應該就不會再計較了。」說到這兒，姜姨娘嘆了口氣。「至於那個被灌了藥的姑娘，估計會給些銀錢打發了。」

翟家納妾是為了延續香火，如今那姑娘子嗣艱難，恐怕翟家也不想平白多張嘴吃飯。

賀語瀟不知道說什麼才好，這就是為什麼「寧為窮人妻，不做富人妾」，沒有人會為一個妾室討公道，妾室在正室眼裡，恐怕連個奴婢還不如。

第二天直到賀語瀟出門，都沒聽說翟家有人來，賀語霈也沒說要見她們幾個妹妹，大概還是覺得沒面子。

來到店裡沒一會兒，就有客人上門，是一個穿著得體的年輕姑娘，與她一起來的還有一個伺候的婆子。

婆子先開口道：「請問這裡接婚妝吧？」

「當然。」賀語瀟迎上去。「姑娘請裡面坐。露兒，上茶！」

總算有人來問婚妝了，賀語瀟能不激動嗎？

「敢問姑娘怎麼稱呼？」賀語瀟問。

「我姓何。」何姑娘一口字正腔圓的京城口音，聽著就是土生土長的京中人。

「何姑娘對婚妝妝面有什麼要求？」賀語瀟又問。

「我沒有太多主意，只是看身邊姊妹成親，覺得婚妝大同小異沒什麼意思。聽說妳的妝面化得有新意，所以過來看看。」何姑娘說。

只簡單幾句，賀語瀟就猜出何姑娘家裡應該是做官的，她化過的幾次妝，除了陳娘子外都是官員家的姑娘，而且陳娘子那回只是日常妝。再看何姑娘有人伺候，衣衫、首飾雖不是多華貴，可看做工和刺繡也知道不是出自普通繡娘之手，怎麼看都不是普通人家的姑娘。

「那我給姑娘試個妝吧，五十文試妝費。」賀語瀟說了價格。

「還能試妝？」何姑娘驚奇，她沒聽說還可以試妝，之前身邊的姊妹成親找的妝娘，都是口耳相傳，妝面什麼樣全靠看過的人口述，只比閉著眼找好一些。

「當然。」別人不行，但她行。試妝更容易在後續做出合適的調整，如果新娘不喜歡可以再找別人，也不至於等到成親那日鬧出不快。

「那成，我要試妝。」何姑娘爽快地應了，五十文在她看來根本不算什麼。

賀語瀟也高興，無論這次成不成，她都能練個手，常練手技術才能精進，何況還有錢賺！這下午飯可以吃好一點了！開心！

試妝前，賀語瀟先瞭解了一下何姑娘對顏色的喜好，何姑娘表示不想妝太紅，喜慶歸喜慶，但總覺得有點土氣。

這話把賀語瀟逗笑了，說：「那我給姑娘用一些相近的顏色。畢竟是婚妝，沒有紅色姑娘是高興了，但恐怕家中不會同意。」

何姑娘愉快地點頭。

賀語瀟從面脂開始上，沒有塗太多，主要是起到一個保濕的作用，這樣粉打上去不容易浮粉，也更服貼。

何姑娘顴骨處略寬，下巴線條並不流暢，稍微有點方圓臉。賀語瀟用顏色深一些的粉打在她的外輪廓，面中則用顏色淺一些的，這樣直接做出面部的立體度，後續修容和高光就可以少打一些，使妝面看起來更自然乾淨。

而眉形上賀語瀟選擇了略有弧度的柳葉眉，又根據何姑娘的臉型調整了眉峰的高度，讓何姑娘的臉型顯得柔和一些。

眼妝除了紅色，賀語瀟還加了橙色和金色上去，使得眼妝看上去更活潑且有層次感。眼頭和眼尾都加深了顏色，這樣眼睛看上去更有神，在不用開內眼角的情況下起到拉長眼型的效果，又不至於顯得太過濃烈。

「妳這顏色配得也太好了。」何姑娘看著鏡子感嘆，她非常喜歡自己的眼妝，她都不知道顏色原來還能這麼配。

「是呀，姑娘這麼一收拾，就像變了個人似的，真好看！」伺候的婆子也讚道。

賀語瀟笑說：「我平時沒事就喜歡配這些顏色，多試幾次，總能找到一些讓人覺得舒適又特別的搭配。只不過不是所有姑娘都會喜歡這樣特別的妝面，所以我都是自己嘗試，真用在臉上的少。」

「那太可惜了。」何姑娘感慨。「有些人就是想出挑，又怕太出挑，所以化妝都是大同小異的。我就喜歡這種特別的妝面，只不過身邊實在沒有會化的，只能屈從於大眾了。」

婆子笑道：「姑娘這是為難家裡丫鬟了，放眼整個京中，老奴也沒見過顏色用得這麼特別卻不奇怪的妝面。這恐怕得宮裡娘娘身邊的人才有這種本事了吧？」

「說得也是。」何姑娘又仔細看了看妝面，說：「這看著就喜慶，又不落俗套，我這身衣裳都配不上這妝面了。」

「這妝本就是配婚服的，等姑娘穿上婚服，就相得益彰了。」賀語瀟很清楚什麼衣服配什麼妝，衣與妝是一個整體。

何姑娘點頭表示認同。

第二十五章

婚妝的最後就是花鈿了。

賀語瀟拿出自己畫花鈿的畫彩和小刷子，開始給何姑娘畫花鈿。聽何姑娘的言談，能夠接受特殊的設計，於是根據妝面，賀語瀟用紅、白、金三色先在何姑娘眼角的位置各畫了一朵小海浪。然後再用同樣的顏色在眉間畫了錦鯉，錦鯉呈跳躍之姿，尾部伴有浪花，只是簡化了些，以免喧賓奪主。

「我這兒沒有合適的珍珠，姑娘若有，可以點綴在魚嘴上方，這樣妝面會更完整。」賀語瀟道。

「妳的手也太巧了！」何姑娘開心地說。她可太滿意了，這個妝面她敢說京中她是頭一份的！

婆子也覺得極好，附和道：「姑娘若用這個妝面出嫁，一定能驚豔京中。」

何姑娘當即從荷包裡拿出一錠銀子，往桌上一放，道：「我要跟妳訂妝！」

賀語瀟當然願意，笑問：「不知姑娘的婚期是何時？」

「在下個月二十九，妳可有空？」何姑娘問。

賀語瀟當即點頭。「有空。姑娘這時間比預想得早。」

一般姑娘家成親，都會提前個一年半載決定妝娘，最少也要提前三個月才成。

「我家姑娘挑了好久，一直沒有滿意的。」婆子見自家姑娘決定了，十分高興。這樣府上就能安心準備後續的事了，不然這事一直惦記著，生怕到成親那日自家姑娘都沒決定妝娘，到時候現找可就難了。

「如此說來，是我和何姑娘有緣了。」賀語瀟收了銀子，寫了條子，與何姑娘一人一張，主要是給何姑娘一個保障，證明那一天她得去給何姑娘化妝，不能毀約。

「是呀。妳弄得這麼正式，我也就放心了。」何姑娘笑著把條子收好。「到時候我府上會派馬車到店裡來接姑娘。」

「好，那下月二十九，我就在店裡靜候了。如果這其間姑娘有什麼想在妝面上加的，就派人來跟我說一聲，只要不影響整個風格，都是可以的。」賀語瀟說。

「好。」何姑娘起身與賀語瀟道別，就跟婆子一起離開了。

「哇，好大一錠銀子。」露兒驚喜道。

賀語瀟輕敲了一下她的頭。「別一副沒見過世面的樣子，之前傅公子不也給了十兩嗎？」

「那不一樣，這個只是訂金呀！」露兒開心自家姑娘能賺這麼多錢。

賀語瀟笑著數了二十文給她，說：「中午咱們吃好一點！」

「好咧！」露兒應得特別響亮。

昨日鬧成那樣，也不知道家中今天一天是個什麼情況，賀語瀟怕家中氣氛不好，影響吃飯的心情，回去前特地去春影巷轉了一圈，吃了個半飽才回去。

果然，家中氣氛很嚴肅，就連守門的婆子話都少了。

回到百花院一問姜姨娘才知道，今天翟家根本沒來人，這就讓賀語霈非常被動了。

「這麼拖著不是辦法吧？」賀語瀟這會兒不餓，只陪著姜姨娘用一點。

「是啊，正常來說翟家的官職沒有妳父親高，先來說幾句好話，兩邊都好下臺階。大姑娘畢竟已經嫁到翟家了，咱們家也不能怎麼樣。但現在翟家不肯遞臺階來，大姑娘也不肯服軟，時間久了怕是對外瞞不住了。」姜姨娘不愛管這些，可也擔心影響賀語瀟的婚配，還是要留意一些。

「萬一翟家直接送來休書，那不是更沒餘地了？」現在的確有點進退兩難了。

「大姑娘嫁過去怎麼說都沒滿三年，翟家無論因為什麼原因想直接休人，都說不過去。我估計翟家是希望賀家直接允了納妾的事，這樣大姑娘也不能再鬧了。」

兩個人正說著，符嬤嬤就進來了，壓低了聲音說：「翟家想納的那個妾室家上門來討說法了。」

魯家人就是來要錢的，魯家現在就給翟家兩條路，要麼給錢，要麼就把他家姑娘抬進翟家做妾。畢竟翟家還沒把魯姑娘抬進門，不算正經妾室，沒到任賀大姑娘拿捏的地步。現在賀大姑娘傷了魯姑娘的根本，魯家必然要討個說法。

「這小賤人還敢找咱們家要錢？」賀語霈聽到魯家的訴求就怒了。「她一個妾，還想踩我臉上？作夢！」

「閉嘴！」賀夫人斥道。

「母親！您怎麼向著外人？您是沒看到她是怎麼勾引相公的，如果不是她狐媚，相公怎麼可能這麼急著納妾？」賀語霈又急又惱。

賀夫人已經很煩了，再被賀語霈這麼一鬧，心中更加不耐煩。「如果不是妳莽撞，會出這樣的事嗎？」

「母親，我是正室，給妾室點顏色有什麼不對？」賀語霈完全不覺得自己有問題。

「那也要她進了門。她都還沒進門，算什麼妾室？魯家要真告官，妳也是吃不了兜著走！」賀夫人實在沒好氣。

「難道讓我眼睜睜看著翟家抬她進門嗎？」

「妳還不如老老實實讓翟家抬她進去，至少翟家不會起了休妳的心思。」如果賀語霈真被休回來，她這個做母親的首當其衝得被人指指點點，說她教女無方，到時候她在京中肯定是待不下去了。

「母親這說得什麼話？難道您希望您女婿的後院像父親一樣嗎？」賀語霈聲音頗高，完全沒有官員家中嫡長女應有的溫婉。

「我真是把妳慣壞了，妳這都是些什麼話?!」賀夫人的火氣已經很明顯了。「妳能不管不顧，我可不能。妳要是被休了，妳的妹妹們以後怎麼辦？」

「什麼妹妹？不過是一群庶出！」賀語霈的嗓門又高了幾分，這會兒就是賀語彩在她面前恐怕也要居於下風了。

「住嘴！」賀夫人怒吼，她從未想過自己的女兒居然會讓她如此失態。主院的下人們噤若寒蟬，生怕出一點動靜被殃及。

「母親，您別以為我不知道，您只是想維護好您嫡母的名聲而已，根本就不是真的為我著想……」

「啪」一聲脆響，賀夫人直接給了賀語霈一巴掌。這一巴掌把賀語霈打傻了，她根本沒想過一向疼愛她的母親會打她。

賀夫人氣極了，不欲再與她多說，把羅嬤嬤叫了進來，對她道：「去問問魯家要多少銀子，如果要得太多妳就帶人去翟家說，賀家同意抬魯家姑娘進門為妾。」

「母親！」賀語霈尖叫。

羅嬤嬤沒有勸，也絲毫沒有表現出意外，應了一聲就出去了。

賀夫人看賀語霈的眼神就像在看一個陌生人。「我沒空一直幫妳收拾爛攤子，妳自己好自為之。」

賀語瀟聽到這個消息驚訝得不得了，她不意外賀語霈說的那番話，倒是賀夫人的態度讓她著實沒想到，她本以為賀夫人應該會護著賀語霈才對。

姜姨娘聽後只是嘆氣，似乎這些都在她的預料之中。

最後，魯家人是拿著銀子走的。之後又過了三天，翟家依舊沒有人上門來接賀語霈，這讓賀府的面子像是被踩在了腳底下，最後還是賀複憋不住了，差了人去翟家，結果帶回來的消息讓賀複氣了個倒仰。

翟家的意思是，既然賀語霈不喜歡翟家看中的妾室，那就請賀家挑一個賀語霈看得上的。最好是賀語霈的妹妹，這樣賀語霈應該就不敢再下毒手了，他們翟家才能安心讓這個兒媳婦繼續留在家中。

聽到這個消息，最先不淡定的肯定是賀語彩。這對她來說簡直是一波未平，一波又起，才送走了一個覬覦她的柳家，又來一個不要臉的翟家。

翟家老爺雖然是大理寺正，但翟公子卻是個沒功名的。聽說讀書十分不上心，本身也沒什麼天分，連個童生都沒考過。後又說想與朋友做生意，結果自作主張，在不瞭解行情的情況下，賠了個精光。

賀夫人當初看中翟家，是因為翟家公子雖無建樹，可翟家祖上經商，到了這一代才開始為官，家境殷實，賀語霈嫁過去不至於在銀錢上吃苦。賀語霈也不是個溫婉能勸相公上進的性格，配戶殷實些的正好。而翟家官職不高，怎麼也能忌憚賀家幾分，又不會讓賀複揹上結黨之嫌，這才定下了。

只是萬萬沒想到，才過了兩年，翟家就想爬到他們賀家頭上了。

賀複這會兒對著長女也擺不出好脾氣了，只覺得長女無能，不但不能成為他的幫手，拉攏好翟家，反而給他添麻煩，還想拉他的庶女下水，真是白早生那幾年了。

賀複和賀夫人暫時沒有下一步動作，賀語霈還住在府裡。而賀語瀟肯定不能天天在府裡等消息，她還得賺錢呢。

給傅聽闌的商隊準備的面脂已經完成，這次她一共做了兩百罐，正好趕在傅聽闌來取貨前，把最後幾罐的封紙貼好。

「姑娘，您做得越來越快了。」露兒幫她把所有面脂都放進木箱中，一共裝了四個箱子。

「熟能生巧，妳也看仔細一些，以後忙起來，這些少不得要妳來做。」賀語瀟笑說。

「嘿嘿，反正姑娘還要做很多次，奴婢慢慢學總能學會的。」露兒這會兒心還挺大的。

賀語瀟也不催她，只道：「妳去後面燒壺水，傅公子該來了。」

這可是她的大客戶，不能怠慢。

「好！」露兒應著就去了。

果然，等露兒把水燒好，傅聽闌就到了。

「這麼多？」傅聽闌以為賀語瀟一個人做個一百罐就差不多了。

「反正我是盡力了，至於能賣到什麼地步，就看傅公子商隊的本事了。」賀語瀟親手給他泡了茶，用的還是之前傅聽闌送來的茶葉。

傅聽闌掂量了一下箱子的分量，笑說：「我對他們還是很有信心的。對了，妳要找的東西列好單子了嗎？」

「好了。」賀語瀟把單子拿出來。

傅聽闌簡單看了一眼。「妳的想法還挺多，這些東西都用得上？」

「用是肯定用得上，只不過功效如何，還得試過才知道。」

「說到這個，之前在妳這兒買的面脂被一些同窗看到了，都說想要，估計這幾天會陸續來買，妳存貨夠嗎？」傅聽闌真不是有意要幫賀語瀟宣傳，而是恰好被看到，然後崔恒又在旁說了幾句效果不錯之類的話，引得同窗們很是好奇。

「我自己留了幾罐，應該是夠的。」她每一批都會自己留幾罐。

「那就好。」傅聽闌頓了一下，一副欲言又止的樣子。

賀語瀟正奇怪到底有什麼話不能直說的，就聽傅聽闌道：「妳若遇上什麼難事需要幫忙，儘可以開口，就算我不方便出面，也會幫妳想別的辦法。」

這沒頭沒尾的話把賀語瀟說得有點迷糊，她不解但也不矯情地說：「我這兒挺好的，沒什麼困難啊。」

傅聽闌看著她，眼神有些複雜，賀語瀟心裡更莫名其妙了。

空氣就這麼安靜了一會兒，傅聽闌忽然笑了，這一笑，讓地湧金蓮的花香都跟著失了獨特的光彩。賀語瀟不得不再次感嘆傅聽闌的相貌上佳，這就是個禍害呀！

「行吧，若是真有難處了，不用與我客氣，我可是希望與賀五姑娘長期合作下去。」傅聽闌說。

賀語瀟沒想那麼遠，拍了拍桌上的箱子，說：「你先把這些都賣出去，咱們再說後話吧。」

只稍坐了一會兒，傅聽闌就帶著東西離開了。

他前腳剛走，華心蕊後腳就到了，一進門就著急忙慌地拉住賀語瀟，聲音壓得極低，問：「我怎麼聽說翟家要休妳家大姑娘？是出了什麼事？」

賀語瀟一驚，問：「華姊姊聽誰說的？」這事應該沒傳出他們家院子才對。

「具體從誰那兒傳出來的我不清楚，但話傳到了我婆母耳朵裡，我婆母知道我與妳玩得好，把我叫去問了我才知道的。」別人家華心蕊管不著，可這事關賀語瀟，她身為好友肯定不能裝不知道。

賀語瀟皺起眉，這種事賀家肯定不會說，那能傳出來就肯定是翟家幹的了。

賀語瀟實在沒法對外說她大姊都幹了什麼事，只能含糊道：「大姊的確和翟家鬧了些不快，不過父親、母親已經在從中調和了。」

華心蕊點頭。「有什麼需要幫忙的千萬別客氣，這可不是小事，雖然我做不了什麼，但讓娘家幫忙給翟家遞個話還是行的。」

賀語瀟領了華心蕊的好意，也突然明白傅聽闌剛才那莫名其妙的話是什麼意思了。

「以母親與華夫人的關係，若真有困難，不需要妳開口，母親也會找華夫人幫忙的。」賀語瀟說。

「也是。」華心蕊舒了口氣。「妳自己的婚事自己多上些心。我說句不好聽的，鬧了這一齣，妳家大姑娘就算回翟家，日子也不會好過。妳若能早些定好人家，無論妳大姊姊如何，妳受到的影響都會小上許多，妳懂我的意思吧？」

賀語瀟點頭道：「明白。」

華心蕊又壓低了聲音，悄悄與她說：「依我看啊，妳得學學妳三姊，那才是最能為自己打算的。」

「我三姊姊？」賀語瀟笑說：「她是挺樂意出門交際的。」

從某個方面來說，賀語瀟對賀語彩還是有佩服之處的，至少這個人很會交際，無論是不是為了博得父親的寵愛，能這麼多年堅持下來，也是一種毅力了。

「是啊，之前她接觸的姑娘大多與妳我兩家的家世差不多，偶爾在聚會上遇上些家世高些的，與她也不過是能說上幾句話，私下單獨的交往是沒有的。但最近，聽說她與禮部尚書魏家的姑娘走得很近。」華心蕊並不需要特地打聽，這些話也會傳到她耳朵裡，京中就那麼大，誰與誰近，誰與誰遠，像她這種官門媳婦都要心中有數。

「禮部尚書家的姑娘？」賀語瀟還真沒聽說，不過她這三姊姊平時與哪家姑娘走得近她本來就不甚清楚，倒沒有太驚訝。再想到之前露兒說見賀語彩乘的馬車去了林記果脯鋪子，想來那會兒應該就是去這位禮部尚書家做客吧。

「是啊。」華心蕊的聲音依舊很低。「我不是來和妳說她閒話的，只是有一事還是覺得妳心中有數比較好。妳這個三姊雖看著是和魏姑娘走得近，但私下裡與魏家三公子也有往來。」

「魏家三公子？那人如何？」女子與男子私下接觸不合規矩，像賀語瀟這種做生意的還好，如果是深宅女子，就要格外注意，不要被傳了閒話才好。

「我也不太瞭解，只知道禮部尚書家的長子是個好讀書的，之前考中探花，去年外放做官去了。」華心蕊成為崔少夫人的時間尚短，在家裡當姑娘時也不會全方位瞭解各家公子、姑娘的人品喜好。

「三姊姊是什麼主意我並不清楚，不過按華姊姊這麼說，魏家不像是個會亂說話的，這樣還好些，我若有機會也會提醒三姊姊幾句的，多謝華姊姊提點。」賀語瀟誠心道謝。

這事既然華心蕊知道，就算魏家教養沒問題，世上也沒有不透風的牆。

華心蕊點頭。「妳心中有數就行，我和妳說的得為自己打算的事妳也多上心些。」

「好，我知道。」賀語瀟微笑著應了。

她一直有為自己打算，只不過她打算的方式和華心蕊想的可能不太一樣，不過沒關係，殊途同歸嘛。

第二十六章

賀複休沐在家，不樂意待在棠梨院對著長女生氣，在處理完瑣事後去了風嬌院。

「都這個時間了，語彩還沒回來？」賀複問了一句。

現在家中最有本事的姑娘當屬賀語瀟，但賀語瀟忙著店裡的事，成天不在家，就不如賀語彩這樣能陪他說說話的姑娘討他喜歡了。想當初他也很喜歡自己的長女，按賀夫人的意思寵著長大了，賀語霈也常能哄他開心，雖有些姑娘家的小性子，但都是些無傷大雅的小脾氣。只是沒想到出嫁才兩年多，賀語霈這小脾氣就變得不像話了，實在讓他失望至極。

「語彩去禮部尚書家了，每次回來都晚一些。」鄧姨娘裝作一副無意間說出來的樣子。

賀複面露驚喜。「禮部尚書家？這是什麼時候交上的？」

「就近一段時候。」鄧姨娘笑得嬌美。「魏姑娘與語彩很聊得來，每次語彩過去，都能留挺長時間的，聽說魏夫人對語彩也很好呢。」

鄧姨娘儘量誇大事實，這樣翟家若還想納賀家姑娘做妾，賀複考慮到賀語彩與魏姑娘的關係，就能儘早打消把賀語彩嫁過去的念頭。

賀複果然笑得開懷。「果然還是語彩有本事，語瀟也不錯。這才是我的女兒。」

而翟家一直不來人，賀語霈終於有些坐不住了。她比較擔心的是翟家趁她不在的時候給她相公塞個妾室，她就算回去也只能認了。

越想這些越後怕，賀語霈找到了賀夫人，表示實在不行就讓賀語彩到翟家當妾吧。

賀夫人看了賀語霈許久，把賀語霈看得渾身發毛，一時什麼話都說不出來了。

「先不說妳父親會不會允許，就語彩那哄人的本事，妳但凡能拉下臉來學個三成，都不至於是今天這副局面。」賀夫人根本沒客氣。「到時候萬一語彩受寵，與姑爺濃情密意，妳能受得了？」

賀語霈想想那個場景，又想到家中鄧姨娘是怎麼把她父親迷得暈頭轉向的，才意識到自己這是想了個什麼樣的蠢主意。

「那現在怎麼辦？翟家完全不給我們臺階下，這麼僵著，萬一翟家乘機抬人進門或者送來休書怎麼辦？」賀語霈急急地問。

「現在知道急了？早幹麼去了？」賀夫人依舊沒給她什麼好語氣。

賀語霈無話可說，她原本以為自己低嫁了，婆婆雖然規矩比較多，但多少應該忌憚他們賀家一二，哪知道跟她想的完全不一樣。

「這門親事是母親幫我挑的，您不能不管我啊。」賀語霈現在能依靠的只有家裡了。

「我當初也沒教妳害人啊！」賀夫人怒道。

賀語霈梗著脖子。「就因為您什麼都沒教我，才讓我在婆家吃盡苦頭！我只能用我自己的方法保障自己的生活！」

賀夫人看似激動，但眼神卻很平靜，平靜得有種不像是在吵架的感覺，更像是一個在看跳梁小丑的旁觀者。

就在這時，羅嬤嬤小跑著進來了，行了禮後說：「夫人，翟家來人了。」

翟家來的不是別人，正是賀語霈的婆母翟夫人。翟夫人的穿著打扮都不如賀夫人，論樣貌年紀，與賀夫人也不是一個層次的，但氣勢上卻絲毫不輸賀夫人。

賀夫人在正廳接見她，一看到賀夫人，翟夫人便端起架子，道：「我今天過來是顧著兩家人這些年的情分，覺得總是這麼僵著也不是辦法，得拿出個解決辦法。既然賀家一直沒回話，那只能由我過來了。」

賀夫人並不想給翟夫人什麼好臉色，可考慮到問題還是要解決的，便壓著性子，表現出一副可以好商好量的態度。「親家母有什麼話就直說吧，翟家要納妾這事本就說不過去，語霈的做法是不妥當，但真鬧到官府去，你們也不占理。」

賀夫人先把自己的立場擺明，先聲奪人才更有餘地。

果然，翟夫人的態度軟了幾分，說：「親家別見怪，我也是見兒子年紀漸長，膝下卻無一子半女的，心中不免著急。這點想必親家母最能理解了。」

這就是明晃晃地在嘲諷賀家無子，只能拚命往後院塞人的事了。

賀夫人並不理會她的嘲諷，只道：「你們翟家規矩大，語霈與姑爺相處機會少，小夫妻之間要多相處，才能蜜裡調油，綿延後嗣。如果按親家母這種做法，就算抬了妾室進門，每天站規矩，恐怕依舊會子嗣困難。」

這話翟夫人就不愛聽了，可想到自己是來解決問題的，便沒繼續糾纏這事，只說：「我們家已經商量過了，他們小夫妻的確成婚未到三年，抬妾室進門對語霈來說不公平。不過就語霈幹出來的那些事，恐怕以後我們家想再納個良妾也難了。所以我們家是這樣想的，今天就讓語霈跟我回去，家裡暫時也不想納妾的事了，等過兩年你們家五姑娘到了成婚的年紀，直接給我兒子做妾室，正正好。」

這話讓賀夫人臉色一沈，躲在屏風後面偷聽的賀語霈火氣立刻上來了，幸好被羅嬤嬤拉住，不然她現在已經衝出去了。

「語瀟？怕是不妥。」賀夫人喝了口茶，讓自己冷靜一些。

翟夫人笑道：「沒什麼不妥的，妳家五姑娘最小，少說也要等兩、三年呢。這三年若語霈有孩子了，那抬個妾進來也不會影響她的地位。如果無子，正好五姑娘能為我兒開枝散葉。左右都是你們賀家的姑娘，咱們這門親事也更穩固不是？」

這話看似處處在為賀語霈著想，實際上則是翟家不僅要與他們賀家綁在一起，還妄想咬下一塊肉來。

賀夫人沒有立刻答應，也沒有反駁，只說：「這事我得與我家老爺商量，不是我一個婦人能做主的。」

「這個我明白。不過既然親家母沒辦法立刻給我答覆，那今天我也不好把語霈帶回去了。」翟夫人這語氣是存了一半威脅的意思。

賀夫人沒有妥協，平靜道：「那就先讓語霈住家裡吧，正好我也請個好大夫給她調理一下身體虧損。」

翟夫人見沒能達到目的，便訕訕地起身離開了。

賀語瀟在晚上被賀複叫去書房才知道翟夫人今日的意圖，她怎麼都沒想到翟家居然把主意打到她身上來了。而她的父親來問她，而不是一口回絕，就是存了幾分同意的意思了，這讓賀語瀟非常惱火。

「所以這件事妳怎麼想？」賀複問。

賀語瀟深吸了口氣，拿出非常理智的態度道：「父親覺得翟家選我是為什麼？真是因為我年紀最小？還是確定長姊不會害我？其實都不是，而是因為我與馮姑娘她們的關係。」

聽到這話，賀複一下嚴肅起來。

賀語瀟繼續道：「近來父親在朝堂之上能說得上話的人越來越多了，翟家人肯定也看得到。翟家官職一直沒有大升，不免會想走些人情關係，太明目張膽的結識肯定不成，所以想了這麼個迂迴的法子。

「父親有沒有想過，以您的能力，兩、三年的時間恐怕官職還有得升。等您位列重臣，相交也都是重臣之後，與翟家之間的扶持關係還會這麼緊密嗎？恐怕到時候就是翟家趴在您身上吸血了。到時候我被送到翟家，只會助長他們吸您血的囂張氣焰。」

見賀複皺眉思索，賀語瀟又加把勁道：「退一萬步說，就算您沒升官，我在京中再經營幾年，人際關係上肯定不只馮姑娘她們，可能會結識更多姑娘，翟家吸不到您的血，也會利用我去攀這些關係，到時候便宜全讓他們占了，而您呢？大概只能落個讓庶女去分嫡女寵的名聲，值嗎？」

賀語瀟這一番話直接把賀複說傻了。他只想著長女不能被休，以及賀語彩已經結識了禮部尚書家，且很得魏夫人喜愛，不能讓賀語彩給翟家當妾。所以才想著要犧牲賀語瀟，反正懷遠將軍應該是不會再升了，倒是禮部尚書還有升的可能。卻沒想到長遠看來，卻是讓翟家把便宜占盡了，而他做出這種選擇，反而有賭的成分，還很容易賭輸。

「再說了，父親，您覺得以翟家現在的態度，以後翟家飛黃騰達了，會記著您嗎？」這些說辭賀語瀟早就想好了，而且盡往誇張了說：「所以父親還是為自己計量吧。與我相交的貴女並不是因為我的身分，而是因為我的手藝有能幫得到她們的地方，所以即便我給人做了妾，她們若用得上我，還是會找我，這是我與別家姑娘不同的地方。」

賀複不得不承認，賀語瀟說得一點都沒錯。賀語彩若與人為妾，京中貴女肯定會與賀語彩斷了往來。但賀語瀟不同，就算為妾，只要有手藝在，就還能與貴女們有聯繫，到時候翟家就可以很好地利用這一點獲益，而他卻是一點益處都拿不到，畢竟那是嫁出去的女兒，說不定背地裡還要被人嘲笑目光短淺。

賀複看著賀語瀟。「沒想到家中看得最明白的居然是妳，是為父糊塗了。」

賀語瀟不介意這個時候再為自己抬一抬身價，便道：「不是女兒一下就能想明白，是與女兒玩得好的貴女們私下聽說了些風聲，與女兒說了。女兒想了好幾天，才看明白許多。」

這就是在變相告訴賀複自己的關係很硬。

賀複的表情果然鄭重許多。「既然那些貴女看重妳，妳更要好生與她們來往才是。」

「女兒知道。」賀語瀟道。

「行了，明天下了朝我會讓人回翟家。讓妳做妾的確是不妥當，妳大姊的事，再從長計議吧。」賀複最後拍板，讓賀語瀟鬆了口氣。

等到第二天下朝，賀複無意中看到本不應該出現在宮中的傅聽闌叫住了翟大人，不知道說了什麼。當天中午，還沒等賀家差人去與翟家說，翟夫人就親自帶人來請賀語霈回去，並絕口不提賀語瀟那件事，還送了好些賠禮來。

賀複再一想這中間的種種關係，以及傅聽闌和賀語瀟的一些接觸，頓時慶幸自己沒有一條路走到黑，否則他失去的恐怕不只懷遠將軍這層關係，還有一個在隱秘處的長公主府！

夜色漸深，棠梨院裡只有主屋的燭火還亮著。

羅嬤嬤幫賀夫人拆著髮髻，丫鬟們退了出去，兩個人小聲說著話。

「大姑娘被翟家接走，府裡也能鬆一口氣了。」羅嬤嬤嘆道。

「是啊。其實倘若她真被休了，想想對我也未必是件壞事，那樣我就可以名正言順地到鄉下去過我自己的日子了。」賀夫人從語氣到表情看上去都透露著矛盾，似乎想過自在些的日子，卻又不是很想離京。

「夫人別這麼說，您從小長在京中，到鄉下去未必適應得了。」羅嬤嬤力道很輕，不會弄疼賀夫人。

賀夫人笑了笑，說：「妳怎麼知道我不行？人的適應能力還是很強的，我這些年不也過來了嗎？」

羅嬤嬤眼中閃過一絲難過，但很快調整好了情緒，繞過這個話題，說：「翟家也不知道怎麼就想通了，雖是好事，但老奴實在怕大姑娘以後又做出什麼出格的事。大姑娘這才嫁過去多久，怎麼就變成這樣了？」

賀夫人冷笑一聲。「她畢竟是賀複的種，教得再好也難免在沒了束縛之後露出本性。」

羅嬤嬤嘆了口氣，一時也不知道要說什麼。鬆好髮髻，羅嬤嬤去給賀夫人端安神湯，剛出門就急急忙忙返回來了。「夫人，老爺過來了。」

賀夫人眉頭幾不可見地一皺，隨後披上件衣服迎了出去。

「老爺這是剛忙完公事？」賀夫人依舊是那副識大體的端莊模樣，即便是卸了環珮，也挑不出一點錯的那種。

「嗯，夫人這麼早就要歇下了？」這個時間比平常賀夫人歇息的時間要早不少。

賀夫人無奈道：「最近為了語霈的事煩心，如今解決了，我也能安心了，所以早早地就覺得睏了。」

賀複笑了笑。「是我打擾夫人休息了。」

「老爺說哪兒的話？小廚房還有些甜湯，老爺喝一碗吧。」賀夫人微笑道。

賀複欣然點頭。

沒多久，賀複的甜湯和賀夫人的安神湯都送了上來。

賀複見夫人都喝上藥了，更加確信夫人這些日子太過費心費神，囑咐道：「夫人身體要緊，就免了幾日的晨昏定省吧，妳也能多睡一會兒。」

「那就聽老爺的。」賀夫人應道。

屏退了下人，屋裡就剩下夫妻兩個。賀複道：「有一事我要與夫人說。」

賀夫人點頭聆聽。

賀複便把今日早朝後看到的與賀夫人說了。這種事他唯一能說的人只有賀夫人，賀夫人向來是個有主意、有想法的，與一般家宅婦人不同，所以賀複樂意與她商議。

賀夫人略一想。「老爺的意思是，翟家接回語霈，又絕口不提納語瀟的事，是因為傅公子幫忙？」

賀複點頭。「不然我實在想不到還有誰能讓翟家心急火燎地當什麼事都沒發生過。」

「老爺這麼說也不無道理，賈府姑娘對語瀟做的事雖然早已解決，但多少是因傅公子而起。當時公主府沒有表態，恐怕是因為不方便，可應該是記在心裡了。所以這次估計是聽到了些風聲，不忍語瀟做妾，才出面的。」賀夫人沒想到還有這事，此時也很慶幸她沒有直接答應翟家。

「是啊。傅公子在宮中並無職務，平時多是皇上、皇后叫他進宮才他去。今天一看就是沒下朝就到了宮中，肯定是自己進宮的，而且特地挑了大朝會的日子，可見對這事是重視的。」賀複越想越覺得自己的分析一點問題都沒有。像翟家這種官位，不是大朝會都輪不到他家上朝，傅聽闌應該是不好直接去找翟家，所以挑了這麼個時間。

「那老爺覺得語瀟和傅公子……」她沒把話說全，也是在試探賀複的意思。

賀複道：「我琢磨了一天，長公主府咱們家肯定高攀不起，如果長公主府對語瀟有意，這事大可以直接出面，不用這麼偷偷摸摸的。所以更多的還是因為之前的事，不過能有這層關係，就算不能與長公主府交好，讓長公主知道有咱們賀家這麼一戶人，也不虧。」

「老爺說得是。」賀夫人默默鬆了口氣，幸好賀複沒有想要攀附的意思，否則恐怕什麼好處都得不著。「那這事可要與語瀟說一說？」

賀複考慮了片刻，說：「算了，她一個女兒家，處理不好這些，先這樣吧。」

第二十七章

賀語瀟並不知道這中間還有傳聽闌的事，只知道翟家沒再糾纏，賀家也恢復了往日的樣子，所以她還是照常過她的日子，忙她的小生意。

「五姑娘在嗎？」

剛過中午，陳娘子就來了。

看到她來，賀語瀟趕緊讓她進門，叫露兒切兩塊冰過的西瓜給她消暑。

「這麼熱的天，怎麼趕著這個時候過來了？」賀語瀟招呼她坐。與上次相比，陳娘子的皮膚細膩了許多，應該是用了她家面脂的原因。

陳娘子笑得跟中午的太陽似的，說：「上午收到我相公讓人快馬加鞭送回來的信，說他帶去西邊的面脂剛到兩天就賣光了，還有不少人來問，更有回頭客問他下回什麼時候帶面脂過去。所以他讓我跟妳說一聲，希望妳能早些準備，下次他想多帶些到西邊去。」

沒想到面脂賣得這麼好，賀語瀟很高興。「行，我一定提前準備。谷郎君這一路還順利嗎？」

陳娘子笑著點頭。「說是很順利，一路上天氣都很好，比預計的提前到了幾天。」

「那就好。」跑商最重要的還是安全，平平安安地來回，賺多賺少就是次要的了。

吃著西瓜，賀語瀟向陳娘子打聽了一下最近尋常百姓流行的妝品，兩人聊了好一會兒，陳娘子才離開。

陳娘子走了沒多久，之前跟何姑娘一起來試過妝的婆子來了。

賀語瀟迎她進來，笑問：「可是何姑娘有什麼妝面上的要求？」

婆子笑得有些尷尬，道：「實在不好意思，老奴這次來是代我們家姑娘與您說一聲，家裡定了其他妝娘來為我家姑娘化妝，就不用您了。」

賀語瀟一怔，沒想到自己這單生意說黃就黃了。

婆子也挺無奈的，說：「是家中親戚介紹的妝娘，實在不好回絕，就應了。我家姑娘說訂金不必退了，就當是給姑娘的辛苦費，還請姑娘不要介意。」

賀語瀟很快調整好心態，道：「何姑娘客氣了，沒關係的。雖然沒能為何姑娘化婚妝有些遺憾，但長輩找的妝娘想必也是好的。以後有機會何姑娘想化其他妝，也可以來找我。」

「欸，這話老奴一定帶到。」婆子見她好說話，也鬆了口氣。

賀語瀟又從架子上拿了一盒口脂。「收了何姑娘的訂金，也不好白拿。這盒口脂煩請嬤嬤帶給何姑娘，平日用著很滋潤。」

「好，那老奴就不推辭了，多謝姑娘。」

送走婆子，賀語瀟坐回椅子上，對著露兒嘆道：「妳家姑娘我失去了一個打響婚妝名氣的機會。」

露兒也覺得可惜，但她又做不了什麼，只能乾巴巴地勸道：「姑娘手藝好，還是會有機會的。再說了，婚妝不成，來打聽節日妝的可不少呀！等下次遇上節慶，咱們肯定賓客盈門。」

「但願如此。」賀語瀟現在不敢抱太大期待了。不過想到面脂賣得不錯，她今天的心情也不算很糟糕。

晚上回到府裡，露兒趁著去拿晚飯的時候，聽府裡的小丫鬟們八卦說伏日快到了，各家也開始準備伏日宴了，府裡收到不少請帖，不知道夫人這次準備去誰家的宴會。

這消息自然被露兒帶給了賀語瀟。

「妳不說我倒把這事忘了，不過今年咱們最好不跟母親去了，我覺得伏日這天店裡的生意會不錯，錯過太可惜了。」賀語瀟盤算著。

伏日就是俗稱的入伏，一般這一天各個有名望的家族都會舉辦各類宴席，邀請京中相熟的人家前去熱鬧熱鬧。因為只是圖熱鬧，所以並不會太過在意各家官職如何，就是聚在一起，博個平安過伏天的好意頭。

「夫人不會同意吧？」露兒也希望自家姑娘多賺一點，但以夫人的做法，通常出門參加聚會都會把姑娘們帶齊，以免被別人說不能一碗水端平。

「讓我想想。」賀語瀟已經開始琢磨話術了，希望到時候現實不要打她的臉，萬一一個上門化節日妝的姑娘都沒有，她就虧大了！

沒幾天，在她們恢復早上去給賀夫人問安這日，賀夫人果然提起了去伏日宴的事。

這次賀家收到不少請帖，賀夫人最後決定和華夫人一起去參加信昌侯府的宴會。這樣既有熟人又不會讓人覺得賀府想依附高攀，回絕其他家的理由也正當。

「今日妳們稍微準備一下，衣裳、首飾不要太華麗，端莊就好，明日帶妳們去赴宴。」賀夫人道。

賀語彩一臉喜意，一看就是對明天的宴會很期待。

賀語芊還是話不多，賀夫人怎麼說她就怎麼聽。

倒是賀語瀟起身行禮道：「母親，女兒明日可以不去嗎？」

賀夫人不解地看她。「是有什麼事？」

「明日各家都會為伏日宴準備，女兒是想著到時生意應該會不錯。之前馮姑娘還在我這兒付了訂金，說是以後有節慶，讓我給她化妝，明天大約會來找我，女兒不想失約。」賀語瀟把馮惜搬出來，先不管馮惜來不來，她是覺得明天這樣的日子最好不要錯過。「女兒知道母親想帶女兒見見世面，也知道母親向來為我們幾個姑娘費心，女兒理應隨母親一起去。不過母親也知道，我那小店生意剛有點起色，但一直沒真做起來，所以女兒私心想藉這個機會，看看能不能讓生意紅火起來。」

她先把賀夫人吹一遍，表示自己知道她的良苦用心，然後再說自己的想法和打算。而且她並沒有說謊，怎麼都是說得過去的。

賀夫人想了一會兒，道：「既然妳與馮姑娘有約定，那不去也罷。」她是想著伏日宴並不是多重大的事，賀語瀟不去影響不了什麼，再說賀語瀟年紀還小，能在家裡再留兩年，暫時無須頻繁露面。

「多謝母親。」賀語瀟笑意全在臉上了。

伏日這天，也不知道是不是為了應景，天氣從一早開始就又熱又潮。賀語瀟早早來到店裡，親自煮了酸梅湯冰在井水裡，等待客人上門。

也因為是伏日的關係，平民百姓家在這一日也會吃些好的，所以即便天熱，出來買菜的婦人可一點都不少。

賀語瀟站在店門口一邊給地湧金蓮澆水、一邊搖著扇子，心裡吐槽這炎熱的天氣讓人心浮氣躁。一壺水剛澆完，就見一個騎馬的身影轉進了妝店所在的巷子，馬上的不是別人，正是馮惜。

「馮姊姊！」賀語瀟開心地朝她揮手。

馬停在她面前，馮惜俐落地翻身下來，笑道：「妳在可太好了，我還怕妳今天去參加伏日宴不在呢，我還在想如果妳不在店裡，我是不是應該去妳家找妳。」

賀語瀟嘿嘿一笑。「我猜馮姊姊今天會來，所以一早就來等了。我今日不去參加伏日宴，想看看能不能多等到些客人。」

馮惜把馬匹拴在門口。「妳不去，家裡嫡母同意？」

「我已經與母親說了緣由，母親同意的。」

「那就好。」馮惜笑了。「不過這種日子妳待在店裡挺可惜的，應該去玩一玩。」

「天這麼熱，我實在沒有玩的心情。」賀語瀟挺怕熱的，這會兒只想躲在太陽曬不到的地方，她覺得最愜意。

「也是，我也覺得坐馬車過來太熱，乾脆騎馬來了。」馬跑起來有風，會舒適許多，只不過城中不能策馬飛奔，總是差了那麼點意思，馮惜心裡有些遺憾。

賀語瀟笑道：「馮姊姊進來坐吧，外面太熱了。」

雖是招呼人進來了，但賀語瀟的酸梅湯還沒冰，只能先洗幾個果子招待馮惜。

「馮姊姊今天去哪家的宴席？」賀語瀟問。看她這身打扮還挺隨意的，去的宴會應該也是比較自在的那種。

馮惜笑道：「去惠端長公主府的宴會。今年惠端長公主府的伏日宴設在郊外的莊子上，那邊地方大，可玩的東西很多，我以前參加過一次，很是有趣。」

夏至宴宮中已辦過宴席，到伏日這天就不大辦了，所以這一日兩位長公主府會各自舉辦伏日宴，請的人都是相熟的。

「那我得趕緊給妳上妝，別趕不及了。」賀語瀟不知道這莊子具體位置在哪兒，遲到可不好。

馮惜笑道：「地方不遠，而且是下午開始，不會遲到的。今天妝面不用那麼複雜，簡單些就好，我與幾家姑娘騎馬打球，妝面太複雜怕流汗給弄花了。」

「好，那就化個自然的。」賀語瀟應道。

天氣熱起來，如果端坐著不動還行，但凡活動，難免流汗。馮惜的顧慮很有道理，所以這次賀語瀟的首要目的就是讓馮惜的妝面不要因為流汗出現斑駁。這個時候用過潤的面脂打底就不合適了，賀語瀟選擇給馮惜濕敷，這樣做打底保濕就足夠了。

「妳這又是什麼新奇玩意兒？」馮惜驚喜地問。

賀語瀟簡單給她說了效用，也表示還沒對外販售，仍在試用中。

為了讓粉更為服帖緊實，賀語瀟選擇少量多次地塗。每一次都要拍實，將粉打進皮膚裡，才會繼續下一層。在一些細節處，更是用小刷子不厭其煩地點塗輕拍，儘量打造出一個無瑕的妝面。

最後，她用一層輕薄的散粉定妝，防止出油出汗。說到這散粉，是賀語瀟最近才做出來的那麼一點，主要成分是滑石，將其磨成粉，又加入了一點珍珠粉和藥材。效果還在試用中，暫不確定。

馮惜本就是個大剌剌的人，這些東西她會好奇，卻不是細究的性格，也就省了賀語瀟解釋的口舌了。

之後的眉毛和眼妝，賀語瀟都是用大地色系的，腮紅和口脂則用了橙色系，這樣妝面也不會太素太單調。而且就算出汗了，因為用色自然，也不會出現誇張的花妝，是最合適的。

「這樣正好！」馮惜很滿意。「去公主府的宴會不能太高調。」

「馮姊姊滿意就好。」今天這妝簡單，她化起來也不費功夫。不過越是簡單其實越考驗功底，如果妝面能達到越簡潔越美麗的效果，那才是成功的。

馮惜這邊剛化好沒多久，又有其他客人上門了。馮惜沒打擾賀語瀟，說了下次見，便離開了。

如賀語瀟所料，今天的客人果然不少，一個接一個就沒停過，連午飯她都沒顧上吃。等送走最後一位客人，賀語瀟早已飢腸轆轆了，可看著盒子裡的銀錢，又覺得很值得。

「姑娘，快吃個包子吧，都不熱了。」露兒給賀語瀟端來放到剛好入口的茶，包子是她去買的，買的時候還是剛出鍋的，只是她家姑娘太忙，一直放到了這個時候。

賀語瀟並不嫌棄，大熱天吃放涼的包子正好。「下午應該就不忙了，妳吃了沒？」

「奴婢吃過了。」露兒沒守那些主子不吃、她也不吃的規矩，她知道賀語瀟不喜歡那樣，總是很重視她的吃喝。

賀語瀟點頭，拿了一個慢慢吃起來。「餓的時候這包子都格外美味。」這就是勞動後美食的味道，賀語瀟很喜歡。

「姑娘料事如神，今天生意果然多呢。」露兒也挺高興，這表示今天晚上的大餐有了。

「上次馮姊姊去參加完夏至宴後，有那麼多人來打聽妝錢，我就想著應該是有戲。」賀語瀟是真餓了，一開始還保持慢慢吃的速度，但很快就保持不住了，連吃了三個大肉包。

「想想晚上要吃什麼，姑娘我給妳安排。」

露兒笑得開心。「還沒想好，讓奴婢再想想。」

兩個人正說著，一輛馬車就停在了店門口，下來的居然是馮惜的丫鬟。

賀語瀟滿腦子疑惑，馮惜早上來過了，這會兒怎麼又讓丫鬟過來了？

丫鬟笑著向賀語瀟行了禮，道：「五姑娘，我們姑娘想請您帶上妝箱到府上一趟，不知您可方便？」

馮惜能讓丫鬟來找她，還讓她帶上妝箱，想必是有人需要她化妝。賀語瀟猜想可能是馮惜的姨娘，想到下午沒什麼事，便道：「方便，稍等，我收拾一下妝箱。」

「好的，不急，姑娘慢慢來就是了。」丫鬟笑得好看，像是有什麼喜事。

「露兒，把冰著的酸梅湯裝上吧，早上馮姊姊沒喝著，現在帶過去正好。」賀語瀟道。

「好咧！」露兒應著就去裝了。

第二十八章

馬車不知道跑了多久終於停了下來。

「五姑娘，請下車吧。」馮惜的丫鬟道。

露兒和賀語瀟先後下了車，賀語瀟抬頭一看旁邊的大宅，詫異道：「這不是馮府吧？」

丫鬟點頭。「五姑娘別怕，這裡是惠端長公主府。長公主讓我家姑娘請五姑娘來為長公主化妝。」

惠端長公主府？賀語瀟一時都不知道怎麼反應了。她倒不是怕長公主，而是她從來沒想過會被長公主叫來化妝，至少目前，她沒想過自己的技術會被貴人看上。

倒不是她對自己的技術沒自信，而是覺得貴人身邊應該不缺手巧、會化妝的侍女。

露兒一下子腿都軟了，死死地抱著賀語瀟的妝箱尋求安全感。她還沒進過這種高門大戶呢，萬一規矩不周，會不會被打板子？

「五姑娘請跟奴婢來吧。」馮惜的丫鬟倒是一副見過大世面的樣子，主動為她們帶路。

賀語瀟微微點頭，跟了上去。

從側門進入，長公主身邊的嬤嬤已經在門口等了。

「見過五姑娘。」嬤嬤胖乎乎的，看著就富態喜氣，也沒有因為自己是長公主身邊的嬤嬤就失禮。

「嬤嬤好。」賀語瀟也趕緊禮貌問好，這公主府無論是主是僕，恐怕沒一個是她得罪得起的。

「五姑娘客氣了，公主已經在等了，請隨老奴來吧。」說完，嬤嬤又看向馮惜的丫鬟，道：「辛苦妳了，妳乘府裡的馬車去莊子找馮姑娘吧。」

「是，那奴婢告辭了。」丫鬟行禮告退。

賀語瀟一聽就知道馮惜不在公主府上，這下她更得謹慎些才行了。

長公主府是真的大，賀語瀟都快繞迷糊了，才終於到了長公主所在的院子。

「小女子拜見長公主。」賀語瀟進門行禮，半點不敢怠慢，也沒極力地去想漂亮話。她就是個來化妝的，說白了，現在長公主是老闆，她就是個臨時打工人。

「起來吧。」惠端長公主道，聲音有些清冷，卻沒有高高在上的刻意疏離。

「謝長公主。」賀語瀟起身，垂首而立。

「咱們之前見過，妳不必太拘謹。」惠端長公主說。

她指的自然是之前賈玉情攔車那回。

「是。小女子不知是為長公主化妝，怕準備不周，還望長公主恕罪。」她得把醜話說在前面，萬一長公主不滿意，可別怪到她頭上來，至少得從輕發落吧。

惠端長公主輕笑。「放心，我府裡應該不缺脂粉。今日借了惜兒的關係把妳叫來，一是我府上派人過去太過張揚，對妳未必是好事；二是原本讓聽闌去找妳也不是不行，不過怕又有閒話傳出，對妳聲譽不利，所以才用了這個法子。」

「長公主思慮周全。」

惠端長公主笑了笑，說：「時間不早了，為本宮上妝吧。」

「是。」

長公主的妝檯並沒有誇張的大，但用的都是上好的黃花梨木，雕刻紋飾也極為細緻。旁邊立有一排矮櫃，看大小應該是用來裝常用的首飾、頭面的，可見飾品之多。

「不知長公主對妝面有什麼要求？」賀語瀟定了定心神，放下裝酸梅湯的竹筒，打開妝箱，將要用的東西逐一擺出來。

「妳看著化吧。」惠端長公主道。

在別人那兒，「看著來」三個字對賀語瀟來說就是自由發揮；可在長公主這兒，她就得思慮一番了，畢竟這可是長公主，妝面必然要得體、又要有新意。

打量著惠端長公主的樣貌，惠端長公主屬於素顏就很美的類型，這樣的人其實並不好化，下手太輕體現不出技術，下手太重又容易顯老。

依舊是從粉底開始，惠端長公主的皮膚狀態非常好，賀語瀟直接上妝就好，也因為皮膚沒有什麼瑕疵，妝只需要薄薄一層。

「聽闌帶回的濕敷水很不錯，妳是個有想法的。」惠端長公主主動與她說話。

賀語瀟回道：「是長公主底子好，濕敷水不過是錦上添花，幸得長公主看得上罷了。」

「這妳就謙虛了。」對於好東西，惠端長公主向來不吝嗇表揚，況且連她的長姊和皇后用完也說好來著。

「不是小女子謙虛，是這濕敷水做起來並不難，實在不好硬吹噓是多了不起的方法。」賀語瀟實誠，這府裡從上到下恐怕都是人精，她要是跟這些人比誰更精，那就是關公面前耍大刀，還是老實些好。

眉形上賀語瀟給長公主畫了京中常見的柳葉眉，但比尋常的柳葉眉稍微粗一點點，看起來更為平易近人。

長公主眼睛本就漂亮，眼形上沒有需要調整的地方，這樣的大眼睛只需要用啞光眼影突出沈穩，珠光用太多反而不夠端莊。顏色上在淺棕的主色調中加上一點灰橙色，彌補減少珠光而缺失的活力感，同時眼尾用一點點葡萄紫加深，小暈染做出層次，讓眼睛看著更深邃。

除了常規的眼線，賀語瀟又用黃色的花鈿粉沿著雙眼皮的皺褶畫了道流暢的線條，一直延伸到比眼尾略長處。

這突來的一筆就讓整個眼妝顯得與眾不同了，有種奇異的美感。欣賞不來的可能會覺得是破壞了妝面，而欣賞得來的就會覺得這是神來之筆，讓長公主整個人的氣質都顯得與平日不同了，好像回到了婚嫁之前的少女時代。

站在一邊的嬤嬤驚詫的同時，並沒多說什麼，只是眼神帶著些懷念。

長公主看著鏡中的自己，有點意外的同時，嘴角幾不可見地揚了揚。

「妳這竹筒裡裝的什麼？」惠端長公主問。從賀語瀟一進門她就注意到這個竹筒了，原本以為裝著水，不過想來誰家也不會差賀語瀟一口水喝，哪需要她特地帶著？

賀語瀟有些不好意思地說：「是我自己煮的酸梅湯，原本以為是馮姑娘找我，帶給她的。」

惠端長公主樂了，覺得賀語瀟還挺實在，帶東西上門都沒挑那些看上去更能妝點門面的。「既然惜兒不在，放著也可惜，不知本宮可能嚐嚐？」

「不是什麼名貴的東西，如果長公主不嫌棄，還請隨意。只是從早上就冰在井水裡了，這會兒入口應該不會特別涼。」賀語瀟沒想到長公主還能看上她這一小竹筒酸梅湯，自然沒什麼不行的。

嬤嬤立刻拿來銀碗勺，給長公主倒了些。

長公主慢慢喝著，這樣的天氣喝點涼的，別提多愜意了。

賀語瀟又調了幾種顏色，開始為長公主畫花鈿。她的動作又輕又快，既不耽誤長公主喝酸梅湯，又不會被長公主喝東西的動作打擾她的速度。

丫鬟笑盈盈地走進來，行禮道：「殿下，公子回來了。」

傅聽闌回來到母親這兒來說一聲是再正常不過了，長公主便道：「讓他進來吧。」

「是。」

不一會兒，傅聽闌就進來了。

「母親。」抬頭看到賀語瀟，他沒有多驚訝，進門時已經有小廝和他說了。

賀語瀟向他行了禮，沒說什麼，繼續給長公主化妝。

惠端長公主問：「東西都送進宮了？」

「是。皇上、皇后都很喜歡，本想留兒子在宮中用晚飯，兒子說母親的伏日宴兒子不出席不像話，皇上這才放兒子回來。」傅聽闌微笑著說，顯然心情不錯。

「嗯，你趕緊回去換身衣服，該去莊子上了。」現在莊子那邊只有駙馬一個人在主持，她兒子忙完理應先一步過去幫忙。

「是。那兒子先過去，母親今日這妝格外別致，寓意也好，一定是宴席上最美的娘子。」傅聽闌樂道，與母親說話的態度也十分親近，完全不似那些恪守禮節的書呆子，也不似粗獷武將過於不拘小節，一切都剛剛好。

「油嘴滑舌，趕緊去。」惠端長公主笑罵著趕他。

傅聽闌未多留，行禮後就離開了。

「讓妳見笑了。」惠端長公主突然說了這麼一句，照理來說她不需要跟賀語瀟說這些。

賀語瀟並未多想，只道：「傅公子與長公主母子情深，屬實難得。」

一般男子成年後，都會與母親有些疏離，就像父親與成年的女兒亦不會太親近一樣。而傅聽闌和長公主說話的態度和語氣，更像是賀語瀟未來大祁前尋常可見的母子之情，有天性的親近和依賴，又保有自己的獨立。

幫長公主畫好花鈿，賀語瀟又上了乾枯玫瑰色的腮紅，口脂則用了比較透的玫瑰豆沙色，讓長公主整個人看上去更為柔和，這兩種顏色也不會強過眼妝和花鈿的風頭。

長公主打量著鏡子裡的自己，賀語瀟畫的花鈿是日出祥雲，與伏日相互呼應，又沾了個好彩頭。花鈿與眼皮上那抹黃色的長眼線在顏色上形成呼應，承接有序，形成一個整體，就像畫一樣，有近景也有遠景。

「嬤嬤，麻煩給我點根蠟燭。」賀語瀟對一直守在一旁的嬤嬤道。

嬤嬤不明所以，但還是去拿了。

點燃的蠟燭送過來，賀語瀟拿出兩根細木棍，在火上烤熱，然後對長公主道：「長公主別動，小女子為您燙一下睫毛。」

「啊？」長公主不明白原由，但想到賀語瀟不至於害她，還是鎮定地坐住了。

嬤嬤則是一臉擔憂——這是幹麼？燙到公主可是罪該萬死！

然而她擔心的事並沒有發生，就見賀語瀟拿著兩根小木棍一抵一帶，長公主的睫毛便翹起來了。

就這樣重複了幾次，賀語瀟把長公主的睫毛燙得十分鬈翹，這讓長公主的眼睛看著更有神了。

「這太神奇了！」嬤嬤驚呼。

賀語瀟笑道：「雕蟲小技罷了，不過如果不是熟手，最好不要輕易嘗試，容易燙到人，或者把睫毛燙斷了。」

惠端長公主笑拍著賀語瀟的手。「妳果然是個有本事的，難怪連惜兒都樂意找妳化妝，要知道她以前是最不愛化妝的。」

「長公主過獎了。」賀語瀟可不敢居功。

長公主對自己的妝面十分滿意，對賀語瀟道：「妳要不要隨本宮一起去莊子上？惜兒也在，妳應該不會覺得無聊。」

賀語瀟哪敢去啊，忙道：「不瞞長公主，今日小女子本應該和嫡母一起去參加伏日宴，想著趁今日多做些生意，才求了嫡母未跟著去。承蒙長公主看得起，可若小女子去了長公主的宴席，不知道緣由的人恐怕不知道如何猜測嫡母待小女子不公呢。所以實在不能前往，請長公主諒解。」

惠端長公主笑道：「妳倒是個知道輕重的，也好，那一會兒本宮讓人送妳回去。」

惠端長公主對賀語瀟是滿意的，先不說賀家嫡母，光是她兒子在宴席上，就不知能引得多少姑娘家想參加她的伏日宴了。可賀語瀟居然推辭了，那就表示這姑娘對她兒子沒有半點意思，之前那些傳言必然就只是傳言了。如此，以後她倒是可以放心多叫賀語瀟來為她化妝，不用擔心會傳出一些不必要的風言風語。

給長公主化妝的事賀語瀟回府後並沒提，也提醒露兒不要張揚。而露兒覺得自己今天到長公主府上全程就在門口站著，緊張得跟塊木頭似的，實在也沒啥可說的，自然不會多言。

因為是伏日，通常宴席開得都比較晚，畢竟天這麼熱，若是趕著大中午的遊玩中暑了可不好。所以宴席結束得自然也會晚些。等賀夫人帶著賀語彩和賀語芊回來，賀語瀟都睡了。

另一頭，惠端長公主府一行回府也很晚，長公主被駙馬扶著，喝得有些醉。今天她高興，又好長時間沒去莊子了，玩得很盡興。而她的妝容也大受讚揚，能被她請去的，自然都是她的好友，沒必要故意在她面前吹捧她，所以面對真心實意的讚美，她當然更高興。

「母親，醒酒湯來了。」傅聽闌親自端到長公主面前，這是府上早就備下的。

「不想喝這個。」長公主推開醒酒湯，問崔嬤嬤。「五姑娘帶來的那酸梅湯還有嗎？」

崔嬤嬤忙道：「有是有，但冰在井裡，大晚上喝涼的傷胃，公主還是喝醒酒湯吧。」

惠端長公主糾結了片刻，萬一喝得不合適，遭罪的還是她，便只能悻悻地接過醒酒湯，慢慢喝起來。

「父親、母親，你們早些休息，兒子告退了。」傅聽闌一副乖兒子的模樣，在父母看不到的地方朝崔嬤嬤示意了一下。

「去吧。」駙馬心疼媳婦，根本沒有關心兒子的時間，只在旁柔聲和公主道：「慢點喝，一會兒我幫妳拆髮髻，鬆快一下好入睡。」

「那你可小心點，不要扯到我頭髮。」惠端長公主也沒空理兒子，滿眼都是自家駙馬。

下人們早已經見怪不怪了，長公主與駙馬感情好，整個公主府的人都知道。主子感情好，他們做下人的才能活得輕鬆些，這是別人求都求不來的好事。

崔嬤嬤跟著傅聽闌出來，就聽傅聽闌道：「母親說的酸梅湯在哪兒？我想嚐嚐。」

能讓他母親惦記，味道肯定差不了。

崔嬤嬤忙道：「哎喲我的祖宗，大晚上喝這麼涼，殿下傷胃，您就不傷胃了嗎？不成不成！」

傅聽闌可是她看著長大的，論關心程度崔嬤嬤可不亞於公主和駙馬。

傅聽闌笑道：「我不現在喝，我要回去沐浴，等沐浴完應該就沒那麼涼了。」

崔嬤嬤略考慮了一下，說：「那成，一會兒老奴讓人給您送過去。千萬不能立刻喝啊！一定要緩一緩。」

傅聽闌點頭，他就是想嚐嚐看這賀五姑娘的酸梅湯有多與眾不同。

崔嬤嬤想著賀語瀟留了做法，明天公主要喝現做就是，剩下那點給了公子也無妨。

賀語瀟睡了個好覺，醒得挺早。知道夫人那裡不需要她去請安後，又在床上躺了好一會兒。

窗子開著條縫透氣，院子裡的花香一陣陣飄進來，這是她認真生活，認真種植的味道，讓她很有成就感。趁著花開正好的日子，姜姨娘在家幫她摘了不少花，這些花有的要曬乾，有的則被她第二天帶到店裡做成純露，剩下一些花比較少的，摘完姜姨娘會直接做成胭脂或者口脂。有些事情可做，也不至於讓姜姨娘待在後宅太過無聊。

想著今天要做的事，賀語瀟起身漱洗，然後陪著姜姨娘用早飯。

「現在暑氣重了，妳可別為了省錢將就，該訂冰就訂一些用，中暑了可難辦。」姜姨娘知道自己女兒賺錢有限，又省得很，怕她不愛惜身體。

「嗯嗯，我知道。」現在這熱度她還能忍受，估計過幾天就不成了，可想到買冰的費用不低，她還是挺捨不得。

「銀錢若不夠就跟我說。」姜姨娘道。從女兒開店以來，她也沒能幫上什麼忙，這會兒出點買冰的錢是應該的。

「不用不用，我夠的。」她只是有點小氣，不是沒錢。

第二十九章

來到店裡，賀語瀟便開始著手準備下一批面脂了。下次谷大再從京中出發，應該就入秋了，正是需要面脂的時候，想必能賣得更好。

她這邊自在忙碌，賀家那邊就沒她這麼淡定自在了。

賀夫人起了沒多久，前面就來人報，說是惠端長公主府送東西來了。

這可把賀夫人驚著了，要知道賀府與惠端長公主府素無直接往來，怎麼突然送起東西了？

疑惑歸疑惑，賀夫人還是趕緊帶人去迎了。

惠端長公主府的人將東西放下，說是給五姑娘的，並道昨日的妝容公主非常滿意，這是賞的。賀夫人這才知道還有這件事。不過她也沒有怪賀語瀟居然不告訴家裡，畢竟她昨天回來得太晚，賀語瀟都睡了。

好生送走了惠端長公主府的人，賀夫人嘆道：「語瀟的本事是越來越大了。」

羅嬤嬤扶著賀夫人回去吃早飯，輕笑道：「那也是長公主看得上五姑娘這手藝。」

「原本以為她能碰碰壁，沒想到還挺順利，手藝連長公主都打動了。」賀夫人臉色不怎麼好看，她原本是想著賀語瀟一個小姑娘，能有什麼做生意的本事？給家裡丟丟臉，讓賀複臉上沒光，她就能高興幾天，可沒想到未能如她所願。

「再怎麼有本事，家裡的事還是夫人您說了算。」羅嬤嬤勸道：「左右五姑娘還小呢，她新開的店，大家覺得新鮮，有人捧場很正常。等過個一年半載，新鮮勁兒一過，這店能不能開下去還不一定呢。」

「也是。」賀夫人表情好了許多，只要賀語瀟的婚姻大事還是由她安排就成。

「說到這個，昨天信昌侯府的宴會，家裡的兩位姑娘怕是玩得興起了，老奴居然有一個時辰沒見到三姑娘，四姑娘也不見了好一陣，不知道去哪兒玩了。」羅嬤嬤道。

賀夫人皺了皺眉。「與語彩玩得好的姑娘昨天的宴會上也有看見，可能是跟她們一處玩去了。倒是語芊也能玩到不見人影，真是罕見。」

「是啊。昨天是在信昌侯府，老奴也不好去找人。」羅嬤嬤說。

賀夫人點頭，表示自己知道了。

下午，賀語瀟正將買回來的亞麻籽倒進大簸箕裡晾曬，露兒就匆匆跑了進來。

「姑娘，不好了，出大事了。」露兒急急忙忙地說。

「怎麼了啊？」看她這樣，賀語瀟放下簸箕問。

「奴婢剛才去糕餅鋪子買點心，無意間聽到不知道是誰家的下人在討論，說咱們家三姑娘昨日與什麼魏三公子私會，說是不少人家都知道了呢。」露兒急得堪比賀語霈傳出要被休那會兒。

賀語瀟的眉頭立刻皺緊，賀語彩與魏家走得近這事先前華心蕊跟她提過，但並沒傳開。而現在傳出來，可就是兩回事了。

「看清了議論的人是哪家的嗎？」賀語瀟嚴肅地問。

露兒搖搖頭。「看衣著應該是哪個府上出來採買的婆子，至於具體是哪家的，奴婢實在看不出來。」

賀語瀟琢磨著昨天她三姊姊跟著母親去了信昌侯府的伏日宴，的確會見到不少人，至於魏家是不是去了，她不清楚。那樣的地方人多眼雜，賀語彩再蠢，也不至於拿自己的名聲開玩笑。何況夫人也在，賀語彩不至於那樣不收斂。

是否是有人故意引賀語彩與魏三公子見面的？又或者，是魏三公子主動叫了賀語彩去見面？無法確定哪個可能性更大一些，賀語瀟嘆了口氣，有個詞叫「多事之秋」，到她這兒應該叫「多事之夏」吧？

賀語瀟半天沒說話，她現在想的東西很多，但有一點是肯定的，賀語彩為了一段好姻緣，計劃了這麼多年，沒理由栽在這裡。

雖說女子與男子之間要保持距離，不可私下相會，但這中間並不是沒空子可鑽。有的家裡從小就定下親事，且兩個人長大後看對方心裡也是喜歡的，私下多少都會見上幾面；有的無意遇到，一見鍾情的，在與家裡表明心意後，就算尚未論及婚事，只要不做出格的事，私下見一、兩面也是有的。可無論是哪一種，都要謹慎，不要被外人看到傳出去，否則男子不會怎麼樣，女子受到的影響可不輕。

賀語彩在高門女子中交際多年，不至於這樣不謹慎。不過也存在另一種可能，就是賀語彩是故意的，知道自己難被魏家看上，所以乾脆孤注一擲拚一把。

「姑娘，現在怎麼辦呀？」別的露兒不知道，只知道如果事情傳開，也會影響到自家姑娘的聲譽，說不定大家為了避嫌，店鋪的生意都會減少。

賀語瀟也挺頭疼，這事若傳回府裡，還有得鬧呢。

「露兒，把東西收一收放倉庫裡，今天早點回府。」如果真傳開，她估計自己的鋪子也會被家裡要求停些日子，這些東西無人照看，萬一淋了雨水就廢了。

「是。」露兒見賀語瀟也沒說出個所以然來，只能聽吩咐先把東西收拾好。

一進賀府，賀語瀟就感覺到了家中凝重的氣氛。

她老老實實地去了賀夫人的院子問安，一進門就看到跪在地上的賀語彩和鄧姨娘。賀語彩哭得梨花帶雨，鄧姨娘則是誠惶誠恐。賀夫人坐在主位上，臉冷得讓這入伏的天都感覺沒那麼熱了。

「母親安，女兒回來了。」賀語瀟行禮。

「妳今天回來得倒是早。」賀夫人看了她一眼。

到了這個時候，賀語瀟肯定不能裝什麼都不知道，只能說：「聽到一些傳言，女兒怕在外面惹眼，就提前回來了。」

賀夫人對此一點都不意外，傳言都能傳到她這兒，何況是在街市上做生意的賀語瀟？

「算妳警覺。」賀夫人點點頭，隨後又看向賀語彩。「我一直以為妳是最機靈的，沒想到如此不知廉恥，我也懶得說妳什麼了，等妳父親回來處置吧！」

賀語彩這會兒跟啞了一樣，除了哭什麼都不會了。

賀語瀟很是無語，賀語彩和鄧姨娘也就哄她爹還行，在夫人這兒啥也不是。

「夫人，這次的確可能是語彩不小心，可事已至此，還請夫人為語彩做主啊！」鄧姨娘也不知道是憋了幾噸的勇氣，終於開口說了句話，嗓門大到整個院子的人都能聽到。

「我做主？現在想起來讓我做主了？」賀夫人那眼神恨不能吃了鄧姨娘。家裡出了這種人，別人議論起來也不會說是妾室沒教好庶女，只會說她這個嫡母教女不善。「我能做什麼主？妳們自己自認為攀了高枝，結果出了這事，魏家連個話都沒有。人家三品之家，會聽我擺布？作妳們的春秋大夢去吧！」

賀夫人這一吼，把鄧姨娘給吼傻了，賀語彩更是哭出了聲。

賀語瀟見狀，覺得此地不宜久留，忙找了個空檔告退。

賀夫人不耐煩地向她擺擺手，她根本沒指望賀語瀟能幫著出什麼主意。再說了，這種事，賀語瀟一個連親都沒議的丫頭還是不要參與為好。又想到長公主府送來的賞，不過這會兒她實在沒心情說這個，便也不必讓賀語瀟留在跟前了。

回百花院的路上，賀語瀟迎面遇上賀語芊。

自從上次的事後，兩個人私下幾乎不怎麼說話，但今天不同，賀語瀟有事要問她，便主動開了口。

「四姊姊，妳們去信昌侯府時，妳見著三姊姊和魏三公子見面了嗎？」賀語瀟問。她也是想看看賀語芊比她多知道多少。

賀語芊還是那副怯懦柔軟的樣子，道：「我沒看到，三姊姊不與我玩在一起，我與去參加伏日宴的姑娘們都不熟，所以一直是自己一個人待著的。」

這倒是和賀語芊一貫的行事風格沒有什麼出入。

「魏家也參加了宴會，還是只有魏公子一個人來了？」賀語瀟問，其實她想問的是是不是魏三公子偷偷來到信昌侯府，叫了她三姊姊會面的。

「魏家夫人帶著魏姑娘和三公子一起來的。因為是伏日宴，用飯時是男女分席的，但遊玩時並未分男女，大家都是一起的。」賀語芊誠實地說。

這樣的話，魏三公子就有無數機會可以邀請賀語彩去某處相見了。如此看來，倒是降低了他人陷害的可能性。

賀語瀟沒再繼續問，只道：「母親現在心情很不好，四姊姊晚些再過去吧。」

賀語芊聞言點頭。「好，那我晚些時候再過去問安吧。」

賀語芊早就聽說了長公主府上送賞來的事，可看賀語瀟轉頭走了，她也沒追上去多說，現在的確不是說這個的時候。

晚飯時家中氣氛依舊沈重，賀複已經回來了，一直待在賀夫人那兒。賀語瀟和姜姨娘都沒派人去打聽，只關起院門吃自己的晚飯。

「這事姨娘怎麼看？」賀語瀟想聽聽姜姨娘的意見，她已經把自己打聽到的向姜姨娘說了。

「無論是三姑娘就是想在宴會上見一見魏三公子，還是真的是無意見了一面被別人看到了，說到底都是三姑娘想攀魏家這個高枝。」姜姨娘分析著。「可能是之前柳家和翟家的事把三姑娘弄急了，如果讓夫人給她找婆家，一來未必會是她喜歡的，二來家室肯定越不過大姑娘和二姑娘，能和二姑娘持平就不錯了。三姑娘心高，想給自己謀劃也無可厚非，只是這一步走得太急了。」

賀語瀟點頭。「如果魏家這時能派人過來討論一番還好，但現在魏家就像沒事發生一樣，也夠讓人無語了。」

「說白了，就是人家沒看上三姑娘。」姜姨娘一語中的。

賀語瀟嘆氣，她也沒有什麼法子，大姊姊的危機剛過，三姊姊又來一齣，她怎麼覺得「名聲」這兩個字就是要跟她們賀家姑娘過不去呢？

賀府後院幾乎都靜若鵪鶉，只有賀夫人的院子喧譁一片。

「這就是妳說的魏夫人看重語彩？這就是妳說的語彩和魏姑娘交好合得來？」賀複嚷嚷道。他的老臉都快丟盡了，當初他還抱著能攀上魏家的心，現在想想幸好當時沒覥著臉去與魏大人交談，不然真是沒臉在朝堂上立足了。

鄧姨娘這會兒也不敢說話了，她當時的確有誇大的成分，但她沒想到事情會變成這樣。發現哭得再大聲對賀複來說沒什麼用，賀語彩一抹眼淚，道：「父親何不為我去問問魏家？說不定魏家正在等著咱們府上過去呢？」

她還抱著一線希望，覺得魏三公子不會辜負她。

「妳還好意思讓我去問？妳要臉不要臉啊！一個姑娘家主動去問，魏家要是拒絕呢？妳一脖子吊死了事嗎？」賀複怒道：「我一向覺得妳聰明討喜，沒想到妳居然蠢到在宴會上私下和男子見面，妳是不是瘋了？」

「那是他與其他姑娘說話，女兒怕那姑娘心思不純，才過去看看。女兒與魏三公子也只待了一小會兒，沒想到被人看到了。」賀語彩並不覺得自己做得不對，只是委屈。明明她和魏三公子只要進展順利，魏三公子肯定會回去和魏夫人說的，只是她的節奏被打亂了而已。

「他若對妳有心，又怎麼會與其他姑娘閒聊？妳自己識人不清，還想誆騙我，讓我給妳找面子？」賀複又怒又無力。「妳知不知道這事傳開了，妳的妹妹們都難嫁人？連語霈和語穗也會受影響？」

「所以父親一定要幫我啊！您去和魏家說，魏家肯定會同意的！」賀語彩篤定地說。

賀複直接抓起茶盞扔了過去，茶盞「啪」的一聲摔了個粉碎。「魏家同意？別作夢了！如果魏家有意，這個時候已經來咱們府上了！」

「不可能！女兒與魏三公子很聊得來，他還誇女兒是個有學識的姑娘，可能是有什麼事耽擱了。」賀語彩還是很篤定自己的想法。

賀複氣得直接癱坐到了椅子上。

賀夫人這會兒倒是很淡定，對賀複道：「老爺，為了語芊和語瀟的婚事，我們應該仿效賈家才是。」

「不！我絕對不嫁販夫走卒！」說罷，賀語彩猛然起身就往外衝。

「攔住她！」賀夫人反應最快。

可賀語彩不知道哪來的力氣，跑得飛快，丫鬟、婆子都追不上她。

賀語芊飯後散步回來，正好碰上往外跑的賀語彩，迎面被她撞倒在地，賀語芊「哎呀」一聲，腳上傳來劇痛，眼眶都跟著紅了起來。追上來的丫鬟、婆子被摔倒的賀語芊一擋路，更追不上賀語彩了，被她跑出了門。

等賀語瀟聽到消息時，賀語彩早跑沒影了。賀家也亂作一團，丫鬟、婆子要去追，還不敢都去，以免太顯眼。而被賀語彩撞倒的賀語芊扭傷了腳，府裡還得派人去找大夫看。

賀夫人筋疲力盡，只得叫了姜姨娘去，幫著照看賀語芊。

賀語芊的腳踝已經腫起來了，家裡有冰，賀語瀟讓丫鬟取來先給她冰敷。

「除了腳，還傷到哪兒了？」賀語瀟關心地問，畢竟這對賀語芊來說是無妄之災，她也不能視而不見，問都不問一句。

「沒有，就是手擦破點皮。」賀語芊把手攤開給她看。

見的確不嚴重，賀語瀟放下心。「一會兒讓大夫再留些外傷藥給妳抹抹。」

這時姜姨娘端了安神的銀耳紅棗牛乳來，對賀語芊道：「四姑娘，來，趁熱喝一點，大夫應該快到了。」

「謝謝姜姨娘。」賀語芊接過來，小口喝著。

賀語瀟陪坐在一邊，賀語芊這邊看起來沒什麼大事，倒是跑出去的賀語彩，現在不知道是什麼情況。

「三姊姊那兒還沒有消息嗎？」賀語芊喝了小半碗，似乎舒服了些，也有心情說話了。

姜姨娘搖搖頭。「恐怕是還沒追上。」

「萬一三姊姊跑到魏家，那豈不是糟了？」賀語芊驚道。

的確，如果賀語彩跑到魏家，他們賀家的臉真是不知道要丟多大。可她們現在是一點辦法都沒有，只能乾坐在這裡等結果。

「三姊姊這一鬧，以後咱們倆的婚事……」賀語芊欲言又止。

「現在想這些還太早，先把三姊姊的事解決吧，否則到時感覺翟家也不會消停。」賀語瀟說，這個情況只能走一步、看一步了。

第三十章

夜風習習，一切都顯得那樣安寧，與賀府焦躁的氛圍形成鮮明的對比，這注定是個難眠之夜。大夫很快就來了，給賀語芊看了診，這扭傷有些嚴重，好在沒傷到骨頭，但需要臥床休息，直至徹底消腫。

留了外用的藥，姜姨娘付了診金，又讓小廝跟著大夫去取內服的藥。

等賀語芊這邊藥取回來了，前面才傳來消息，說賀語彩被婆子們給綁了回來。

原來賀語彩真的跑去了魏家，在正門敲了一通，根本沒人應，又跑到了側門，這才有個婆子來開門。知道是賀家三姑娘，也進去通報了，但遲遲沒有回來。

直到賀家的婆子們找到她，她又在魏家側門鬧了一通，婆子們沒辦法，只能把她捆了塞進馬車，魏家的人也沒有再出來半個人，彷彿賀語彩根本沒來過一樣。

回到家的賀語彩整個人就像失了魂。鄧姨娘向賀複求情，被賀複狠狠踢了一腳，讓兩個人禁足風嬌院，不許人伺候。事情鬧到這一步，賀複藉口身體不適告假，賀語瀟自然也沒去開店，整天待在家裡避風頭。

賀夫人自稱心力交瘁，暫時把家裡的瑣事交給姜姨娘打理。姜姨娘不敢越權，一切還是按賀夫人之前的規矩來，凡有不確定的事一定會向賀夫人請示。

賀府氣氛低迷，丫鬟、婆子連說話都不敢高聲。而賀語芊那邊一直在靜養，賀複和賀夫人都沒去看過，完全不似一個病人應該有的待遇。

這些都還好說，讓姜姨娘頭疼的是賀語彩開始絕食了。如果換作賀夫人，可能巴不得賀語彩餓死算了，但姜姨娘可不敢擔這個責任，趕緊報給了賀夫人和賀複。

「夫人身體不適，剛喝了藥睡下了，這事姨娘還是去問問老爺吧。」羅嬤嬤小聲跟姜姨娘說，似乎是真的怕聲音大了吵醒賀夫人。

姜姨娘找上賀複，賀複自己都顧不過來了，不耐煩地道：「這點小事妳看著處理吧，餓幾天她受不了，自然就吃飯了。」

姜姨娘也不想再煩賀複，便道：「那我讓語瀟去勸一勸吧，三姑娘若真出了什麼事，府上對外就真不好圓話了。」

賀複轉頭看她。「妳覺得語彩這事還能圓過去？」

姜姨娘想了想，說：「雖然的確不好圓，但也不是沒路可走。三姑娘既然與魏家姑娘交好，那大可以說那天與魏三公子私下見面，是準備了什麼禮物想給魏姑娘一個驚喜，但不知道是否能合魏姑娘心意，正好遇到三公子，請他幫忙看看。畢竟是一母同胞，肯定更瞭解魏姑娘的喜好。至於昨晚之事……就說三姑娘覺得傳言冤枉，是去找魏家把話說清楚的，多少也能蒙混過去。」

她出這個主意不是為了賀語彩，而是為了自己的女兒。

賀複摸著鬍子，覺得這說法可行，雖然有點禁不起仔細推敲，可糊弄外人還是可以的。

「唉！沒想到最後還是妳為我解憂啊。」賀複嘆道。

「妾身也是偶然想到的。左右三姑娘和魏三公子的事素日裡並沒有傳開，只在伏日宴那一回，還是好圓的。」姜姨娘說。

賀複點頭，道：「如此，就按妳說得辦吧。」

賀語芊不能下地活動，姜姨娘讓廚房給她準備的都是好消化的食物，以免不活動，食物都積在胃裡，人怪難受的。

今天晚上姜姨娘讓廚房多做了一份，叫賀語瀟給賀語彩送過去，順便勸一勸。

賀語瀟沒拒絕，帶著飯菜過去了。

賀語彩的房間沒點燭火，賀語瀟進門時天還沒太暗，賀語彩看到是她，語氣有些失望。

「妳怎麼來了？」

「家裡現在亂成一團，妳們院的丫鬟、婆子能賣的都賣了，其他人也顧不上妳，我不來誰能來？」賀語瀟也不管她吃不吃，先把飯菜都給擺了出來。

「少來我這兒假惺惺的，妳背地裡還不是跟別人一起笑話我。」賀語彩語氣很不好。

「我知道妳現在得惠端長公主看重，我這樣也是丟了妳的臉。」

賀語瀟意外道：「怎麼扯到長公主身上了？」她一直沒提過這事啊。

「長公主都送賞來了，妳還在我這兒裝什麼？我是跟魏三公子私會了，但妳和傅聽闌就沒私下見過嗎？」賀語彩聲音很高，好在這院子裡沒別人，她吼再大聲別人也聽不到。

「什麼賞？」賀語瀟一臉迷糊。

見她這樣不像裝傻，賀語彩突然笑了。「也是，我的事鬧得家裡一亂團，就連長公主的賞都給忘到一邊去了。」

說著，賀語彩跟賀語瀟說起了賞賜的事，又說：「我原本還挺嫉妒的，現在感覺也就那麼回事吧。我的事解決不好，妳也沒機會在長公主面前露臉了。」

賀語瀟這才知道賞賜的東西都還在賀夫人那裡。

「看妳說話挺有精神，我就放心了。多少吃點東西吧，別人放棄妳了，妳自己再不愛重自己，不就更被人當笑話了？」賀語瀟坐在桌邊，沒去扶她。

「我不吃！」賀語彩說得堅決。

賀語瀟並不多勸她，只說：「我一直覺得妳不是個不謹慎的，雖然行事高調了些，可也沒有做出太出格的事。」

這個評價賀語彩明顯不滿意，就那麼瞪著賀語瀟。

賀語瀟毫不在意，繼續說：「所以我很奇怪，妳這次是怎麼在這樣的宴會上與魏三公子私會的？是他找妳，還是妳去找他？」

賀語彩哼了一聲，說：「妳當我願意？我本來是去找語芊，要是她一個人待著讓別人看到，以為我這個做姊姊的不照顧妹妹，所以我想著叫她來擺擺樣子也行。結果我正往她待的地方走，就見她匆匆往我這邊來了，跟我說看到有其他家的姑娘在和魏三公子說話，讓我跟她一起避嫌，趕緊走遠些。看她那慌張的樣子，我就覺得肯定不是聊天這麼簡單，必須去看看。結果我過去後並沒看到什麼姑娘，只看到魏三公子坐在假山上。既然沒發生我擔心的事，我又沒證據說他在這兒見其他姑娘，自然就藉著這個機會與他說上幾句話了。當時周圍明明沒人，我也不知道這事怎麼就傳出去了。說不定就是之前跟他說話的姑娘沒走遠，被她看到傳出去的！」

「四姊姊？四姊姊認得魏三公子？」賀語瀟對這個答案既驚訝，又覺得好像沒有那麼驚訝，她雖不願意往不好的地方想，但又禁不住多想了幾分。

「應該不認識吧？不過宴會上人那麼多，大家相互招呼，她可能聽到了。」賀語彩說。

賀語瀟並不想往最壞的地方想，可按理來說，賀語芊應該並不知道賀語彩與魏三公子的關係，那麼就算看到不應該看到的，要拉著賀語彩離開，也應該不會指名是魏三公子，因為賀語彩也未必認得。只需要說有人在那兒私會即可，畢竟那位與魏三公子說話的姑娘的身分，可是被抹得乾乾淨淨，以至於現在她都開始懷疑這個姑娘到底存不存在！

對於自己的懷疑，賀語瀟並沒有對賀語彩講，也沒有直接去問賀語芊，而是藉著問安的工夫，向賀複提出應該查一查是誰把賀語彩與魏三公子私會的事說出去。

這會兒賀複正跟賀夫人在一起，賀語瀟跟賀複說，就等於是跟賀夫人說了。

「女兒覺得這事像是故意針對咱們家的。正常來說，那日去伏日宴的都是有身分的人，又是信昌侯府一派的，且三姊姊也是在信昌侯府與魏三公子見的面，就算被人看到，大多數人考慮到信昌侯府的面子，都不至於把話傳出去。」賀語瀟邊說邊觀察著父親、母親的表情。

「再說，三姊姊並不是那麼不謹慎的人，就算與魏公子見面了，那地方肯定也是足夠隱蔽的，誰會沒事往那邊去呢？」賀語瀟繼續道：「所以女兒在想，如果那邊旁人不常去，還有誰會把這事傳出來？會不會跟魏家也有關係？如果是魏家傳的，那咱們府上必須好好跟他們說道說道，不能白吃了個啞巴虧。」

賀語瀟說這番話，就是逼著賀複和賀夫人不得不去查。賀複在意自己的官聲，賀夫人在意自己身為嫡母的名聲，如果這事真是有心人故意為之，只要查出此人，他們兩個的名聲多少能挽回一些。

若是查到最後證實跟賀語芊並無關係，那她也就放心了，權當是她小人之心，總比身邊放個防不勝防的真小人強。若是有關……

「語瀟說得沒錯，萬一真是魏家傳出去的，這事肯定不能就這麼算了。」賀複嚴肅道。

賀夫人點頭。「的確不能排除魏家這個可能性。語彩和魏三公子往來，魏家真的全然不知嗎？我看未必。很可能魏家並不同意這事，所以才用了這個方法斷了語彩進魏家的可能性。這招的確狠毒，老爺無論品階還是朝中人脈都不及魏家，魏家自然沒那麼多顧忌。」

賀夫人自然也不願意讓賀語彩嫁進魏家，有人幫她斷了賀語彩的路，她沒什麼不高興的，但想拉她的名聲下水，她肯定不願意。

賀複拍板。「那就全力去查，必不能讓小人算計了咱們賀家，咱們還被蒙在鼓裡，默默當了這個冤大頭。」

之後幾天，賀語芊問了賀語瀟好幾次聽聞家裡下人每天天不亮就出門，晚上又很晚才回來，是幹麼去了。

賀語瀟應付她說：「我也不清楚，父親、母親都沒與我提過，估計是為三姊姊的婚事忙活吧？聽說家裡想盡快給三姊姊找個人家。」

賀語芊還是那副柔弱的模樣，感嘆道：「這樣找恐怕找不到什麼好人家。」

「這就不是咱們能說得上話的了。」賀語瀟真沒從她這位四姊姊臉上看出什麼破綻，或許真是她想多了。

賀家依舊閉門謝客，賀複也沒去上值，但可能因為有事可做，所以府裡的氣氛倒沒有之前那麼壓抑了。

這天吃完早飯，守門的小廝就來報，說是惠端長公主府的傅公子前來拜訪。這讓賀複又驚又喜，似乎是多日烏雲後，終於有一絲陽光照進來，而且這陽光還是最熱、最亮的那種。

「快快快，快請進來。」賀複這樣子，似乎都巴不得自己親自去迎了。

先不說傅聽闌這次過來為了什麼，單這一個舉動，就能給外界一個信號——惠端長公主府並沒有避嫌的意思。

這讓賀複不禁想到了之前翟家的事，也是傅聽闌出面，然後事情就解決了。

不一會兒，小廝就引著傅聽闌來到了正廳。

「賀大人。」傅葉闌向賀複拱手。

賀複連忙回禮，熱情道：「不知傅公子前來，有失遠迎啊！」

「賀大人客氣了，是我來得突然，冒昧打擾了。」傅聽闌客客氣氣。

「傅公子請上座。」賀複讓人拿最好的茶來招待。「不知傅公子今日來有什麼事？」

傅聽闌笑了笑，說：「是這樣，之前貴府五姑娘到府上為我母親化了妝，當時留下一道酸梅湯的食譜，但家裡按著這個食譜去做，與五姑娘做的味道還是差了些。我母親喜歡五姑娘做的味道，所以特地讓我前來，想讓五姑娘幫忙看看，是哪一步沒做好。」

賀複心裡大驚，他根本不知道賀語瀟去給惠端長公主化妝的事。不過為了不給傅聽闌留下一個不關心女兒的印象，賀複還是裝出一副早就知曉的模樣，道：「這點小事怎麼好麻煩傅公子跑一趟呢？差個人來叫語瀟過去就是了。」

「原本想叫五姑娘過去的，但我母親說五姑娘事忙，未必有時間，還是讓我過來更方便些。」傅聽闌道。

賀複趕緊讓人去叫賀語瀟，有他在這兒，賀語瀟和傅聽闌見面不算沒規矩。他也知道，長公主府沒叫賀語瀟去，不是因為忙不忙，而是他們賀府閉門謝客，女兒出門不方便。

沒一會兒，賀語瀟就來了。她規規矩矩地向傅聽闌行了禮，口稱「傅公子」，態度克制而禮貌，完全看不出他們有生意往來。

賀複說了傅聽闌的來意。

傅聽闌拿出竹筒，說：「這是我們府裡煮的，請五姑娘嚐嚐看。」

這個竹筒正是之前賀語瀟帶去惠端長公主府的那個。

賀語瀟嚐過後，微笑道：「公主府上做的味道淡了些。買回來的材料可以先洗一次去除上面的灰塵，然後浸泡一個時辰後再煮。甘草和陳皮可以再多加一點，這樣口感更柔和。糖的話還是用冰糖為好，不燥不膩。煮好後不要立刻冰鎮，先自然晾涼再冰鎮味道會更濃郁。」

「好，多謝五姑娘了。」傅聽闌對著賀語瀟的笑容明顯真摯多了。

「傅公子客氣了。」她父親在，她實在沒辦法多和傅聽闌說些什麼。其實她挺想問一問商隊目前行程的，雖然現在肯定還到不了目的地，但知道大概的位置也能判斷還有多久能到達，她也好想想下一批貨的事。

有了谷大商隊的先例，她相信面脂肯定能賣得好。

——未完，待續，請看文創風1181《妝點好日子》2

觀雁㊢

馴夫大吉，
妻想事成

8/1
出版

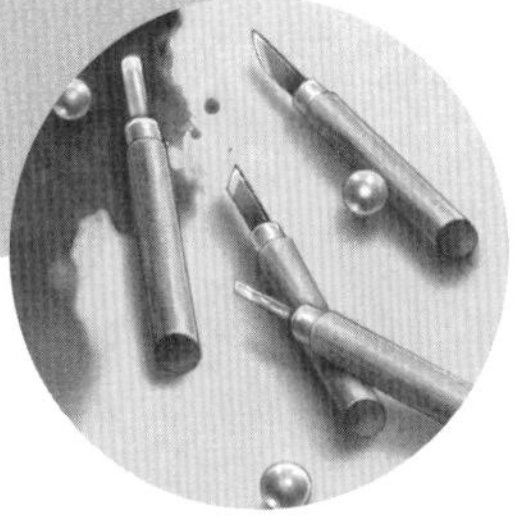

莫名其妙嫁進山村，又被夫君當成抓犯人的誘餌，
她氣得連跟不跟他睡同張床都要考慮了，何況圓房？
哼，想嚼舌根的儘管嚼去。他行不行，可不是她的問題啊～～

文創風 1183-1184《飾飾如意》全二冊

一穿越就捲進騙婚的軒然大波，現成夫君還是縣衙的前任神補譚淵，
蘇如意的小膽子要嚇爆了，雖然她將功補過，和譚淵一鍋端了那群騙子，
但欠債還錢天經地義，為了向譚家贖回賣身契，她只好努力賺銀子啦。
身為手工網紅，做點小工藝品難不倒她，卻因小姪子的生日禮物出糗——
她打算刻個彈珠檯，搬來木板想請譚淵幫忙鋸，竟不慎手滑而抱住他，
嗚……這下除了騙婚，居然還調戲人家，她簡直想挖個洞把自己埋了。
彈珠檯讓小姪子跟小姑玩得欲罷不能，看樣子手作飾物確實商機無限，
可譚淵不著痕跡的誇獎和曖昧，卻讓同居一室的她莫名心跳起來——
這腹黑傢伙對她到底有什麼企圖？她一點都不想在古代當人妻耶，
等存夠了錢，她就要跟他一拍兩散，包袱款款投奔自由嘍～～

8/8
8/15
出版

琉文心㊟

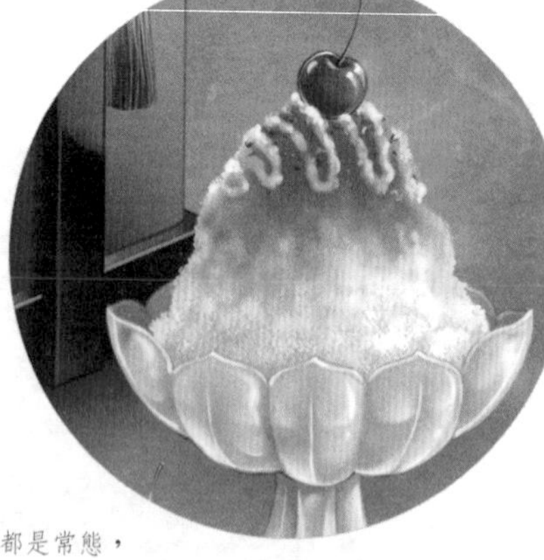

百年修得同船渡，
千年修得共枕眠

他自小受盡母妃的虐待，不給吃喝、動輒打罵都是常態，
最令他痛苦的是，母妃極愛趁他睡著後將他嚇醒，
為此，他即便遠離母妃多年、長大成人了，依然飽受失眠之苦，
可說也奇怪，每每在救命恩人沈家七娘身邊，他都能熟睡到天明，
救命之恩大過天，他無以為報，想來只好以身相許了……

文創風 1185-1188《翻牆覓良人》全四冊

沈文戈乃鎮遠侯府的嫡女，在家中是被父母及六位兄姊疼寵的寶貝，
奈何情竇初開，只一眼就瘋了似地愛上那縱馬奔馳的尚家郎君，
即便家人反對，她依舊毅然決然地嫁入尚家，可還沒洞房他就出征了，
因為愛他，她堂堂將門虎女在夫家被婆婆搓磨、苛待三年都受了，
好不容易盼到他返家，他卻帶回一楚楚可憐的嬌柔女子，要她接納，
於是，她只能獨守空閨，眼睜睜地看著他倆恩愛數年，直至死去，
幸好，上天給了她重生的機會，這回她絕不再活得這般卑屈了！
為了和離，她開創先例將夫家告上官府，一如當初非君不嫁的轟轟烈烈，
大不了不再嫁人，她都死過一次了，還怕壞了名聲這種小事嗎？
自從回娘家後，她養的小貓就老愛翻牆去隔壁鄰居宣王家蹭吃蹭喝，
害得她這個貓主人也不得不三天兩頭地架梯子爬牆找貓去，
結果爬著爬著，她甚至翻過牆去和鄰居交起朋友，一顆心也落在他身上，
後來她才曉得，原來他竟是當年與她前夫一同在戰場上被她救下的小兵，
他的嬤嬤說，他是個別人對他好一點，就恨不得把心都掏出去的人，
所以他對她好，全是為了報恩？還以為他是良人，原來是她自作多情了……

2023 暑假書展

元氣UP⬆活力站

酷夏延燒沒勁兒？涼水潑身心不涼？
狗屋獨家消暑好康攏底加，不怕你凍未條、爽不完！

第一重　嗨FUN你的熱情

抽獎辦法　活動期間內，請至 f 狗屋天地 回覆貼文，回答完整者可參加抽獎。

得獎公佈　8/31(四)於 f 狗屋天地 公佈得獎名單

獎項　5 名《飾飾如意》全二冊

第二重　購書回饋“水”啦

抽獎辦法　活動期間內，只要在官網購書並成功付款，系統會發e-mail給您，並附上抽獎專用之流水編號，買一本就送一組，買十本就能抽十次，不須拆單，買越多中獎機率越大。

得獎公佈　9/8(五)於狗屋官網公佈得獎名單

獎項　10名 紅利金 200元
3 名 文創風 1189-1190《女子有財便是福》全二冊

特別加碼　6 名 超級紅利金 1000元

狗屋近年唯一大手筆！
總計6000元大獎究竟分落誰家？
＊單次購書消費金額滿1000元以上(含)，不限是否已中其他獎項，皆可參加。

暑假書展 購書注意事項：

(1)請於訂購後三日內完成付款，最後訂購於2023/8/20前完成付款才算有效訂單喔！
(2)購書滿千元(含)以上免郵資。未滿千元部分：
郵資65元(2本以下郵資50元)／超商取貨70元(限7本以內)／宅配100元。
(3)特賣書籍因出書時間較久，雖經擦拭、整理，仍有褪色或整飾痕跡，故難免不如新書亮麗。
除缺頁、倒裝外無法換書，因實在無書可換，但一定會優先提供書況較良好的書給大家。
若有個人原因需要換書，需自付來回郵資。
(4)各書籍庫存不一，若遇缺書情形可選擇換書或退款。
(5)歡迎海外讀者參與(郵資另計)，請上網訂購或是mail至love小姐信箱(love@doghouse.com.tw)詢問相關訊息。

狗屋有權修改優惠活動的實施權益及辦法。

為流浪貓狗加油 和貓寶貝 狗寶貝 廝守終生(一定要終生喔！)的幸福機會

對人來說，貓寶貝狗寶貝只是生活的一部分，但妳（你）對牠們來說，卻是生活的全部，領養前請一定要考慮清楚——

▲ 溫和親人的拳擊小子——咪魯古

性　　別：男生
品　　種：米克斯
年　　紀：1～2歲
個　　性：非常親人
健康狀況：已結紮，已施打第一劑疫苗，愛滋白血快篩陰性
目前住所：台北市士林區（動物醫院）

本期資料來源：郭小姐

『咪魯古』的故事：

志工們執行公費TNR（誘捕、絕育、放回原地）時遇上一枚親人的小朋友，穿著白襪，頸繫白圍兜，嘴角幾點宛若喝完牛奶忘記擦去的奶漬，故取名咪魯古，是日文「牛奶」的意思。

咪魯古當初在山區流浪，有人會餵食，所以個性溫和親人，飲食上不挑嘴，即使是新手爸比媽咪也能輕易與牠培養感情。平日牠最愛玩逗貓棒，據可靠情報指出，若論貓咪們玩逗貓棒的本事，咪魯古絕對有潛力奪下「拳王」寶座，或許也可進一步挑戰金氏世界紀錄認證——被貓生耽誤的拳擊界新星，似乎也不是白日夢呢！

未來的小拳王咪魯古正在摩拳擦掌找家中，歡迎直撥手機0930088892或是加Line ID：ws26651801，經紀人郭小姐將帶領您親身體驗咪魯古的魅力，也可當場小試身手與牠切磋一下，但請小心別被牠一記左上勾拳KO啦！

認養資格：

1. 認養人須年滿27歲（未足歲但有十足自信照顧好者，也可以試試），全家同意養貓，租屋需要室友與房東同意，大台北優先（其他區域有誠意可談）。
2. 不關籠、不遛貓、不放養，必須同意施做門窗防護。
3. 請妥善照護，給予一切必要的醫療。
4. 須同意簽有法律效用的認養寵物切結書，並出示身份證件，領養前會進行家訪。
5. 須同意送養人日後之追蹤探訪，對待咪魯古不離不棄。

來信請說明：

a. 個人基本資料：姓名、性別、年齡、家庭狀況、職業與經濟來源等。
b. 想認養咪魯古的理由。
c. 過去養寵物的經驗，及簡介一下您的飼養環境。
d. 若未來有結婚、懷孕、出國或搬家等計劃，將如何安置咪魯古？

風 文創

1180

妝點好日子 1

國家圖書館出版品預行編目資料

妝點好日子 / 顧紫著. --
初版. -- 臺北市 : 狗屋出版社有限公司, 2023.07
冊 ; 公分. --（文創風 ; 1180-1182）
ISBN 978-986-509-441-6（第1冊 : 平裝）. --

857.7　　112008678

著作者	顧紫
編輯	林俐君
校對	沈毓萍
發行所	狗屋出版社有限公司
地址	台北市104中山區龍江路71巷15號1樓
電話	02-2776-5889～0
發行字號	局版台業字845號
法律顧問	蕭雄淋律師
總經銷	知遠文化事業有限公司
電話	02-2664-8800
初版	2023年7月
國際書碼	ISBN-13　978-986-509-441-6

本著作物由北京晉江原創網絡科技有限公司授權出版

定價280元

狗屋劃撥帳號：19001626

網址：love.doghouse.com.tw　E-mail：love@doghouse.com.tw